Claudia Schirdewan

Winterglück und Inselzauber: Ein Weihnachtsfest auf Borkum

Weitere Titel der Autorin:

Das Kurhotel auf Norderney – Stürmische Zeiten
Das Kurhotel auf Norderney – Gezeiten des Schicksals
Das Kurhotel auf Norderney – Wellen der Hoffnung

Die Walfängerin von Borkum
Die Bernsteintochter

Über die Autorin

Claudia Schirdewan lebt mit ihrer Familie im Münsterland und hat bereits mehrere Romane veröffentlicht. Nach dem Abitur absolvierte sie eine kaufmännische und eine fremdsprachliche Ausbildung, später studierte sie nebenberuflich Kulturmanagement. In ihren Geschichten nimmt sie ihre Leserinnen und Leser gern mit an schöne Schauplätze und beleuchtet dabei die Themen Liebe, Familie und Freundschaft in all ihren Facetten.

Claudia Schirdewan

Winterglück und Inselzauber: Ein Weihnachtsfest auf Borkum

Lübbe

Cradle to Cradle Certified® ist eine eingetragene Marke
des Cradle to Cradle Products Innovation Institute.

MIX
Papier | Fördert gute Waldnutzung
FSC® C014496

Vollständige Taschenbuchausgabe
der bei Bastei Lübbe erschienenen E-Book-Ausgabe

Bei Fragen zur Produktsicherheit wenden Sie sich bitte an:
produktsicherheit@bastei-luebbe.de

Umschlaggestaltung: Christin Wilhelm, www.grafic4u.de
Umschlagmotiv: © Shutterstock: Eric Gevaert | Madlen | Ayman alakhras | Gianluca Piccin | Baturina Yuliya | singh srilom
Satz: 3w+p GmbH, Rimpar
Gesetzt aus der Adobe Caslon Pro
Druck und Verarbeitung: GGP Media GmbH, Pößneck

Printed in Germany
ISBN 978-3-404-19493-3

1 3 5 4 2

Sie finden uns im Internet unter luebbe.de
Bitte beachten Sie auch: lesejury.de

Für Victoria und Nicolai

„Weil es einen Schleier gibt, der die wahre Welt verhüllt, einen Schleier, den nicht einmal die größte Gewalt auf der Welt zerreißen kann. Nur Glaube und Poesie und Liebe können ihn lüften."

(Francis P. Church in seinem Brief an Virginia in der Sun, 1897)

Kapitel 1

Der herbe Geruch von Sanddorn stieg ihr in die Nase, als sie prüfend in das Marmeladenglas spähte. Julia Sterweg griff nach einem Teelöffel und kratzte die Reste des Aufstrichs zusammen, den ihre Mutter aus den orangenen Beeren gekocht hatte. Die Menge würde gerade noch für Leons Schulbrot reichen. Gut, dass fast alle Gäste ihrer kleinen Pension schon gefrühstückt hatten. Trotzdem würde sie nachher einkaufen gehen müssen. Dabei hatte sie gehofft, mit ihren Vorräten bis zur Abreise der letzten Besucher auszukommen.

»Trink deinen Kakao«, bat sie ihren Sohn Leon, während sie eine Scheibe Vollkornbrot bestrich, in seine Spiderman-Dose packte und eine Clementine dazulegte. »Sonst kommst du zu spät zur Schule.«

Sie stellte die Brotdose und die mit Früchtetee gefüllte Thermoskanne auf den Frühstückstisch. Leon hatte höchstens zwei Bissen von seinem Käsebrot gegessen und an seinem Kakao noch nicht einmal genippt. Julia unterdrückte ein Seufzen.

Der Sechsjährige starrte auf den Adventskranz, der vor ihm auf dem Tisch stand und aussah wie jedes Jahr. Rote Kerzen und Tannenzapfen zierten das Grün. Wie immer. Nur, dass Julia den Kranz in diesem Jahr gekauft hatte. Sonst hatte ihre Mutter Thea ihn immer selbst gebunden und dekoriert.

Julia hatte lange überlegt, ob sie nicht besser etwas ganz anderes besorgen oder sogar auf einen Adventskranz verzichten sollte, sich dann aber dafür entschieden, die Tradition fortzusetzen. Thea hätte es vermutlich so gewollt. Mit jedem Tag, den die Kerzen weiter herunterbrannten, wuchs in Julia jedoch das Gefühl, dass sie Leon damit keinen Gefallen getan hatte. Die braunen Haare, die er von seinem Vater geerbt hatte, fielen ihm in die Stirn, und sie strich sie zurück, während sie neben ihrem Sohn Platz nahm.

»Hast du denn gar keinen Hunger, mein Schatz?«

Der Erstklässler schüttelte den Kopf. Er ist dünner geworden, dachte Julia. Das Sweatshirt schlackerte um seine Schultern, und den Knopf seiner Jeans hatte sie erst letzte Woche nach innen versetzt.

Ihr selbst ging es kaum anders. Julia zupfte an den Ärmeln ihres cremefarbenen Strickpullovers, der im letzten Winter auch noch deutlich enger gesessen hatte. »Gehst du heute wieder zusammen mit Finn und Carlo zur Schule? Ihr könntet später bei uns spielen, wenn ihr mögt.«

»Vielleicht.«

Der Tonfall reichte, um Julia wissen zu lassen, dass Leon sich nicht mit seinen Freunden verabreden würde. Ihr Blick glitt aus dem Küchenfenster. Die Hindenburgstraße lag noch im Dunkeln, doch das Licht der Straßenlaternen ließ den Gehsteig vor der Pension *Meereszauber* glitzern und verriet, dass es Frost gegeben hatte. Auch die Fensterrahmen waren von Eisblumen verziert. Bislang war es ein milder Dezember gewesen, wie er typisch für Borkum war, aber allmählich wurde es kühler.

»Geh gleich vorsichtig. Es könnte ein wenig glatt sein.«

»Wie lange ist überhaupt noch Schule?«, fragte Leon.

»In drei Tagen fangen die Ferien an. Dann packen wir sofort unsere Koffer, schließen hier alles ab und fahren zu Katrin. Freust du dich auf ihre Jungs? Max ist ja nur ein Jahr älter als du.«

Mit den Fingerspitzen schob sie die Kakaotasse ein Stück näher zu Leon. Endlich nahm er sie in die Hände und trank einen Schluck.

»Ich weiß. Aber ich kann mich gar nicht mehr richtig an ihn erinnern.«

»Wir waren ja auch schon fast zwei Jahre lang nicht mehr im Allgäu. Bestimmt werdet ihr ganz schnell wieder Freunde. Als wir letztes Mal dort waren, wart ihr unzertrennlich.«

Julia lächelte. Sie konnte es selbst kaum erwarten, endlich mit Leon zu ihrer Freundin Katrin und deren Familie zu fahren. Die Hohenachts lebten auf einem Hof mitten in den Bergen, umgeben von Kühen, Hühnern und Katzen. Der Tapetenwechsel würde Leon und ihr selbst guttun, besonders über die Weihnachtstage, wenn die Erinnerungen an Thea noch mehr als sonst in jeder Ecke lauerten.

Julias Mutter war im Sommer gestorben, an einem sonnigen Junitag, der eigentlich viel zu schön zum Sterben war, und ruhte jetzt auf dem Friedhof neben ihrem Mann Peter, der schon seit fast einem Jahrzehnt nicht mehr bei ihnen war. Seinen Großvater hatte Leon gar nicht kennenlernen dürfen.

Als einziges Kind der beiden versuchte Julia seit Theas Tod, die Pension alleine zu bewirtschaften. Sie vermietete nur fünf Zimmer, aber die Arbeit ging trotzdem nie aus. Julias Augen wurden feucht, als sie Thea förmlich vor sich sah. Wie sie die Betten frisch bezog, den Gästen ein Frühstück brachte. Immer darauf bedacht war, dass es allen gut ging – vor allem aber Leon.

Thea hatte ihren Enkel vergöttert, und er hatte seine Großmutter innig geliebt. Die beiden waren so vertraut miteinander gewesen. Leon war unter Theas Dach aufgewachsen und hatte sicherlich genauso viel Zeit mit ihr verbracht wie mit Julia. Selbst, als ihr Herz schon so schwach gewesen war, dass sie den Großteil des Tages im Schaukelstuhl neben dem Kachelofen in der Stube verbringen musste, hatte Thea sich noch um Leon gekümmert. Stundenlang hatte sie mit ihm Memory gespielt, gelesen oder seine Lieblingssendungen geschaut. *Löwenzähnchen* liebte er besonders. Er wünschte sich schon lange einen Hund wie Keks, treu und mit kuschelweichem Fell.

Nach Theas Tod war Julia mehr als einmal versucht gewesen, ihm den Wunsch zu erfüllen, aber wie sollte ein Tier in ihrer Familie zu seinem Recht kommen? Solange Julia sich alleine um die Pension kümmerte, blieb kaum Zeit für regelmäßige Spaziergänge. Hinzu kam, dass es unter den Gästen immer wieder Allergiker gab.

»Kommt das Christkind auch zu Katrins Familie?«

»Natürlich«, versprach Julia und zwinkerte Leon zu. Sie hoffte so sehr, dass er über die Feiertage nicht noch trauriger wurde, sondern im Allgäu Ablenkung fand.

Sie hatte schon ein paar Kleinigkeiten für den Jungen besorgt und in ihrem Schrank versteckt. Sein Vater, Jasper Berends, hatte ihr ebenfalls ein Paket für ihn gegeben. Er hatte nichts gegen die Reisepläne einzuwenden gehabt. Im Gegenteil! Julia hatte den Eindruck, dass er ganz froh darüber war. Vermutlich fürchtete er, sie könnte ihn sonst bei der Kinderbetreuung einbinden. Als hätte er sich dabei jemals hervorgetan.

Sie warf einen Blick auf ihre Armbanduhr. »Jetzt aber los, Leon. Warte am Neuen Leuchtturm auf die anderen Kinder, ja? Und mach im Unterricht gut mit. Noch sind keine Ferien.«

Leon holte Jacke, Schal und Mütze von der Garderobe im Flur und zog zuletzt seine grauen Fingerhandschuhe über. Julia half ihm, den Ranzen auf dem Rücken festzuschnallen. Umständlich schloss er den Brustgurt, und Julia lief schier das Herz über. Jeden Tag aufs Neue kam ihr dieser klobige Tornister viel zu groß für ihren kleinen Jungen vor. Zu Beginn des Schuljahres hatte sie ihm ein paar Mal angeboten, ihn zur Schule zu bringen und den Ranzen für ihn zu tragen, doch das hatte Leon stets und ungewöhnlich vehement abgelehnt. Vermutlich hatte er Angst, dass die anderen ihn auslachten.

Doch das änderte nichts daran, dass er nun einmal zu den Kleinsten in der ersten Klasse gehörte. Sie drückte ihm einen Kuss auf die Wange.

»Bis nachher, Mama.«

»Bis gleich, mein Schatz. Und denk dran, du darfst dich gern heute verabreden, wenn du möchtest.«

Leon antwortete nicht mehr, sondern zog leise die Tür hinter sich ins Schloss.

Julia blieb mit vor der Brust verschränkten Armen im Flur stehen. Sie fröstelte, wusste aber, dass es nicht an der Winterluft lag, sondern an der Sorge um Leon. Es wurde einfach nicht besser mit ihm. Fast jedes Mal, wenn Julia vorschlug, dass er Freunde einladen könnte, fand er eine Ausrede. Er wäre zu müde, der Bauch täte weh oder die anderen hätten ohnehin keine Zeit, behauptete er dann. Und er schlief schlecht. Beinahe jede Nacht hörte sie irgendwann das Tapsen seiner Füße auf dem Holzboden, bis er sich zu ihr unter die Decke kuschelte und sich im Schlaf hin und her wälzte.

Julia hatte schon das Foto von Thea, das sie auf ihren Nachttisch gestellt hatte, weggeräumt, weil sie dachte, es täte Leon nicht gut, seine Großmutter ständig vor Augen zu haben. Geholfen hatte dieser Schritt, der ihr selbst wehgetan hatte, aber auch nicht.

»Moin, Julia.« Eine fröhliche Stimme riss sie aus ihren Gedanken. Sie drehte sich zu der schmalen, weiß lackierten Holztreppe herum, die zu den Gästezimmern im Obergeschoss führte.

»Moin, ihr zwei. Gut geschlafen?«, erkundigte sie sich bei dem älteren Ehepaar, das auf dem Treppenabsatz erschienen war. Die beiden zählten zu den Stammgästen der Pension *Meereszauber*, deshalb war Julia längst mit ihnen per Du. Sie waren über siebzig, nahmen die lange Anreise aus Kassel aber trotzdem mehrmals pro Jahr auf sich.

Die beiden nickten einhellig, und Julia bat sie in den Frühstücksraum, der durch eine Schiebetür aus Milchglas mit der Küche verbunden war. Diese Tür hatten ihre Mutter und sie vor gut fünf Jahren einbauen lassen. Es war die letzte Investition gewesen, die sie getätigt hatten. Julia wusste, dass längst wieder die ein oder andere Renovierung fällig wäre, aber sie war froh, überhaupt über die Runden zu kommen.

Gerd und Florentine Rathmann setzten sich wie üblich an den Tisch am Fenster, der bereits mit dem Zwiebelmusterporzellan eingedeckt war, das schon Julias Großmutter gehört hatte. Ein kleines Gesteck sorgte mit einem Teelicht für etwas Adventsstimmung, genau wie die winzigen Schokoladen-Nikoläuse, die auf den Servietten lagen. Es war Leons Idee gewesen, allen so das Frühstück zu versüßen, und Julia war gern damit einverstanden gewesen. Das war eine Ausgabe, die sie noch überblicken konnte, und trotzdem eine nette Geste, fand sie.

»Ich hole rasch den Kaffee. Er ist schon fertig.«

Julia rückte Florentine den Stuhl zurecht und eilte in die Küche, um die Kanne zu holen. Während sie einschenkte, kreisten ihre Gedanken noch immer um Leon, aber sie versäumte es dennoch nicht, ein wenig mit ihren Gästen zu plaudern. »Morgen ist schon euer Abreisetag, richtig? Was habt ihr denn heute noch Schönes vor?«

»Die Zeit geht immer viel zu schnell vorbei«, seufzte Gerd und rückte die Hornbrille zurecht, die ihm über die schmale Nase gerutscht war. »Irgendwann kommen wir zum Überwintern. Oder bleiben ganz!«

»Ich muss noch ein paar Souvenirs für unsere Enkelkinder kaufen. Und ich möchte unbedingt Tee mitnehmen. Ostfriesentee kaufe ich grundsätzlich nur hier«, sagte Florentine.

Gerd lachte und griff nach einem Brötchen.

»Da hörst du es, Julia. Meine Frau möchte Geld ausgeben. Ich will lieber noch einmal einen Spaziergang machen. An der

Promenade entlang. Dann sammele ich Flora ein und entführe sie auf Kaffee und Kuchen in ein Café.«

»Das klingt doch großartig«, erwiderte sie. »Aber zieh dich warm an, Gerd. Der Wind soll heute zunehmen. Das Wetter ändert sich.«

»Das stimmt«, pflichtete Flora ihr bei. »Das merke ich in den Knochen.« Sie rutschte auf dem Stuhl hin und her, als schmerzten ihre Hüften. »Darum bleibe ich auch lieber im Warmen und bummele durch die Geschäfte.«

»Jeder, wie er mag.« Gerd zwinkerte. »Sind wir denn die Letzten, die du loswerden musst, bevor es ins Allgäu geht?«

»Loswerden! Ich bitte dich.« Julia hob eine Augenbraue und schmunzelte. »Und nein, Frau Vogt und Herr Lehnfeld sind ebenfalls noch da. Beide reisen einen Tag nach euch ab. In drei Tagen beginnen Leons Ferien, dann starten wir direkt.«

»Das wird euch guttun.« Flora griff nach Julias Hand und drückte sie für einen Moment. »Euch beiden.«

In ihren grauen Augen stand so aufrichtiges Mitleid, dass Julia einen Kloß im Hals spürte. Sie schluckte schwer. Flora und Gerd hatten Thea gut gekannt. Im Laufe ihrer vielen Aufenthalte in der Pension hatte sich fast so etwas wie eine Freundschaft zwischen den drei Senioren entwickelt, und Julia wusste, wie seltsam es sich auch für die Rathmanns anfühlen musste, dass Thea auf einmal nicht mehr da war. Sie lächelte, bemüht, das Zittern ihrer Mundwinkel zu kontrollieren.

»Danke«, flüsterte sie, nickte den beiden noch einmal zu und zog sich in die Küche zurück. Sie räumte das benutzte Geschirr der anderen Gäste in die Spülmaschine und wischte den Esstisch ab. Im Radio spielten sie *Last Christmas*, und Julia wollte gerade den Ton ausstellen, weil sie rührselige Musik im Moment nicht ertragen konnte, als der Song für eine Eilmeldung unterbrochen wurde. Der Moderator warnte mit routinierten Worten vor einem Kälteeinbruch an der Nordsee.

Anscheinend näherte sich eine neue Kaltfront von Osten her in rasendem Tempo.

Julia warf einen Blick aus dem Fenster. Der Himmel war grau, aber es sah nicht nach Schnee aus. Der Wind hatte etwas zugenommen, doch so schlimm würde es schon nicht werden. Die letzten Winter waren immer mild gewesen, und selbst wenn es ein paar Flocken geben sollte, konnte es ihr egal sein. Sie würde ja ins Allgäu fahren, da herrschte ohnehin richtiger Winter!

Julia hörte, wie Flora und Gerd ihre Stühle zurückschoben und miteinander flüsternd den Frühstücksraum verließen, um sich ihren Plänen für den letzten Urlaubstag zu widmen. Wenn sie aus dem Haus waren, würde sie das Zimmer der beiden in Ordnung bringen, aber vorher wollte sie noch die Einkäufe erledigen.

Sie ging in den Flur und nahm ihren kanariengelben Wollmantel vom Haken. Sie hatte ihn im letzten Jahr gekauft; da hatte ihr der Gedanke gefallen, ein wenig Farbe in die tristen Wintermonate zu bringen. Nun wäre ihr eine schwarze Jacke lieber gewesen, aber Wintermode war teuer, und Leon würde vermutlich bald neue Schuhe brauchen – er war ziemlich gewachsen in den letzten Wochen. Julia wickelte sich einen dunkelblauen Schal um den Hals, nahm den Einkaufskorb und machte sich auf den Weg. Da sie nicht viel brauchte, würde sie nicht zu einem der Supermärkte außerhalb des Ortskerns fahren, sondern alles zu Fuß erledigen, beschloss sie.

Sie war gerade auf der Höhe des Neuen Leuchtturms, als ein paar erste Schneeflocken aus den grauen Wolken fielen, denen mehr und mehr folgten. Eine Windböe traf Julia von vorne, und sie senkte den Kopf. Sie hätte eine Mütze mitnehmen sollen. Schon jetzt fühlten ihre dunkelblonden Haare sich feucht an. Nicht, dass sie sich noch erkältete – sie wollte die Feiertage im Allgäu nicht krank auf dem Sofa verbringen müssen. Sie passierte die Gleise am Inselbahnhof. Die Kleinbahn mit der roten Lok und ihren bunten Waggons stand schon bereit, um die ersten Gäste, die den Heimweg antreten mussten, zum Hafen zu bringen und Neuankömmlinge abzuholen.

»Oh, Verzeihung!« Julia hatte gar nicht gemerkt, dass sie jemanden angerempelt hatte. Sie hob den Kopf. »Herr Lehnfeld. Moin!«

Ausgerechnet ihrem eigenen Gast war sie in die Hacken gelaufen.

»Moin«, erwiderte er und nickte ihr zu. Er war fast einen Kopf größer als Julia, und sie musste den Kopf in den Nacken legen, um ihn ansehen zu können.

Simon Lehnfeld kam aus Frankfurt, und soweit Julia wusste, war er zum ersten Mal auf Borkum. Der Anmeldebogen, den er ausgefüllt hatte, hatte ihr verraten, dass er zweiundvierzig Jahre alt war. Julia hätte geschworen, ihn noch nie ohne sein Handy in der Hand oder sogar am Ohr gesehen zu haben. Auch jetzt hielt er das teuer wirkende Gerät in den behandschuhten Fingern. Unter der grauen Mütze schauten ein paar blonde Strähnen hervor. Die Luftfeuchtigkeit hatte seine schwarz gerahmte Brille beschlagen lassen und versteckte seine stets müde wirkenden grünen Augen.

Eigentlich war er ein gut aussehender Mann, und bestimmt zog er so manchen Blick von Frauen auf sich, aber er verschwendete offensichtlich keinen Gedanken daran. Im Gegenteil, er wirkte immer so geschäftig und geradezu gehetzt, dass er selbst vermutlich gar nicht mehr wusste, wie er aussah oder wie er auf andere wirkte. Ob er jemals in Ruhe morgens in den Spiegel blickte, sich wie Julia fragte, wo das nächste Fältchen schon wieder hergekommen war?

Wohl kaum. In gewisser Weise konnte sie das sogar nachvollziehen. Seit der Trennung von Jasper hatte auch sie keine Zeit für Eitelkeiten und vor allem auch kein Interesse daran, noch einmal jemanden in ihr Leben zu lassen. Allein schon um Leons Willen musste sie vorsichtig sein. Ihr kleiner Sohn hatte wahrlich genug durchgemacht. Und davon abgesehen – welcher Mann würde ihr Leben schon teilen wollen? Der ständige Kampf, den Anschluss an den modernen Tourismus nicht zu verlieren, die Rechnungen zahlen zu können. Und dann gab es die langen Monate, in denen es auf Borkum ruhig wurde, aber auch kälter und einsamer. In denen weniger Geld in die Kasse kam und man vom Ersparten leben musste.

Julia schob den Gedanken beiseite und trat verlegen von einem Fuß auf den anderen. Sie schaffte es eigentlich immer, eine gute Bindung zu ihren Gästen aufzubauen, und selbst mit den wenigen, zu denen sie gar keinen Draht fand, pflegte sie ein Mindestmaß an freundlicher Konversation.

Simon Lehnfeld war der erste Gast, zu dem sie überhaupt keinen Zugang hatte. Wenn sie ihn etwas fragte, antwortete er so knapp, dass sie sich wie ein Störenfried vorkam, und von sich aus machte er den Mund so gut wie nie auf. Die Sorgenfalte zwischen seinen Brauen zeigte deutlich, dass ihn etwas beschäftigte, und in Gedanken schien er überall zu sein, nur nicht auf der Hochseeinsel.

»Sie sind aber früh unterwegs. Ich hatte gar nicht mitbekommen, dass Sie schon aus dem Haus gegangen sind«, versuchte sie es dennoch und lächelte ihn an. War er etwa auf dem Rückweg in die Pension? Sie hatte sein Zimmer noch gar nicht hergerichtet!

»Ich musste ein paar Anrufe erledigen und dachte, das kann ich mit einem Morgenspaziergang kombinieren«, gab er schulterzuckend zurück und zog den Reißverschluss seiner Daunenjacke ein Stück höher, als der Wind drehte und der Schnee ihn von vorne traf. Er hob den Kopf und betrachtete die Wolken. »Das sieht nicht gut aus.«

»Im Radio haben sie vor einem Kälteeinbruch gewarnt. Aber meistens kommt es dann ja doch nicht so schlimm.«

Simon murmelte missmutig etwas vor sich hin.

»Womöglich bekommen wir weiße Weihnachten. Daran kann ich mich gar nicht mehr erinnern.«

Julia gab sich redliche Mühe, ein Gespräch in Gang zu bringen, doch er seufzte nur. Am liebsten wäre sie einfach weitergegangen, er hörte ihr ja ohnehin nicht zu. Aber er war ihr Gast, sie konnte ihn kaum einfach stehen lassen. Das Wetter schien ihn tatsächlich zu beunruhigen, und Simon Lehnfeld sah aus, als hätte er schon genug Sorgen. Warum auch immer.

»Sie reisen ja übermorgen ab. Bis dahin ist die Kaltfront womöglich durchgezogen. Und manchmal gibt es ja auch falschen Alarm.« Sie lächelte ihn an. »Meine Mutter meinte immer, der Wetterbericht sei Kaffeesatzleserei.«

»Ja. Wir werden sehen.« Sein Handy gab einen Ton von sich. Er wischte mit dem Handschuh den Schnee vom Display, warf einen Blick darauf und stieß erneut einen Seufzer aus. »Ich muss zurück. Funktioniert das Internet heute?«

Seine Worte versetzten Julia einen Stich. Ihr war bewusst, dass die Pension nicht auf dem neuesten Stand der Technik war, aber die Leute kamen doch zu ihr, um sich zu erholen. War es da so wichtig, das schnellste Internet zu haben?

»Natürlich«, entgegnete sie etwas spitzer als beabsichtigt. Auch gestern war es nicht den ganzen Tag ausgefallen, es hatte nur einmal eine schnell behobene Störung gegeben. »Aber bitte entschuldigen Sie, Ihr Zimmer ist noch nicht fertig. Ich kümmere mich gleich darum, wenn ich vom Einkaufen zurück bin. Ist das in Ordnung?«

»Ja. Ja, klar.« Er tippte irgendwas in sein Telefon.

»Sie können sich gerne in die Stube setzen, ich habe den Ofen eingeheizt«, schlug sie vor, aber Simon nickte nur, murmelte einen Abschiedsgruß vor sich hin und ging weiter.

Julia sah ihm nach. Er hatte die Schultern hochgezogen. Ob vor Kälte oder vor Anspannung, wusste sie nicht. Und es war ihr auch gleichgültig. Fest stand, dass Simon Lehnfeld mindestens so gestresst abreisen würde, wie er auf Borkum angekommen war. Aber das war weder ihre Schuld noch ihr Problem.

Sie ging mit erhobenem Kopf weiter. Erst jetzt spürte sie, dass ihre Strümpfe in den Sneakers schon feucht geworden waren. Warum nur hatte sie ihre warmen Stiefel nicht angezogen? Ein Windstoß traf sie von der Seite, und Julia fröstelte. Sie sollte sich beeilen. Als sie den Lebensmittelladen im Ortskern erreichte, war sie erleichtert. Der Duft von frischem Fisch und warmen Backwaren stieg ihr in die Nase. Hinter der Brottheke stand Neele Gerlach, die früher mit ihr zusammen die Schulbank gedrückt hatte.

»Moin, Juli«, rief sie ihr zu. »Sieh man zu, dass du schnell machst. Da kommen Eis und Schnee, das sag ich dir! Brauchst du was Leckeres für deine Gäste?« Sie deutete auf die Zimtschnecken, die sie gerade in der Auslage arrangierte.

Julia schüttelte den Kopf. »Vielen Dank, ich schließe ja dieses Jahr über die Feiertage die Pension. Alle reisen bald ab. Ich hole nur noch das Nötigste.«

»Dann schon mal frohe Feiertage, falls wir uns nicht mehr sehen«, wünschte Neele.

»Dir auch.«

Julia brauchte nicht lange für ihre Einkäufe, doch als sie wieder auf die Straße trat, war es noch einmal merklich kälter geworden. Der Wind hatte weiter aufgefrischt und pustete die Schneeflocken vor sich her. Es war kaum noch ein Mensch unterwegs. Julia fuhr mit den Turnschuhen vorsichtig über die Pflastersteine. Es wurde rutschig!

Unruhe stieg in ihr auf. Hoffentlich hatte Gerd seinen Spaziergang abgebrochen. Nicht, dass der alte Herr sich noch etwas brach! Und Leon? Sollte sie ihn nachher besser von der Schule abholen? Erst einmal musste sie auf jeden Fall zurück zur Pension, um die Einkäufe zu verstauen und sich um die Zimmer zu kümmern. Bislang war nur das von Nina Vogt gerichtet. Sie hatte die Pension heute sehr früh verlassen, um einen Strandspaziergang zu machen. Das Meer inspiriere sie, hatte die Sängerin gleich bei ihrer Anreise erzählt. Ob sie inzwischen wieder zurück war?

Als Julia endlich die in einem tiefen Meerblau gestrichene Holztür aufschloss und den Flur mit den alten Dielen betrat, atmete sie auf. Sie war vollkommen durchgefroren. Julia schlüpfte aus den nassen Schuhen, warf die Strümpfe in den Wäschekorb, stopfte die Schuhe mit etwas altem Zeitungspapier aus und stellte sie dann zum Trocknen an den mit blauweißen Delfter Kacheln verzierten Ofen in der Stube. Sie hatte ihn schon in aller Frühe angeheizt, sodass der Raum bereits angenehm warm war.

Außer dem Ofen gab es hier einen Buffetschrank, in dem Geschirr aufbewahrt wurde, ein mit rotem Samt bezogenes Biedermeiersofa, das Theas ganzer Stolz gewesen war, und ein offenes Bücherregal. Julia staubte es jede Woche ab, aber die Zeit, sich mit einem der vielen Schmöker, die Thea verschlungen hatte, hinzusetzen und sich in eine andere Welt zu lesen, hatte sie schon lange nicht mehr gefunden. In der Mitte der Stube stand ein runder Holztisch mit vier bequemen Korbstühlen.

An diesem Tisch saß nun tatsächlich Simon Lehnfeld, vertieft in irgendetwas, was er sich auf seinem Laptop ansah. Das Spitzendeckchen, das noch von Theas Mutter bestickt worden war, hatte er sorgfältig zusammengelegt und ebenso beiseitegeschoben wie den roten Weihnachtsstern, den Julia darauf platziert hatte.

»Ich brauche eine Tasse Tee. Möchten Sie auch eine?«, bot sie ihm an.

»Mhm. Gerne.« Er sah auf. Schatten lagen unter seinen Augen. »Der Wetterbericht für die nächsten Tage ist eine einzige Katastrophe. Die Meteorologen rechnen mit Blitzeis, Eisstürmen, undurchsichtigem Schneegestöber …«

Julia fuhr durch den Kopf, dass er gerade ungewöhnlich viele Worte machte. Die Nachrichten schienen ihm wirklich zuzusetzen.

Simon blies die Wangen auf und rutschte auf dem Korbstuhl hin und her. »Das könnte übel werden. Hoffentlich komme ich überhaupt noch weg von der Insel. Ich habe schon rumtelefoniert, aber für heute gibt es keine Möglichkeit mehr. Der Katamaran fährt nicht, und die Fähren sind alle schon überbelegt, heißt es. Man kommt weder nach Emden noch nach Eemshaven. Mein Auto steht in Emden, aber das wäre mir schon fast egal.« Er rieb sich das Kinn.

Julia hatte ihm beklommen zugehört. Das hatte ihr noch gefehlt! Was, wenn die Gäste nicht abreisen konnten? Und wie sollte sie es Leon erklären, wenn sie am Ende doch nicht zu Katrin fahren konnten?

Simons Handy klingelte. Er warf einen Blick auf das Display und nahm das Gespräch an. »Simon Lehnfeld hier. Ja, hallo.« Er drückte den Rücken durch, und Julia hätte schwören können, dass sich sein Gesichtsausdruck auf einen Schlag noch weiter verfinsterte. »Nein. Ich … Natürlich. Aber sicher, es geht mir wieder bestens. Ja, das habe ich gehört. Ich versuche schon, alle Hebel in Bewegung zu setzen, doch es ist von hier aus nicht so einfach … Genau, sogar ein Eissturm, wenn wir richtig Pech haben.«

Julia wollte nicht lauschen, bemerkte jedoch durchaus, wie angespannt ihr Gast klang. Bestimmt war das sein Chef. Auf Zehenspitzen schlich sie aus der Stube und zog leise die Tür hinter sich ins Schloss.

Kapitel 2

Nina stand am Strand unterhalb des Musikpavillons, wo in den Sommermonaten die Gäste bei fröhlichen Klängen Sonne, Strand und kühle Getränke genossen. Sie warf einen sehnsuchtsvollen Blick auf das in hellem Gelb gestrichene runde Gebäude. Ein paar Plakate hingen noch und bezeugten, welche Musikerinnen und Musiker sich in den vergangenen Monaten hier die Ehre gegeben hatten. Ein Mal hinter diesen tiefen Fenstern stehen und für die Kurgäste und Touristen singen, das wäre es. Sie würde ein luftiges Sommerkleid tragen, sich ganz der Musik hingeben und den Leuten den Tag mit ihrer Stimme verschönern.

Nina seufzte und schalt sich selbst dumm. Der Sommer war unendlich weit weg. Der Himmel über Borkum war von grauen Wolken verhangen, und selbst das Meer wirkte heute dunkler als sonst. Sie hatte eine Strickmütze über ihr kastanienbraunes Haar gezogen und trug den dicken Anorak, den sie erst hier auf der Insel gekauft hatte. Trotzdem war ihr, als pustete der Wind, der von Osten her die Wellen aufpeitschte, sie beinahe um.

Nina war nicht besonders groß und eher zierlich. Dem Wintersturm, der sich zusammenzubrauen schien, hatte sie wenig entgegenzusetzen. Ihre Zehen waren in den gefütterten Stiefeln längst taub geworden, doch das war ihr egal. Sie zog den Schal fester um ihren Mund. Das Einzige, auf das sie achtgeben musste, war ihre Stimme. Erkälten durfte sie sich auf keinen Fall. Sie schloss ihre blauen Augen, von denen sie wusste, dass sie einen attraktiven Kontrast zu ihrem Haar bildeten, und spürte die Schneeflocken, die der Wind vor sich hertrieb, auf ihrer Haut. Noch eine Woche, dann musste sie wieder zur Arbeit. Dann ging es aus der frischen, herben Inselluft zurück in die stickige, immer überheizte »Boutique«, wie sich der kleine Modeladen in ihrem Dorf im Emsland ganz unbescheiden nannte.

Sie hasste es, Kleidung zu verkaufen. Kleidung, die genauso öde und eintönig war wie die Kundinnen, die sich für weltgewandt hielten, weil sie ihre Männer dann und wann auf Geschäftsreisen schickten und ihre Urlaube in sterilen Hotels auf den Kanaren verbrachten. Die sie, die kleine Verkäuferin, oft genug von oben herab behandelten. Dabei war Nina keine Verkäuferin, nicht wirklich, auch wenn sie die Ausbildung absolviert hatte. Ihre Eltern hatten darauf bestanden, dass sie einen anständigen Beruf erlernte. Trotzdem: Sie war Sängerin! Das war ihre wahre Berufung.

Nina breitete die Arme aus und genoss das Gefühl, sich dem Wind zu überlassen, der an ihr zerrte. Bald würde sich alles ändern. Schon am nächsten Tag reiste sie ab, zu Marc nach Lingen. Er war nicht nur ihr Lebensgefährte, sondern auch ihr Manager. Jedenfalls, wann immer er neben seiner Arbeit als Konzertpianist Zeit dafür fand. Marc hatte ein Tonstudio im Ruhrgebiet gebucht, und zwischen den Feiertagen würden sie sich dorthin zurückziehen. Nur sie beide. Alle Songs, die sie aufnehmen wollten, hatten sie schon festgelegt. Marc war sicher, dass sie damit landen würden, dass ein Plattenvertrag für Nina drin war. Und dann wäre es vorbei mit dem langweiligen Dasein zwischen dem Schleppen von Klamotten und dem Abrechnen der Kasse.

Ein Lächeln huschte über Ninas Gesicht. Sie war siebenunddreißig, noch war es nicht zu spät. Vielleicht stand sie schon im nächsten Sommer in diesem Pavillon auf der Promenade und machte die ersten Schritte in ein Leben voller Musik. Ach, Marc! Was wäre sie nur ohne ihn! Schade, dass er nicht mit ihr zusammen für diese kleine Auszeit nach Borkum gekommen war.

Doch er hatte versprochen, seine verwitwete Mutter nach München zu fahren, wo sie die Feiertage bei ihrem Bruder verbringen wollte. Marc war das nur recht. Wenn er Weihnachten nicht bei seiner Mutter auf dem Sofa herumlungern und den verhassten Gänsebraten essen musste, blieb Nina und ihm mehr Zeit im Studio.

Sie konnte es kaum erwarten, Marc endlich wiederzusehen. Als Erstes hatte sie sich in seine dunkle Stimme und die grasgrünen Augen verliebt. Beides vermisste sie mit jedem Tag mehr.

»He, junge Frau!«

Nina fuhr zusammen und drehte sich um. Ein in Ölkleidung gewandeter Mann stand auf der Treppe, die vom Strand zur Promenade führte, und gestikulierte ihr wild. Sie runzelte die Stirn. Was wollte er von ihr?

Er legte die Hände um den Mund und rief etwas, aber Nina schüttelte den Kopf und legte eine Hand an ihr Ohr, um ihm zu zeigen, dass sie kein Wort verstand. Der Wind brauste so sehr, dass er die Rufe des Mannes einfach verschluckte.

Kurz entschlossen stapfte sie in seine Richtung. Der Wind drängte sie immer wieder zur Seite, und jeder Schritt durch den feuchten Sand, der sich unter den unermüdlich fallenden Schneeflocken allmählich weiß färbte, war beschwerlich. Sie keuchte, als sie dem Mann gegenüberstand, der die Hände in die Hüften gestemmt hatte und sie missbilligend musterte.

»Hatten Sie vor, aufs Festland zu fliegen?«, fragte er.

Nina neigte verunsichert den Kopf zur Seite, doch als sie das Blitzen in den trüben Augen des Mannes sah, der bestimmt schon die siebzig überschritten hatte, grinste sie. »Da bräuchte ich mindestens einen Lenkdrachen«, sagte sie.

»Gibt es hier an jeder Ecke«, konterte er. »Würde ich der jungen Drachenbändigerin trotzdem nicht empfehlen.«

Er wurde ernst und deutete zum Himmel empor. Als er die Wolken beobachtete, las Nina in seinem Blick eine Mischung aus Respekt und Sorge.

»Da braut sich etwas zusammen, oder?«

»Ja«, bestätigte er. »Das wird gefährlich. Haben Sie die Nachrichten denn nicht gehört? Es könnte einen Eissturm geben.«

»Oh.« Ninas Gedanken begannen zu rasen. »Aber … es gibt keine Probleme mit den Verbindungen zum Festland, oder? Ich reise bald ab und habe ganz wichtige Verpflichtungen.«

Der Mann zuckte mit den Schultern, sichtlich unbeeindruckt. »Die haben wir in diesen Tagen alle, oder? Aber das Wetter zeigt uns schon, wer bestimmt, was wichtig ist.« Er zwinkerte ihr versöhnlich zu. »Und ganz ehrlich: Es gibt Schlimmeres als ein Weihnachtsfest auf Borkum.«

»Natürlich. Klar. Aber wenn ich nicht wegkomme … das wäre eine Katastrophe.« Ninas Magen zog sich schmerzhaft zusammen. Die teure Studiozeit! Marc hatte doch schon alles bezahlt, und sie würden das Geld nicht zurückbekommen, wenn sie nicht erschienen. Sie musste es einfach auf das Festland schaffen. Das war ihre große Chance! »Meinen Sie, es wäre besser, heute schon zu fahren?«

Der Fremde schien von hier zu sein. Er wusste offenbar, was solche Wetterlagen bedeuteten, winkte jedoch zu Ninas Enttäuschung ab.

»Das kann ich nicht sagen. Kann ja auch alles wieder abziehen, wer weiß das schon? Und soweit ich gehört habe, sieht es heute auch nicht mehr gut aus. Der Katamaran fährt nicht, und die Fähren sind voll. Wissen Sie, was Sie am besten machen sollten?«

»Nein …?« Erwartungsvoll sah Nina ihn an.

»Das, was ich jetzt auch machen werde. Ins Trockene gehen. Einen heißen Tee trinken und warten, bis diese Front vorbeigezogen ist.« Er tippte sich an die Mütze, während er sich schon abwandte. »Passen Sie auf sich auf!«

»Danke«, rief Nina ihm hinterher. Sie zog den Schal fester um ihren Hals. Die Wolle war schon nass vom Schnee und kratzte auf ihrer Haut. Der Mann hatte recht. Nicht so sehr wegen der Kaltfront, die da heranzuziehen schien – aber ihre Stimme! Die würde sie sich hier draußen wirklich noch ruinieren.

Nina beschleunigte ihre Schritte, bis sie den Neuen Leuchtturm erreichte. Sie warf einen Blick nach oben. Mehr als dreihundert Stufen führten auf die Spitze des Leuchtturms, das war fast schon ein Workout. Sie hatte sich eigentlich vorgenommen, einmal hinaufzusteigen und die Aussicht zu genießen. Aber das konnte sie ja auch beim nächsten Mal machen, wenn sie auf die Insel kam. Im Sommer vielleicht. Dann hoffentlich mit Marc. Wie schön es wäre, an einem sonnigen Tag mit ihm dort oben zu stehen, dem Kreischen der Möwen und dem Rauschen der Brandung zu lauschen. Sie schloss für einen Moment die Augen und stellte sich vor, wie Marc die Arme um sie legte. Ihr etwas ins Ohr flüsterte. Ihr vielleicht sogar endlich einen Antrag machte.

Ach was, Nina. Schnell schob sie den Gedanken beiseite, als eine eisige Böe sie zurück in die Gegenwart holte. Jetzt sollte sie nicht träumen, sondern zusehen, dass sie schnell zurück in die Pension kam. Eilig setzte sie ihren Weg fort und bog schließlich in die Hindenburgstraße ein.

Die Pension *Meereszauber* war einfach, aber von ihrem Verkäuferinnengehalt konnte sie sich nichts Großartiges leisten, auch wenn auf Borkum eine luxuriöse Ferienbleibe nach der nächsten aus dem Boden zu wachsen schien. Obwohl Nina fand, dass die Wände mal gestrichen und einige Möbel ausgetauscht werden könnten, fühlte sie sich in der Pension wohl. Julia Sterweg war eine nette Wirtin, auch wenn sie immer etwas bedrückt wirkte. Genau wie ihr Sohn, der kleine

Leon, der eigentlich zum Knuddeln war mit seinen Wuschelhaaren und den braunen Augen.

Warum die beiden wohl so niedergeschlagen wirken?, überlegte Nina, während sie in der Jackentasche nach dem Hausschlüssel angelte. Vermutlich hatte es wirtschaftliche Gründe. Das verstand sie nur zu gut. Sich hier zwischen den neuen Anbietern zu behaupten war bestimmt genauso schwer, wie im Musikgeschäft Fuß zu fassen. Sie trat ein und wäre beinahe mit Simon Lehnfeld, einem anderen Gast, zusammengeprallt. Er hielt ein aufgeklapptes Notebook in den Händen und wollte offenbar gerade die Treppe hochsteigen.

»Hallo«, grüßte sie, nahm die Mütze ab und strich ein paar Schneeflocken von ihrem Anorak, bevor sie den Reißverschluss öffnete. Sie deutete auf den Computer. »Wissen Sie zufällig Näheres zu der Wetterlage?« Erst jetzt fiel ihr auf, wie finster Simon dreinblickte.

Aus der offenen Küchentür trat Julia, die Pensionswirtin, zu ihnen. In der Hand hielt sie eine Dose, in der Nina Teeblätter vermutete, und seufzte tief. »Sie haben es eben im Radio gemeldet«, erklärte Julia. Simon sah sie genauso angespannt an, wie Nina sich fühlte.

»Und?«

Julia schüttelte den Kopf. »Wir sitzen fest. In Emden und auch in Eemshaven gibt es bereits Blitzeis, und der Wind wird zu allem Überfluss auch immer stärker. Die Reederei hat den Fährverkehr auf unbestimmte Zeit eingestellt.«

Nina senkte den Blick. Betretenes Schweigen hing zwischen ihnen. Simon klappte sein Notebook zu.

»Das ist ein Desaster«, stieß er hervor, und Nina hätte schwören können, dass seine Finger zitterten. Er ließ sich auf die unterste Treppenstufe fallen.

Nina selbst blieb wie angewurzelt stehen. Ein Schauer lief über ihren Rücken. »Damit ist meine Karriere im Eimer«, flüsterte sie und sah aus dem Augenwinkel, wie Simon beipflichtend nickte.

»Meine auch.«

Julia lehnte sich an den Türrahmen, als könnte das Holz ihr Halt geben. Sie sah noch blasser aus als sonst.

»Und das Glück meines Sohnes«, flüsterte sie. Sie wandte sich ab, doch Nina hatte die Tränen in ihren Augen längst gesehen.

Kapitel 3

Der Wind wuchs sich zunehmend zu einem handfesten Sturm aus. Die Wolken, die er vor sich hertrieb, schienen von Minute zu Minute dunkler zu werden. Es war Mittag, doch der Himmel über Borkum war so düster, als bräche bereits die Nacht herein. Schneeflocken stoben aus allen Richtungen.

Julia hielt den Kopf gesenkt, als sie die Wilhelm-Bakker-Straße entlanglief. Sie hatte die Pension nicht gern allein gelassen, doch da sie ohnehin weder Simon Lehnfeld noch Nina helfen konnte, ihre Reisepläne zu ändern, hatte sie beschlossen, Leon von der Grundschule abzuholen. Die Kinder, die auf der Insel aufwuchsen, waren einige Wetterkapriolen gewöhnt. Sie kannten Sturmfluten und beißende Winde – aber dass sich ein solches Winterunwetter zusammenbraute, würde bestimmt viele von ihnen ängstigen, und Ängste hatte Leon im Moment wahrlich genug. Also hatte Julia Mantel, Handschuhe und Mütze geholt, war in ihre Stiefel geschlüpft und hatte sich auf den Weg gemacht, nicht ohne ihre Gäste zu bitten, sich ganz wie zu Hause zu fühlen.

Leider waren die Rathmanns noch nicht zurück gewesen, als sie losgegangen war. Ob sie bei diesem Sturm und dem Schneegestöber den Rückweg zur Pension überhaupt schafften? Florentine hatte vor einigen Jahren eine Hüftoperation hinter sich gebracht, und Gerd humpelte oft genug, er hatte Arthrose in den Knien, und Kälte tat ihm eigentlich gar nicht gut. Wenn sie wüsste, wo die beiden eingekehrt waren, würde sie versuchen, sie abzuholen. Handys lehnten sie jedoch als »neumodischen Schnickschnack« ab. »So etwas hat früher schließlich auch niemand gebraucht«, sagten sie immer, wenn

Julia vorsichtig nachfragte, ob sie unterwegs vielleicht erreichbar waren. Da tickte das Rentnerpaar genau wie Thea, die auch alles, was über eine Fernbedienung für den Fernseher hinausging, als »Unfug« abgetan hatte. Wie oft war Julia genervt gewesen, wenn Thea Neuanschaffungen infrage gestellt hatte – und wie gern würde sie jetzt mit ihrer Mutter über solche Kleinigkeiten diskutieren und streiten, am liebsten jeden Tag. Ein Lächeln huschte über ihr Gesicht. Ach, Mama.

Endlich erreichte sie die Grundschule. Die Fenster des roten Backsteingebäudes, das unter Denkmalschutz stand und ohne den Anbau wie aus der Zeit gefallen gewirkt hätte, waren von den Kindern liebevoll geschmückt worden. Kerzen aus Transparentpapier, Schneekugeln aus Wattebällchen und Engel und Schneemänner, die von kleinen Fingern aus Tonpapier ausgeschnitten worden waren, zierten die Scheiben, an denen sich bereits Eisblumen gebildet hatten.

Julias Blick wanderte zum ersten Stock, in dem sich Leons Klassenzimmer befand. Er hatte ihr erzählt, dass seine Lehrerin, Frau Aldermann, ein Gesteck auf das Pult gestellt hatte. Es war so groß, dass der ganze Raum nach Tanne roch und nach den Zimtstangen, die zusammen mit kleinen roten Kugeln und Nüssen auf die Zweige geklebt waren. Mit ernster Miene hatte Leon seiner Mutter verkündet, dass man aus Brandschutzgründen keine echten Kerzen anzünden dürfe, Frau Aldermann aber eine LED-Kerze besorgt habe, deren Flamme sogar flackerte. Immer, wenn sie morgens ein Kapitel aus der Adventsgeschichte vorlas, schaltete sie die Deckenlampen aus, damit es gemütlich wurde, und schenkte jedem Kind ein selbst gebackenes Plätzchen.

Julia blieb auf dem Schulhof stehen und zog die Schultern hoch. Leon liebte die junge Frauke Aldermann innig, aber selbst sie schaffte es im Moment nicht, zu ihm durchzudringen. Sie hatten mehrmals telefoniert, seit Thea gestorben war, denn auch die Lehrerin sorgte sich um Leon, der doch sonst immer so fröhlich bei der Sache gewesen war und manchmal sogar den Klassenclown gegeben hatte.

»Julia?«

Eine bekannte Stimme riss sie aus ihren Gedanken. Sie wirbelte herum und sah sich einem hochgewachsenen Mann in einer dunklen Winterjacke gegenüber. Er hatte seine Mütze tief in die Stirn gezogen. Sein kastanienbrauner Dreitagebart hing voller Schneeflocken, und seine grünen Augen funkelten überrascht. Offenbar hatte er nicht damit gerechnet, sie hier zu treffen.

»Jasper. Was machst du denn hier?«

Ihr Ex-Freund hob eine Augenbraue. »Ich dachte, ich hole Leon heute besser ab.«

Er legte den Kopf in den Nacken und betrachtete sichtlich beunruhigt die Wolken. Sie rasten geradezu über den Himmel, so sehr jagte der Wind sie inzwischen in Richtung der offenen See. Julia hätte schwören können, dass sie selbst hier, mitten im Ortskern, noch das Tosen der Wellen hörte. Das Meer musste vollkommen aufgewühlt sein.

»So etwas habe ich noch nie gesehen«, murmelte Jasper. Julia dachte, dass er wirklich besorgt sein musste, wenn er seinen Sohn freiwillig abholte. Jasper hatte kurz vor Leons Geburt eine Bar in der Bismarckstraße eröffnet, nur wenige Meter von der Promenade entfernt und somit in bester Lage. Die Einrichtung war edel, mit einer gläsernen Theke, Ledersofas und einem hochwertigen Sound-System. Ein Lokal, in dem Julia sich eher Business-Typen wie Simon Lehnfeld vorstellen konnte als Familien oder ältere Gäste wie die Rathmanns.

Jasper hatte damals nicht nur, ohne mit der Wimper zu zucken, seinen sicheren Job bei der Stadtverwaltung an den Nagel gehängt, sondern auch einen beträchtlichen Kredit aufgenommen, um sich seinen Traum von einer Bar zu erfüllen. Für Julias Geschmack war Jasper viel zu sehr ins Risiko gegangen – sie war hochschwanger gewesen, die Pension ihrer Mutter in die Jahre gekommen, und nun sollten sie ein solches Unterfangen wagen? Doch Jasper hatte darauf beharrt, dass eine Gelegenheit wie diese sich so schnell nicht wieder bieten würde. Spätestens, als er nach Leons Geburt mehr Zeit in der Bar als an Julias Wochenbett verbrachte, war das Ende ihrer Beziehung eingeläutet gewesen.

Leons Geburt war nicht leicht gewesen, Julia hatte über Wochen nicht richtig sitzen können und sich gefühlt, als hätte man sie kurzerhand in einen anderen Körper und in ein anderes Leben gezwängt. Sie hatte so oft geweint. Wenn Leon über Stunden geschrien und sie nicht gewusst hatte, warum. Wenn er nicht trinken wollte, wenn er sich in ihren Armen steif machte, als wollte er überall sein, nur nicht bei ihr. Und nie war Jasper an ihrer Seite gewesen. Immer nur Thea. Ohne ihre Mutter, da war Julia sicher, hätte sie diese ersten Wochen mit Leon gar nicht überstanden.

Die Schulglocke läutete. Nur Augenblicke später wurde die schwere Eingangstür aufgestoßen, und eine Horde Kinder strömte heraus. Erst jetzt fiel Julia auf, dass Jasper und sie nicht die einzigen Eltern waren, die sich auf den Weg gemacht hatten und nun, fröstelnd von einem Bein auf das andere tretend, auf dem Schulhof warteten. Sie winkte einigen bekannten Gesichtern zu, ohne die Tür aus den Augen zu lassen.

Endlich tauchte Leon auf. Er wäre beinahe ausgerutscht, so glatt war es inzwischen an einigen Stellen geworden. Als er seine Eltern sah, blieb er kurz stehen und neigte den Kopf zur Seite.

Julia schmunzelte. Seit seiner Einschulung hatten Jasper und sie nicht mehr gemeinsam hier auf dem Hof gestanden. Auch zum Elternabend war Julia alleine gegangen.

Als Leon schlitternd vor ihr zum Stehen kam, nahm sie ihn in die Arme. »Papa und ich hatten die gleiche Idee«, erklärte sie. »Wir waren etwas besorgt wegen des Wetters.«

»Das stimmt.« Jasper trat von einem Fuß auf den anderen.

Als er sprach, bildete sein Atem kleine Wolken vor seinem Mund, so kalt war es geworden.

»Komm, Leon. Zeit, nach Hause zu gehen. Da kommt wohl noch einiges runter heute.«

»Das hat Frau Aldermann auch gesagt«, erzählte Leon. Er ließ sich von Julia an die Hand nehmen, gab Jasper, der ihm den Ranzen abgenommen hatte, die andere, und zu dritt überquerten sie vorsichtig, um ja nicht auszurutschen, den Schulhof, der sich ungewöhnlich schnell leerte.

»Sie glaubt, dass morgen der Unterricht ausfällt. Wir sollen unbedingt die Mails abrufen.«

»Das machen wir.«

»Mama, können wir denn überhaupt zu Katrin fahren? Frau Aldermann meint, dass die Fähren erst einmal ausfallen und der Katamaran auch. Die Nordsee gefriert an der Küste wohl schon, stellt euch das mal vor.«

Julia kniff die Lippen zusammen und wechselte einen Blick mit Jasper, der kaum merkbar mit den Schultern zuckte. »Wir müssen abwarten, Schatz«, sagte sie und drückte Leons Hand. Natürlich ahnte sie bereits, dass sie ihre Reise absagen mussten. Die Frage war nur, wie sie das Leon möglichst sanft eröffnen konnte. Den Kleinen ausgerechnet jetzt enttäuschen zu müssen zerriss ihr schier das Herz.

Die Aussicht auf ein paar Tage im Allgäu hatte dem Jungen zwar keine überschwänglichen Reaktionen entlockt, aber Julia war sicher, dass der Abstand zu Borkum ihm gutgetan hätte. Gerade jetzt, vor den Weihnachtstagen, lauerten die Erinnerungen an Thea in jeder Ecke. Das galt für Leon mindestens so sehr wie für sie selbst.

An jedem Sonntag im Advent hatte er mit Thea gebastelt oder gebacken. Die beiden hatten den Adventskranz angezündet und Rolf Zuckowskis CD mit der *Weihnachtsbäckerei* so oft dudeln lassen, dass Julia mehr als einmal kurz davor gewesen war, den Strom abzuschalten. Thea hatte Leon geholfen,

Sterne und Herzen aus Mürbeteig auszustechen, und bunten Zuckerguss angerührt, der später überall in der Küche geklebt hatte. Sie hatten Kerzen mit Wachsplättchen verziert, Mandarinen für Lichter ausgehöhlt und Marzipanfigürchen geknetet.

Julia hatte sich fest vorgenommen, diese Traditionen wieder aufleben zu lassen, aber ihr fehlte in diesem Jahr nicht nur die Zeit dafür, sondern auch der Mut. Würde sie Leon damit nicht nur noch trauriger machen? Vielleicht war es besser, ganz neue Traditionen zu schaffen? Aber wie?

»Papa«, wandte der Junge sich nun an Jasper, »wenn wir über Weihnachten nicht wegfahren, kann ich dann zu dir kommen?«

Jasper wohnte seit der Trennung von Julia in einer kleinen Mietwohnung in der Norderreihe, gar nicht weit weg von der Pension. Das war ihnen wichtig gewesen, damit Leon seinen Vater jederzeit auch allein besuchen konnte. Dass dieser jedoch meistens nicht zu Hause, sondern in seiner Bar anzutreffen war, stand auf einem anderen Blatt.

Ein flehender Ausdruck lag nun in den braunen Augen des Jungen, und Julias Magen drückte auf einmal. Nicht, weil ihr Sohn das Fest bei seinem Vater verbringen wollte, sondern weil sie den Grund dafür ahnte. Er wollte den Erinnerungen an seine Oma entfliehen, und niemand verstand das besser als sie selbst. Jasper biss sich auf die Unterlippe. Er warf Julia einen Hilfe suchenden Blick zu. Sie schluckte.

»Papa hat doch so viel zu tun, Leon. Bald ist der *Lüttje Markt*, und er muss in diesem Jahr ganz viel bei den Vorbereitungen helfen.«

»Das stimmt«, bestätigte Jasper. »Das ist viel Arbeit, Leon. Am zweiten Feiertag geht es doch schon los. Ich bin vermutlich über Weihnachten ständig unterwegs.«

Julia wusste, dass Jasper zum ersten Mal federführend für den *Lüttje Markt*, Borkums Antwort auf die traditionellen Weihnachtsmärkte, verantwortlich zeichnete. Der Markt, bei dem Musik und leibliche Genüsse im Vordergrund standen, fand wie immer erst nach Weihnachten statt, aber das bedeutete auch, dass Jasper an Heiligabend anderes im Sinn haben würde, als einen trauernden Sechsjährigen zu betreuen. Schlimm genug, fand Julia.

»Wir haben uns viel vorgenommen.« Jasper verfiel in einen Plauderton, und Julia wusste, dass er in erster Linie kein Schweigen aufkommen lassen wollte. »Es gibt natürlich wieder viele Spezialitäten von der Insel und coole Live-Musik, aber als Überraschung habe ich noch einen Foodtruck bestellt. Mit ganz außergewöhnlichen Sachen.«

Seine Miene verdüsterte sich. »Jetzt hängt natürlich alles an dieser Kaltfront. Hoffentlich fällt das Ganze nicht noch ins Wasser, das wäre einfach fatal. Es stehen auch noch Lieferungen aus. Zutaten für die Gastronomen, Getränke und so. Wir haben schon so viel Geld ausgegeben, dass wir auf keinen Fall auf den Kosten sitzen bleiben dürfen. Es wird sogar Cocktails geben.«

Julia wollte gerade sagen, dass das Wetter eher nach Punsch und Glühwein aussah, als Leon seinem Vater ins Wort fiel.

»Machst du denn nichts für Kinder?«

Jasper fuhr sich über die Stirn, als käme er der Kälte zum Trotz ins Schwitzen. »Es wird schon winterlich und gemütlich werden. Das ist doch klar, Leon. Und es wird auch etwas Schönes für euch Kinder geben. Aber genau deshalb habe ich auch so viel Arbeit, wir wollen ja etwas Einzigartiges auf die Beine stellen.«

Leon sah nicht überzeugt aus, schwieg aber. Jasper begleitete die beiden bis zur Pension, doch sie legten den Rest des Weges schweigend zurück. Leon starrte mit gesenktem Kopf auf seine Stiefelspitzen, während er seinen schmalen Körper immer wieder mit Mühe gegen den Wind stemmte.

Julia musste alle paar Schritte stehen bleiben, um sich den

Schnee aus den Augen zu wischen. Ihr fiel nichts ein, womit sie Leon trösten könnte. Er war nicht auf den Kopf gefallen und hatte sicher längst begriffen, dass er Weihnachten in der Pension verbringen würde. Sie würde einen Baum kaufen müssen. Das hatte sie gar nicht vorgehabt. Als sie die Pension erreichten, schloss Julia die Tür auf.

»Tschüss, Papa«, flüsterte Leon, streifte seine Stiefel ab und stapfte die Treppe hoch nach oben in sein Zimmer, ohne sich noch einmal umzudrehen.

»Mach's gut, Großer«, rief Jasper ihm nach, bekam jedoch keine Antwort mehr.

Julia blieb zögernd im Türrahmen stehen. Sie lauschte ins Haus. Alles war still. Simon Lehnfeld und Nina Vogt hatten sich vermutlich in ihre Zimmer zurückgezogen und versuchten, für ihre Jobs zu retten, was noch zu retten war. Ob die Rathmanns inzwischen wohlbehalten zurück waren? Sie würde gleich nach ihnen sehen.

»Also dann …«, sagte sie. »Danke, dass du uns begleitet hast.« Sie deutete zum Himmel. »Du solltest zusehen, dass du nach Hause kommst, Jasper. Sonst schneist du hier noch ein.«

Er ging nicht darauf ein, sondern trat von einem Fuß auf den anderen, die Händen in den Jackentaschen vergraben. »Leon geht es richtig mies, oder?«

Julia nickte. »Er vermisst seine Oma.«

»Ja. Und diese rührselige Weihnachtszeit macht es nicht besser. Thea hat da ja auch immer ein Riesenbrimborium veranstaltet.«

Julia zuckte zusammen, und Jasper hob in einer entschuldigenden Geste die Hände.

»So habe ich das nicht gemeint. Das weißt du.«

»Leon hat die Weihnachtszeit geliebt, weil Thea alles so gemütlich gemacht hat. Nur für ihn. ›Der Advent, das sind lauter Funkeltage‹, hat sie immer gesagt.« Ihre Stimme brach.

Jasper trat einen Schritt näher und zog sie an sich. Er legte sein Kinn auf Julias Kopf ab. »Und jetzt sind sie umso dunkler. Das habe ich nur gemeint. Aber irgendwann wird er sich gern zurückerinnern. Es ist nur noch zu früh.«

Julia schniefte, löste sich aus der Umarmung und zog ein Papiertaschentuch aus ihrer Manteltasche. »Er kann wirklich nicht zu dir, oder?«

»Nein, leider. Es ist so, wie du es ihm gesagt hast. Der *Lüttje Markt* …« Er zuckte mit den Schultern. »Es packen viele mit an, wir sind ein tolles Team, aber trotzdem werde ich gebraucht. Ich kann die anderen nicht hängen lassen. Und die Bar läuft ja auch noch weiter. Tut mir wirklich leid, Juli.«

Sie nickte, seltsam gerührt, weil er ihren alten Spitznamen verwendete. Juli, wie ihr Geburtsmonat. Sie lächelte. »Also dann … komm gut nach Hause. Oder in dein Lokal. Sei vorsichtig.«

»Ihr auch. Bleibt drinnen, wenn es geht.«

Julia hob die Augenbrauen. »Ja, wenn es geht … aber ich fürchte, ich muss noch einmal los. Wenn meine Gäste über die Feiertage hier festhängen, muss ich die Vorräte aufstocken. Der Gefrierschrank ist zwar gut gefüllt, und ich habe noch ein wenig Eingemachtes da, aber Getränke, frisches Obst und Gemüse muss ich unbedingt kaufen. Und Eier, Butter …« Sie wollte mit ihrer Aufzählung fortfahren, doch Jasper fiel ihr ins Wort.

»Geht mir nicht anders. Ich mache auf jeden Fall heute noch einen Großeinkauf.« Seine Augen flackerten besorgt. »Herrje, nicht dass die Leute mit Hamsterkäufen anfangen. Schick mir einfach eine Liste mit allem, was du brauchst, ich bringe es dir dann mit.«

»Bist du sicher?«

»Natürlich. Es reicht ja, wenn einer von uns bei dem Wetter noch rausmuss.« Er grinste. »Und falls es wieder zu Nahkämpfen ums Klopapier kommt, bin ich die bessere Wahl, das musst du zugeben.«

Julia lachte. »Das ist nett, Jasper. Danke. Ich schicke dir nachher eine Liste.«

»Alles klar, kein Ding.«

Jasper winkte Julia noch einmal zu, zog die Schultern hoch und stemmte sich gegen den Wind, als er den Rückweg zum *Jasper's* antrat. Julia schloss die Tür, stellte ihre Stiefel neben Leons in die Abtropfschale für Schuhe, die im Flur bereitstand, und hängte ihren Mantel auf die Heizung. Er war völlig durchnässt. Sie legte die Handschuhe ab und hauchte auf ihre von der Kälte geröteten Fingerspitzen.

»Flora?«, rief sie dann die Treppe hoch. »Gerd? Seid ihr wieder da?«

Nach Leon würde sie gleich sehen, doch zumindest wusste sie ihn sicher im Warmen.

Keine Antwort.

»Gerd?« Sie versuchte es erneut und stieg die Treppe hoch, aber auch ihr Klopfen an der Zimmertür der Eheleute blieb unbeantwortet. Stattdessen steckte Simon Lehnfeld den Kopf aus der Tür seines Einzelzimmers, das direkt danebenlag.

»Alles in Ordnung?«, fragte er. Er sah mitgenommen aus, fand Julia. Unter seinen Augen zeichneten sich dunkle Ringe ab, und seine Haare waren zerzaust. Sein Smartphone hielt er in der Hand, natürlich. Dieser Mann müsste dringend einmal sein Handy ausstellen und einfach richtig schlafen, dachte Julia, sagte jedoch nichts. Er war ihr Gast, nicht ihr Patient.

»Ich weiß nicht … ich suche die Rathmanns. Sie wollten in die Stadt, aber bei dem Wetter?« Hilflos zuckte Julia mit den Schultern. »Sie müssten längst zurück sein.«

»Oh.« Simon Lehnfeld fuhr sich durch die Haare. Das schien eine nervöse Angewohnheit zu sein. »Und das Mobilfunknetz ist dahin. Seit zwei, drei Stunden gibt es kein Internet mehr. Das Festnetz funktioniert auch nicht.«

»Die beiden haben sowieso kein Handy.«

Simon schnaubte und steckte seines in die Tasche seiner

Jeans. »Das Ding ist oft genug eine Geißel, aber in manchen Situationen doch nützlich. Bestimmt haben die Rathmanns irgendwo Unterschlupf gefunden. In einem Lieblingscafé vielleicht?«

»Ich weiß es nicht.« Julia verschränkte die Arme vor der Brust und dachte nach. Dann reckte sie das Kinn. »Ich gehe sie suchen.«

Es war das Letzte, was sie wollte. Ihr war noch immer kalt, und der Wind brauste um das Haus. Sie hörte, wie er durch die kahlen Bäume toste und Äste zum Bersten brachte. Trotzdem! Julia konnte den Gedanken nicht ertragen, dass die alten Leute in Gefahr waren.

»Das können Sie nicht machen.« Simon schüttelte den Kopf. »Ich habe den Wetterbericht die ganze Zeit über verfolgt. Das heißt, bis das Internet den Geist aufgegeben hat. Tut mir leid! Ich kann Sie nicht gehen lassen, da draußen herrscht wirklich Lebensgefahr.«

Julia erstarrte. Nur mit Mühe widerstand sie dem Drang, die Hände in die Hüften zu stemmen, doch dass ihre Augen wütend funkelten, konnte sie sicher nicht verhindern. Man sah ihr einfach immer an, wenn sie empört oder zornig war. Ihr Gast schien auch zu ahnen, was in ihr vorging, und hob die Hände.

»Frau Sterweg, bitte! Ich will Sie doch nicht bevormunden. Sie kennen sich hier natürlich besser aus als ich, aber die Warnungen sind eindeutig gewesen, und das Wetter wird eher schlimmer als besser, das müssen Sie zugeben.«

Sie musterte ihn. Er wirkte tatsächlich eher besorgt als rechthaberisch. Julia rang mit sich. Er hatte ja recht. Simon wollte gerade noch etwas hinzufügen, als sie hörten, wie ein Schlüssel in der Haustür gedreht wurde.

Kapitel 4

Florentine, die sich viel lieber Flora rufen ließ, wäre beinahe über Julias nassen Mantel gestolpert. Er war von der Heizung neben der Haustür gefallen, über den sie ihn wohl zum Trocknen gehängt hatte. Sie bückte sich und legte den Mantel wieder zurück, nachdem sie ihre Einkaufstaschen auf der Treppe abgestellt hatte. Gerd folgte ihr und drückte die Tür hinter sich ins Schloss, bevor er seine vom Schnee klamm gewordene Mütze abnahm.

»Himmel«, murmelte er, »bin ich froh, dass wir wieder hier sind. Ich dachte, der Sturm pustet uns mir nichts, dir nichts zurück bis nach Emden!«

Flora wollte gerade etwas erwidern, als sie eilige Schritte auf der Treppe hörte. Julia kam die Stufen geradezu heruntergeflogen.

»Herrje«, lachte Flora. »Vorsicht, junge Dame! Du hast es aber eilig. Dabei verpasst du bei dem Wetter nichts, das kann ich dir versichern.«

»Ich war so in Sorge um euch!« Die Pensionswirtin atmete hörbar aus.

Flora bekam ein schlechtes Gewissen. Als hätte die arme Julia nicht schon genug Kummer. »Es tut mir leid«, sagte sie rasch, ging zu der jungen Frau und legte ihr eine Hand auf den Unterarm. »Wir hätten uns ja gemeldet, im Café hätte man uns bestimmt telefonieren lassen. Aber ich muss zugeben, dass ich gar nicht daran gedacht habe. Wir haben warm und trocken bei Kaffee und Kuchen ausgeharrt, aber irgendwann war klar, dass das Wetter nur noch schlimmer wird. Da haben wir uns dann doch auf den Weg gemacht. Bitte entschuldige, wir wollten dir keine Sorgen bereiten!«

Gerd nickte zustimmend. »Der Rückweg war ganz schön anstrengend, der Schnee ist uns nur so ins Gesicht gepeitscht. Wir haben uns immer mittig auf den Straßen gehalten, ich hatte wirklich Bedenken, dass Dachziegel fliegen könnten. Von Ästen ganz zu schweigen. Aber jetzt sind wir ja da!«

Er grinste, und Flora erwiderte sein Lächeln. Das liebte sie nach all den Jahren immer noch so sehr an ihrem Mann: So schnell verdarb Gerd nichts die gute Laune.

»Ist Leon denn nach der Schule auch gut angekommen?«, wollte Flora wissen. Sie war erleichtert, als Julia nickte.

»Ja, sein Vater und ich haben ihn abgeholt.«

»Wie schön!« Flora hatte Leons Vater Jasper schon häufig getroffen. Er hatte auf sie immer gehetzt gewirkt, schien stets auf dem Sprung zu seinem nächsten wichtigen Termin zu sein. Ein bisschen wie Simon Lehnfeld, der im Zimmer neben ihnen untergekommen war. Es war geradezu verwunderlich, dass ihm sein Handy noch nicht am Ohr festgewachsen war.

»Ihr wisst sicher schon, dass die Insel von der Außenwelt abgeschnitten ist, nehme ich an?« Julia sprach mit gesenktem Blick, als hätte sie Angst vor der Reaktion der Rathmanns auf diese Hiobsbotschaft.

»Ja, der Kellner hat es uns erzählt«, bestätigte Gerd.

Flora zuckte mit den Schultern. »Da kann man nichts machen, oder? Immer glauben wir, dass wir alles im Griff haben mit unserer modernen Technik. Und dann kommt einmal der Winter, und zack.« Sie schnipste mit den Fingern. »Schon zeigt er uns, wer das Sagen hat.«

»Aber eure Familie … wird sie nicht traurig sein?«, hakte Julia nach.

»Ach was.« Gerd winkte ab. »Die Kinder und Enkel kommen sowieso immer erst am zweiten Feiertag. Dann sind alle schon übersättigt von dem vielen Essen und den ganzen Geschenken. Mein Schwiegersohn schläft meistens schon beim Kaffeetrinken ein. Stell dir das mal vor, so ein junger Mann!«

»Das stimmt«, bestätigte Flora und schluckte. Sie hatte bis zu ihrer Rente als Konditorin gearbeitet, und gerade um Weihnachten herum machte es ihr Freude, die schönsten Plätzchen und Torten zu zaubern. Wenn dabei die alten Lieder aus dem Radio klangen, die sie leise mitsummte. Wenn mit Glück sogar ein paar Schneeflocken vor dem Fenster tanzten und Eisblumen die Scheiben zierten – gab es Schöneres? Richtige Kunstwerke waren ihre Torten und Plätzchen dann manchmal geworden. Aber da ihre beiden Kinder inzwischen weit weg wohnten, fehlte es ihr, jemanden damit zu verwöhnen. Und wenn die Familie dann endlich eintrudelte, brachten sie nicht einmal an den Feiertagen richtigen Appetit mit. Für Gerd und sie allein lohnte sich der Aufwand auch nicht, zumal Gerd von seinem Arzt eingebläut wurde, auf sein Gewicht zu achten, damit sein Knie nicht schlimmer wurde.

»Wenn sie ein paar Tage später kommen, macht das keinen Unterschied. Mein Weihnachtsbaum steht sowieso immer bis Lichtmess, wie sich das gehört.«

»Jaja, das ganze Haus liegt dann voller Nadeln, die sauge ich noch im Hochsommer weg.« Gerd schmunzelte.

»Dann musst du beim Frühjahrsputz wohl ordentlicher werden«, konterte Flora fröhlich, wurde jedoch gleich wieder ernst. »Aber was ist mit dir, Julia?«

Der Blick der jungen Pensionswirtin war Antwort genug.

»Natürlich. Ihr könnt auch nicht ins Allgäu, nicht wahr?« Flora seufzte, als Julia den Kopf schüttelte. Der arme Leon! Und seine arme Mutter! Die beiden hatten sich so darauf gefreut, zumindest über die Feiertage den vielen Erinnerungen an Thea zu entkommen.

Julia wischte sich über die Augen. Ihre Stimme zitterte ganz leicht, als sie weitersprach, aber sie war merklich bemüht, schnell wieder zu der zuvorkommenden Gastgeberin zu werden, die niemanden mit ihren Sorgen und Nöten behelligte. Am liebsten hätte Flora sie in den Arm genommen, doch sie kannte Julia gut genug, um zu wissen, dass sie das nicht wollen würde.

»Nein, wir müssen unsere Reise vermutlich auch verschieben, wenn nicht noch ein Wunder geschieht«, bestätigte sie Floras Befürchtungen. »Aber wir bekommen das schon hin. Leon ist so verständig. Und seine Freunde sind ja auch alle hier …«

Sie brach ab, und Floras Herz zog sich zusammen. Leons Freunde. Sie war lange und oft genug auf Borkum gewesen, um zu wissen, dass die früher so häufigen Besuche anderer Kinder selten geworden waren. Dabei hatte sie es geliebt, wenn Leon und seine Freunde im Garten unter ihrem Zimmerfenster getollt hatten. Julia hatte sie dann immer ermahnt, nicht zu laut zu sein, aber Flora hatte jedes Mal abgewunken. Kinderlachen war doch kein Lärm. Es tat einem in der Seele gut.

Jetzt war es natürlich zu kalt, um ausgiebig draußen zu spielen, doch schon während ihres letzten Aufenthalts im Spätsommer war der Kleine kaum noch im Garten gewesen, und wenn, hatte er alleine auf der Bank gesessen, die dort stand, und so getan, als blätterte er in einem Comic. Nur, dass der Junge minutenlang nicht eine Seite umgeschlagen hatte.

Floras Blick fiel auf ihre Einkaufstaschen. Sie hatte eigentlich nur Tee und ein paar Souvenirs besorgen wollen, aber dann waren noch eine Menge anderer Dinge auf dem Kassenband gelandet. Erst recht, nachdem sie im Supermarkt die Gespräche anderer Kunden mitbekommen hatte. Wenn sie länger als geplant auf Borkum bleiben musste, konnte sie zumindest versuchen, mit leckerem Gebäck die Stimmung aufzuheitern.

Ganz zart stieg ihr der Duft von Kardamom, Zimt und Vanille in die Nase. Während ihrer Einkäufe hatte Flora noch gezaudert und gefürchtet, sich zu sehr in Julias Angelegenheiten einzumischen. Doch jetzt, nach dem Gespräch mit ihr, stand Floras Entschluss felsenfest: Die Sterwegs würden Weihnachten feiern! Ein neues Weihnachten. Die Erinnerungen an Thea sollten Leon und Julia begleiten, aber sie nicht traurig machen. Es würde ein anderes Fest werden als sonst, doch ein gutes. Dafür würde sie sorgen. Mit den süßen Zauberkünsten einer Konditorin, mit ihrer Liebe zu Weihnachten, mit ihrer eigenen Trauer um Thea – und mit ganz viel Zeit für Julia und Leon.

Sie durfte nur nicht mit der Tür ins Haus fallen, sonst würde Julia gleich ein schlechtes Gewissen bekommen, denn Hilfe nahm sie nicht gern an, schon gar nicht von Gästen, die doch dafür zahlten, dass sie sich in der Pension erholen durften. Dabei waren Weihnachtsvorbereitungen keine Arbeit, jedenfalls nicht für Flora.

»Dann müssen wir es uns wohl alle miteinander gemütlich machen«, strahlte sie und breitete die Arme aus, als ihr Zimmernachbar Simon Lehnfeld die Treppe herunterkam. Er hatte die Hände in den Hosentaschen vergraben, und obwohl ihm die dunkelblonden Haare in die Stirn hingen, entging ihr nicht, wie müde seine grünen Augen hinter der Brille wirkten. Resigniert sah er aus. Zutiefst erschöpft. Sie unterdrückte ein Seufzen.

»Nicht wahr, Simon?«, fragte sie. »Auf Borkum kann man es bestimmt auch an den Feiertagen gut aushalten.«

Simon Lehnfeld hob die Brauen. »Das kann man sicherlich. Die Frage ist nur, was sich in der Zeit zu Hause zusammenbraut.«

Flora schlug eine Hand vor den Mund. Wie gedankenlos von ihr! »Verzeihung. Bestimmt haben Sie eine Familie, die sehnlichst auf Sie wartet. Ach, das tut mir leid, ich kann verstehen …«

Simon winkte ab. »Nein, Florentine.«

»Flora, bitte«, warf sie mit einem Lächeln ein.

»Flora. Gut. Nein, es wartet keine Familie auf mich, sondern die Arbeit. Aber trotzdem, es ist …« Er zuckte mit den Schultern und sah sie etwas hilflos an.

»Schon gut«, sagte sie rasch und machte eine wegwerfende Handbewegung. »Sie haben ja recht. Die Welt dreht sich auf dem Festland auch weiter, und nur weil ich es nicht so eilig habe zurückzufahren, gilt das ja nicht für jeden.« Sie warf Julia einen Blick zu.

»Wir sind halt Rentner«, beschwichtigte Gerd und legte seiner Frau einen Arm um die Schulter. »Als ich noch gearbeitet habe, hatte ich auch immer schon am zweiten Feiertag das Gefühl, dass sich die Arbeit stapelt und ich dringend zurück an den Schreibtisch muss. Ich war Bauingenieur.«

»Der beste weit und breit«, behauptete Flora und gab ihm einen Kuss auf die Wange.

Simon lächelte schmal, dann wandte er sich an Thea. »Frau Sterweg, es gibt immer noch kein Internet, oder?«

Julia schüttelte den Kopf. »Leider nein. Im Moment sind wir völlig abgeschnitten.«

Mit einem leisen Stöhnen wandte er sich um. »Ich bin in meinem Zimmer, falls etwas ist.«

»Und ich in der Küche!« Flora bedeutete Gerd, ihr mit den Einkäufen zu helfen. »Ich darf doch meine Sachen dort abstellen, oder, Julia? Einiges müsste in den Kühlschrank, fürchte ich.«

»Ja, natürlich. Warte, ich räume dir schnell ein Fach frei.«

Wenige Minuten später saß Julia am Küchentisch und sah Flora zu, wie sie ihre Einkäufe auspackte. Helfen durfte sie ihr nicht.

»Wenn es dich nicht stört, erledige ich das allein. Wenn

ich es selbst mache, weiß ich hinterher am besten, ob mir womöglich noch etwas fehlt. Du musst mich nur bremsen, wenn ich dir etwas in Unordnung bringe«, sagte Flora, goss Julia eine Tasse Tee aus der Thermoskanne ein und stellte ihr auch noch Kluntje und Sahne hin, als wäre sie die Gastgeberin. »Du musst dich außerdem auch mal ausruhen. Gerade jetzt, wo du uns alle noch länger als geplant am Hals hast.«

»Am Hals haben, also bitte.« Julia schüttelte den Kopf. »So ist es ja nun wirklich nicht.«

»Nein, vielleicht nicht. Aber deine Pläne hat dieses Unwetter genauso durcheinandergewirbelt wie unsere.«

Julia rührte den Tee nicht an, sondern staunte darüber, was Flora alles in den beiden Taschen hatte. Vanille- und Zimtstangen, Mehl und Zucker, Nüsse, zwei Packungen frische Eier, Orangen und Clementinen stapelten sich auf dem Tisch.

»Für Leon.« Flora zwinkerte Julia zu, als sie eine Tüte Fruchtgummi zutage förderte. »Er kann es vertragen.«

»Er ist wirklich dünn geworden«, erwiderte Julia mit einem müden Lächeln. »Danke schön, Flora, er wird sich bestimmt freuen.«

»Sieh mal, Liebes, es gab in diesem tollen Dekoladen noch diese zauberhaften Häuschen für Teelichter.« Sie zog zwei Pappschachteln aus der zweiten Tasche. »Und Tannengrün habe ich auch ein wenig mitgebracht. Wir können diese kleinen Kugeln und Glöckchen dazustellen, das sieht auf der Fensterbank bestimmt zauberhaft aus.« Fragend sah sie Julia an. »Wenn es dir recht ist …?«

»Mach nur.« Julia schmunzelte und schlug ein Bein über das andere, während Flora schon damit begann, alles auf dem Fensterbrett zu drapieren. »Du verwandelst meine Pension ja in ein richtiges Weihnachtshaus.«

Flora lachte. »Na ja, das ist vielleicht übertrieben. Und du musst mir sagen, wenn dir etwas nicht gefällt, ja? Gerd findet immer, dass ich zu forsch bin, wenn mir etwas Spaß macht, aber das ist überhaupt nicht meine Absicht.«

»Das weiß ich doch.« Julia winkte ab. »Ich finde es schön. Und immerhin wohnt ja auch ein Kind hier. Leon wird das gefallen.«

»Hat er denn noch einen Weihnachtswunsch?«, wechselte Flora das Thema. »Vielleicht kann ich noch eine Kleinigkeit für ihn besorgen.«

Flora betrachtete ihre Dekoration, nickte zufrieden und zauberte als Nächstes ein Set Ausstechformen aus den Tiefen ihrer Tasche hervor.

Julia hob fragend die Brauen.

»Ich weiß, ihr habt auch welche. Aber sieh mal.« Flora hielt die Verpackung in die Höhe. »Da ist ein Hund mit einer Weihnachtsmannmütze dabei. Der gefällt Leon doch bestimmt.«

Julia nahm noch einen Schluck Tee und nickte. »Ja, er liebt Hunde ja so.«

Leons Weihnachtswünsche. Dieses Jahr gab es Dinge, die viel wichtiger für ihn wären als Spielzeug oder neue Bücher. Nur, dass ihm niemand diese Träume erfüllen konnte. Kein Christkind, kein Weihnachtsmann. Und Julia erst recht nicht. Ihr Blick wanderte aus dem Küchenfenster. Der Sturm tobte noch immer, zerrte an den Bäumen und trieb ein dichtes Schneegestöber vor sich her.

»Meine Güte«, murmelte sie, als sie bemerkte, wie dick die weiße Schicht auf der Straße schon geworden war. »Ich kann mich nicht erinnern, hier schon einmal so viel Schnee gesehen zu haben. Und wir haben Minusgrade. Das wird gefährlich.«

»Ja.« Flora nickte und faltete ihre inzwischen geleerten Leinentaschen sorgfältig zusammen, um sie dann in ihrer Strickweste verschwinden zu lassen. »Deshalb ist es auch gut, dass der Fährverkehr eingestellt worden ist, denke ich. Wir müssen nur aufpassen, dass unser Herr Lehnfeld nicht auf die Idee kommt, übers Meer zu gehen, falls die Nordsee zufriert.« Sie lachte, schüttelte aber gleichzeitig den Kopf. »Der Gute kann es kaum abwarten wegzukommen, oder?«

Julia zuckte mit den Schultern. »Irgendetwas brennt ihm auf der Seele. Aber da selbst der Flugverkehr eingestellt ist, sitzt er einfach fest. Und Frau Vogt ist auch sehr angespannt.«

Flora ließ sich auf einen Küchenstuhl fallen, und Julia schob ihr das Tablett mit den Teetassen zu. Flora gab Kandis in eine Tasse und goss sich ein. Der Zucker knackte in der heißen Flüssigkeit.

»Manchmal bin ich ganz froh, dass Gerd und ich in Rente sind. Da zwicken mal die Gelenke, ständig sucht man seine Brille, und der Arzt liegt einem auch immer wegen irgendwas in den Ohren, aber zumindest muss man sich keine Sorgen um seinen Arbeitsplatz mehr machen. Die beiden scheinen ganz schön unter Druck zu stehen.«

Julia antwortete nicht. Ging das nicht jedem so? Sie bangte auch jeden Monat darum, wie ausgelastet die Pension war, fürchtete sich vor der Post, die oft genug nur Rechnungen brachte, und grübelte, welche Reparaturen sich noch aufschieben ließen. Selbst Jasper, dessen Bar gut lief, war vor solchen Sorgen nicht gefeit. Mal kam eine Lieferung nicht pünktlich, mal wurde eine Veranstaltung, auf die er gesetzt hatte, kurzfristig abgesagt. Sie vermutete, dass Simon Lehnfeld angestellt war. Dann geht es wenigstens nicht immer gleich um die ganze Existenz, anders als bei Selbstständigen, fuhr es ihr durch den Kopf. Er würde wohl kaum seinen Job verlieren, nur weil er wegen einer Unwetterlage nicht aus dem Urlaub zurückkehren konnte. Oder etwa doch?

Ein Klopfen am Türrahmen riss sie aus ihren Überlegungen. Nina Vogt lugte um die Ecke. Ihre kastanienfarbenen Haare hatte sie zu einem lockeren Knoten aufgesteckt. Sie trug einen dunkelblauen Wollpulli mit viel zu langen Ärmeln und dazu eine enge Cordhose. Ihre Füße steckten in pinkfarbenen Stoppersocken.

»Ich wollte fragen, ob es etwas Neues gibt.« Sie wirkte fast ein wenig schüchtern. Trotz ihres bequemen Outfits hatte sie nicht auf Make-up verzichtet. Ihre Wimpern waren schwarz getuscht, die Nase gepudert, und sie hatte dunkelroten Lippenstift aufgelegt.

»Leider nein«, sagte Julia und stand auf. »Möchten Sie vielleicht etwas trinken?«

Nina schüttelte den Kopf, überlegte es sich dann aber anders.

»Oder doch. Ist vielleicht noch etwas Tee da? Ich war heute früh draußen, das war keine gute Idee, fürchte ich. Etwas Warmes für die Stimme wäre nicht schlecht.«

»Schwarzer Tee ist fertig, doch ich kann Ihnen auch einen Früchte- oder Kräutertee machen, wenn Sie den lieber mögen«, bot Julia an.

»Dann gern Pfefferminze, wenn es keine Umstände macht.« Nina blieb abwartend im Türrahmen stehen, während Julia den Wasserkocher befüllte und einschaltete.

Sie holte einen Beutel Tee aus dem Schrank über dem Herd und hängte ihn in eine Tasse, die sie auf einem kleinen Tablett aus Bambus drapierte. Dazu legte sie eine Serviette und einen der Weihnachtsmänner aus Schokolade, die Leon und sie für die Gäste gekauft hatten. Sie sollte darüber nachdenken, für jedes Zimmer einen eigenen Wasserkocher anzuschaffen. Das wäre ein guter Service und nicht besonders teuer, dachte sie, auch wenn ein Zettel an der Tür alle Gäste herzlich einlud, sich rund um die Uhr in der Küche zu bedienen. Tatsächlich hatte Julia in der Speisekammer neben der Küche noch einen zweiten Kühlschrank, der nur für sie privat war. Die Küche teilte sie ansonsten aber gern mit den Gästen, das war zumindest ein kleiner Luxus, den sie ihnen bieten konnte.

»Werden Sie auch bei der Arbeit erwartet, Frau Vogt?«, erkundigte sich Flora.

»Bitte, nennen Sie mich doch Nina. Sie können mich ruhig duzen. Und ja, das werde ich.« Sie pustete sich eine Strähne, die sich aus dem Knoten gelöst hatte, aus der Stirn. »Aber das ist nicht so schlimm, hoffe ich. Mein Chef ist eigentlich ganz nett, und dass ich gegen höhere Gewalt nichts ausrichten kann, wird er schon verstehen. Es wäre nur gut, wenn ich ihn irgendwie benachrichtigen könnte.«

»Das klappt bestimmt bald.« Julia bemühte sich um einen zuversichtlichen Tonfall, während sie das kochende Wasser in die Tasse goss. »Ich habe gehört, dass mit Hochdruck daran gearbeitet wird, zumindest das Festnetz zum Laufen zu bringen.«

»Das wäre ein Anfang, dann könnte ich im Laden anrufen.« Sie nippte an ihrem Tee.

»Was genau machen Sie denn beruflich? Entschuldigung, du, wollte ich sagen.« Flora deutete auf den Stuhl neben sich, und nach kurzem Zögern nahm Nina Platz. Julia stellte das Tablett vor ihr ab und setzte sich dann ebenfalls wieder an den Küchentisch. Als sie sah, dass es draußen bereits dunkelte, angelte sie ein Paket Streichhölzer von der Fensterbank und entzündete drei Kerzen auf dem Adventskranz. Nicht für sich, aber zumindest Flora würde ein wenig Gemütlichkeit bestimmt zu schätzen wissen. Der leicht rußige Geruch der Dochte vermischte sich schnell mit dem Duft des Tannengrüns und dem Hauch von Vanille, der in der Luft lag.

»Ich bin Verkäuferin in einer Boutique.« Das letzte Wort betonte sie spöttisch und bildete mit den Fingern Anführungszeichen. »In Wirklichkeit ist es ein Lädchen mit spießigen Klamotten für gelangweilte Hausfrauen vom platten Land.«

Julia und Flora wechselten einen kurzen Blick.

»Verzeihung, ich meine das wirklich nicht böse«, sagte

Nina eilig. »Es ist nur … nun ja, nicht gerade mein Traumjob.«

»Ich schätze, wer in der Modebranche arbeitet, träumt von Paris oder Mailand«, warf Julia ein.

»Wer weiß, was noch auf dich wartet.« Flora tätschelte Ninas Hand, und diese sah ob der Geste so verwundert aus, dass Julia schnell die Teetasse an die Lippen führte, damit man ihr Grinsen nicht sah. »Du bist doch noch so jung.«

»Ich hoffe, es wartet etwas ganz anderes auf mich.« Nina lächelte unsicher.

»Jetzt machen Sie uns aber neugierig.« Julia sah ihrem Gast an der Nasenspitze an, dass sie geradezu darauf brannte, ihnen mehr zu erzählen. »Verrate Sie uns, was Sie umtreibt, Nina?«

»Es klingt albern, das weiß ich, aber … nun ja, ich möchte Sängerin werden.«

Julia schüttelte den Kopf. »Ich finde nicht, dass das albern klingt. Ehrlich gesagt, ich habe Sie schon ein paar Mal singen hören, wenn Sie in Ihrem Zimmer waren. Sie haben eine tolle Stimme.«

Das meinte sie durchaus ernst. Mehr als einmal hatte sie kurz inngehalten, wenn sie mit einem Berg Wäsche oder einem Wischeimer an Ninas Zimmertür vorbeigelaufen war und gehört hatte, wie diese sich dahinter leise einsang. Einmal hatte sie *Tears in Heaven* erkannt, und ihr Herz hatte sich schmerzlich zusammengezogen. Nina hatte eine überraschend tiefe und kräftige, aber zugleich verletzlich klingende Stimme. Eine Stimme, die sich um einen legte wie eine warme Wolldecke.

»Danke.« Ninas Wangen röteten sich leicht, und sie rutschte auf dem Stuhl herum, als säße sie auf einmal unbequem. »Es ist leider ein wirklich hartes Business. So viele wollen es schaffen. Es gehört ein gutes Quäntchen Glück dazu, da mache ich mir nichts vor. Aber ich arbeite so hart, wie ich nur kann, und bis dahin halte ich mich mit der Arbeit im Klamottenladen über Wasser. Und jetzt …« Sie zuckte mit den Schultern, ihr Blick wanderte aus dem Fenster. Es schneite noch immer unablässig, die vom Wind aufgepeitschten Flocken schienen geradezu an der Scheibe vorbeizufliegen. »Ich muss wirklich nach Hause.«

Ihre Stimme war nur noch ein Flüstern, und nun war es Julia, die ihr tröstend eine Hand auf die Finger legte. »Wegen der Gesangskarriere?«, fragte sie vorsichtig, und Nina nickte, ohne sie anzusehen.

»Ja, mein Freund Marc hat ein Tonstudio für mich gebucht. Das ist richtig teuer, und Termine sind auch nicht so leicht zu bekommen. Über die Feiertage wollten wir Probeaufnahmen für ein paar Plattenlabel machen.«

Julia versuchte, ihr Mut zu machen. »Er bekommt ja bestimmt zumindest über die Nachrichten mit, dass Sie hier festsitzen. Ich drücke fest die Daumen, dass sich die Studiozeit verschieben lässt. Falls Sie es wirklich nicht schaffen, meine ich. Wer weiß, wann man wieder übersetzen kann. Vielleicht geht es schneller, als wir glauben.«

Nina sah nicht besonders überzeugt aus. »Danke«, sagte sie mit einem Seufzen. »Wir werden sehen. Über die Feiertage wäre es bezahlbar gewesen, weil dann sowieso niemand arbeitet. Marc ist selbst Musiker, er wollte sich ans Mischpult setzen.« Sie schob den Stuhl zurück und erhob sich. »Ich muss mich entschuldigen, ich will tatsächlich noch ein wenig üben. Leise natürlich, damit ich niemanden störe.«

»Das tun Sie gewiss nicht«, entgegnete Julia und sah Nina Vogt nach, als sie die Küche verließ und dabei das Tablett mit dem noch immer dampfenden Kräutertee vorsichtig in den Händen balancierte. »Die Arme«, murmelte sie, und Flora nickte nachdenklich.

»Hoffentlich bekommt sie noch eine Chance. Oder das Unwetter ist schneller als gedacht vorbei.«

»Das hoffe ich auch.« Julia trank den letzten Schluck Tee, stand auf und trug ihre Tasse zur Spüle. »Entschuldigst du mich, Flora? Ich muss nach Leon sehen.«

»Natürlich. Frag ihn doch, ob er morgen mit mir backen will. Nach der Schule, meine ich.«

»Ob die wirklich stattfindet?« Julia nickte in Richtung Fenster. »Ich kann mir kaum vorstellen, dass irgendjemand morgen das Haus verlässt. Erst recht kein Grundschüler. Seine Lehrerin hat auch schon so was angedeutet.«

»Das stimmt vermutlich.« Flora seufzte, doch dann schlich sich ein Strahlen in ihre Augen. »Das bedeutet aber einen umso produktiveren Backtag. Wenn er Lust hat.«

»Ich frage ihn«, versprach Julia und machte sich auf den Weg zur Treppe.

Kapitel 5

»Hast du Angst?«, fragte Julia, als sie Leon an diesem Abend ins Bett gebracht hatte, und zog die Decke fester um sie beide. Sein kleines Zimmer befand sich, ebenso wie ihr eigenes und Theas nunmehr frei stehendes Schlafzimmer, im Dachgeschoss des Hauses, das man über eine hölzerne Treppe erreichte. Auch ein eigenes Badezimmer hatten die Sterwegs hier. Es gab allerdings nur Platz für eine Dusche, und in den kalten Monaten vermisste Julia schon manchmal ein gemütliches Schaumbad. Zudem musste sie immer aufpassen, sich nicht an den Dachschrägen den Kopf zu stoßen.

Die fünf Gästezimmer befanden sich im ersten Stock, sodass die Familie immer ein wenig Rückzugsraum hatte. Julia hatte Leon vorgeschlagen, dass sie aus dem Zimmer der Großeltern ein kleines Wohnzimmer machen könnten, doch bislang hatte der Junge diese Idee vehement abgelehnt, die Erinnerungen waren noch zu frisch.

Seit Theas Tod bestand Leon außerdem darauf, dass seine Mutter abends bei ihm blieb, bis er eingeschlafen war. Obwohl eigentlich immer noch jede Menge Arbeit auf Julia wartete, wenn er gegen halb acht schlafen ging, brachte sie es nicht übers Herz, ihm seinen Wunsch zu verwehren. Sie legte das Buch, aus dem sie ihm vorgelesen hatte, auf den Nachttisch und knipste die Lampe aus, während ihr Sohn sich in ihre Armbeuge kuschelte.

»Ein bisschen Angst hab ich schon«, flüsterte er. »Der Wind pfeift ganz anders als sonst.«

Einen Moment lang lauschten beide in die Dunkelheit. Der Sturm heulte um das Haus, ließ die Rollläden klappern.

Auf der Straße schepperte es, irgendetwas wurde vom Wind hin und her getrieben, womöglich ein umgefallener Abfalleimer. Äste ächzten unter der Gewalt des Unwetters. Leon hatte recht, es war nicht wie sonst. Julia war froh, dass Jasper die Einkäufe schon am frühen Abend vorbeigebracht hatte. Wenn es so weiterging, würde morgen wohl kaum jemand aus dem Haus kommen.

Borkum war eine Hochseeinsel; wer hier lebte, war Wetterkapriolen gewohnt. Oft genug hatte Julia schon miterlebt, wie es war, wenn die Nordsee ihre Kraft unter Beweis stellte und die Wellen bis an die Promenade schlugen. Wenn Herbststürme über die Insel fegten und den feinen Sand der Dünen bis vor ihre Haustür peitschten, wo er durch jede Ritze drang. Aber das hier war anders. Eine Gänsehaut kroch über ihren Rücken, und die feinen Härchen auf ihren Unterarmen stellten sich auf, als es sie plötzlich fröstelte. Sie drückte Leon enger an sich, vergrub die Nase in seinem nach Blaubeershampoo duftenden Haar und genoss die Wärme seines allmählich ruhiger werdenden Atems auf ihrer Haut.

»Gute Nacht, mein Kleiner«, flüsterte sie und hauchte ihm einen Kuss auf die Stirn. »Schlaf gut. Morgen sieht die Welt bestimmt schon wieder ganz anders aus.«

Leon murmelte etwas Unverständliches, er war schon fast eingeschlafen. Einen Moment wartete Julia noch, dann kletterte sie langsam und möglichst leise aus seinem Bett und schlich auf Zehenspitzen zur Tür. In dieser Nacht würde er bestimmt erst recht aufwachen und irgendwann zu ihr getapst kommen. Bis dahin musste aber noch ein wenig dringender Papierkram erledigt werden.

Obwohl ich ohnehin nicht viel bewirken kann, schoss es ihr durch den Kopf. Solange das Wetter so blieb, würde kaum jemand die Briefkästen leeren. Mails konnte sie auch nicht verschicken. Dennoch gab es immer etwas zu tun, also schlich sie die Treppe hinunter und setzte sich in das winzige Büro, das ihre Eltern irgendwann mittels einer Schiebetür von der Stube abgetrennt hatten. Es bot gerade einmal genug Platz für einen Aktenschrank und einen schmalen Schreibtisch, auf dem ihr in die Jahre gekommener Laptop stand. Sie hatte die Tür offen stehen lassen, damit der Kachelofen dieses Zimmer mitwärmte und sie die Heizung nicht einschalten musste. Trotzdem war es etwas kühl, sodass sie die Strickjacke überstreifte, die wie immer über der Lehne ihres Schreibtischstuhls hing, bevor sie sich setzte. Für einen Moment kuschelte sie sich in die warme, hellblaue Wolle. Ihre Mutter hatte die Jacke für sie gestrickt. Ihr letztes Stück Handarbeit. An manchen Stellen verrieten etwas ungelenk geratene Maschen, dass die Arbeit ihr schon schwergefallen sein musste, doch für Julia war diese Jacke das wertvollste Kleidungsstück, das sie besaß. Wenn sie es anzog, kam es ihr immer so vor, als spürte sie ihre Mutter bei sich. Die warmen Finger, die ihr so oft tröstend über die Wange gestrichen hatten, den Duft nach dem frisch gebrühten Kaffee, den Thea so gern getrunken hatte.

Seufzend schaltete Julia den Computer ein. Vielleicht konnte sie zumindest die neuesten Reservierungen durchsehen und auf ihrer To-do-Liste vermerken, bei nächster Gelegenheit in Wasserkocher für die Gästezimmer zu investieren. Es gab doch bestimmt günstige Reisemodelle.

Eilige Schritte auf der Treppe rissen sie aus ihren Gedanken. Herrje, wer stürzte denn da die Stufen hinunter? Hoffentlich wachte Leon nicht auf. Sie wunderte sich wenig, als Sekunden später Simon Lehnfeld um die Ecke lugte.

»Guten Abend«, grüßte sie und stand auf. »Kann ich etwas für Sie tun, Herr Lehnfeld?«

»Ich hoffe.« Er lachte, als zweifelte er an seinem Wunsch. Mit beiden Händen fuhr er sich durch die dunkelblonden Haare und rieb sich dann die grünen Augen, wobei seine Brille verrutschte. Er sah müde aus, als hätte er nächtelang nicht richtig geschlafen. Vielleicht stimmte das sogar.

»Gibt es wieder Internet? Oder wenigstens Festnetz?«

Julia kniff die Lippen zusammen und schüttelte den Kopf. Kam es ihr nur so vor, oder sackten Simon Lehnfelds Schultern direkt noch etwas weiter nach unten? »Tut mir leid. Es gibt noch nichts Neues.«

Sie deutete in Richtung des Fensters, das in den kleinen Garten hinausführte. Im Sommer stellte sie dort immer ein paar Liegestühle für ihre Gäste auf. Der Rasen war von einer dichten Schneedecke bedeckt, die von Minute zu Minute höher wurde, obwohl der Wind immer wieder für Verwehungen sorgte. Eisblumen hatten sich an der Scheibe gebildet. Die Lichterkette, die Julia in den kleinen, zu dieser Jahreszeit kahlen Apfelbaum gehängt hatte, schwankte an den sich biegenden Ästen hin und her, die Lämpchen flackerten, als machte der Sturm sie nervös.

»Ich fürchte, das kann auch noch eine Weile dauern. Das Wetter muss sich erst etwas beruhigen«, sagte sie.

Simon schlenderte zum Fenster, die Hände hinter dem Rücken verschränkt. Mit gerunzelter Stirn starrte er in den Garten. »So eine Scheiße«, entfuhr es ihm, und er drehte sich zerknirscht dreinschauend zu Julia um. »Verzeihung.«

»Schon gut.« Sie blieb neben dem Schreibtisch stehen und suchte nach Worten, während er sich mit beiden Händen schwer auf der Fensterbank abstützte, als könnte er auf einmal sein eigenes Gewicht kaum noch halten. Seine Fingerknöchel traten weiß hervor, so krampfhaft hielt er sich fest.

»Ich sage Ihnen sofort Bescheid, wenn sich etwas ergibt«, versprach Julia und wiederholte, was sie auch Nina gesagt hatte. »Auf dem Festland weiß sicherlich jeder, was hier los ist. Das Unwetter ist ja in den Nachrichten angekündigt worden. Es ist einfach höhere Gewalt.«

Simon fuhr herum und starrte sie an, als nähme er sie zum ersten Mal richtig wahr.

»Höhere Gewalt«, murmelte er. »Ja, sicher. Aber glauben

Sie wirklich, dass das jemanden interessiert? Dann heißt es, das war doch absehbar, damit hätte man rechnen müssen.«

Er schnaubte, und Julia verschränkte die Arme vor der Brust. Sie wusste nicht, was sie sagen sollte. Nina hatte traurig gewirkt, bedrückt und besorgt. Damit konnte sie umgehen, da halfen tröstende Worte, aber er wirkte, als würde er vor Anspannung gleich explodieren, und sie hatte keine Ahnung, wie sie reagieren sollte. Irgendetwas trieb ihn um, aber es stand ihr natürlich nicht zu, danach zu fragen.

»Soll ich Ihnen vielleicht einen Tee machen?« Sie zögerte, dann neigte sie den Kopf zur Seite und versuchte sich an einem aufmunternden Lächeln. »Tee ist immer gut. Mit einem Schuss Rum?«

»Was? Nein. Nein, danke.« Er winkte ab und lief in Richtung Tür. »Ich sollte gehen. Ich wollte ja nur wissen, ob wir immer noch von der Außenwelt abgeschnitten sind.« Er schüttelte den Kopf, als könnte er einfach nicht fassen, was ihm widerfuhr. Noch einmal drehte er sich um. »Entschuldigen Sie, Frau Sterweg. Ich bin etwas … Es stresst mich. Sie können natürlich nichts dafür.« Er lächelte zerknirscht und wirkte auf einmal viel jünger. Julia nickte ihm zu.

»Ist schon gut. Ich verstehe das.«

»Danke.« Er schien noch etwas sagen zu wollen, schüttelte dann jedoch den Kopf und wandte sich ab. Sekunden später hörte sie seine Schritte erneut auf der Treppe, diesmal schwer und langsam. Geschlagen.

Seufzend ging Julia zurück zum Schreibtisch und öffnete den Belegungskalender auf dem Computer, doch ihre Gedanken schweiften immer wieder zurück zu dem Gespräch mit Simon Lehnfeld. Was er wohl beruflich machte? Bestimmt war er ein Bürohengst. Hatte einen dieser wichtig klingenden Manager-Titel auf der Visitenkarte stehen und starrte tagein, tagaus auf einen Bildschirm, wenn er nicht gerade in einem Flieger saß und von Metropole zu Metropole flog. Kein Wunder, dass er gestresst war.

Ob er wirklich so einen Job hatte, wusste sie natürlich nicht. Sie hatte ihn nie gefragt, es ging sie ja auch nichts an. Auf jeden Fall stand er offenkundig enorm unter Druck. Ihr Blick fiel auf das Foto ihrer Eltern, das in einem Silberrahmen auf dem Schreibtisch stand. Das Bild war bestimmt an die fünfzehn Jahre alt, sie selbst hatte es aufgenommen. Ein sonniger Tag auf Borkum, die beiden saßen in Sommersachen in einem Strandkorb. Ihr Vater, Peter, hatte den Arm um seine Frau gelegt, und beide strahlten in die Kamera. Julia streckte den Zeigefinger aus und fuhr zärtlich über das Bild.

»Ihr beiden«, flüsterte sie und lächelte. »Danke, dass ihr die Pension gegründet habt. Danke, dass ich meine eigene Chefin sein darf.«

Sie wandte sich wieder dem Computer zu. Mehr als einmal hatte Julia schon überlegt, sich noch ein zweites Standbein aufzubauen. Irgendwo in einem Büro Verwaltungskram zu erledigen. Das Geld könnten Leon und sie gebrauchen, aber wenn sie sich vorstellte, sie würde dann so unter Druck stehen wie Simon Lehnfeld …

Julia fröstelte, und sie wickelte die Strickjacke noch enger um sich. Nein, das kam nicht infrage. Aber was sollte sie nur wegen ihres Gastes anstellen? Sie machte sich nichts vor, natürlich würden sie über die Feiertage hier festsitzen, das Wetter hatte sich noch nicht einmal ansatzweise beruhigt. Und Leon? Ihr Junge hatte ein fröhliches Weihnachtsfest verdient. Eines, bei dem er lachen konnte. Die Erinnerungen an Thea waren wichtig, für sie alle, aber trotzdem sollte Weihnachten kein Fest der Tränen werden. Das hätte ihre Mutter auch nie gewollt.

Sie seufzte. Dass das Wetter ihren Plänen ausgerechnet in diesem Jahr einen Strich durch die Rechnung machen musste! Und auch den Rathmanns und Nina Vogt, die selbst genug

Kummer hatte, wollte sie die Feiertage nicht vollends verderben. Sie würden gezwungenermaßen alle miteinander in der Pension *Meereszauber* die Weihnachtstage verbringen und mussten einfach das Beste aus der Situation machen.

Allerdings hatte Julia keine Idee, wie das mit Simon Lehnfeld funktionieren sollte. Es war ein wenig, als weilte der Grinch persönlich unter ihnen. Vielleicht hasste er Weihnachten nicht einmal, aber er hasste es auf jeden Fall, hier sein zu müssen statt bei der Arbeit. Dabei wartete dort vermutlich irgendein dämonischer Vorgesetzter darauf, ihn zusammenzustauchen, weil Simon das Unwetter über Borkum nicht vorhergesehen hatte. Oder weil er nicht zumindest den Versuch unternahm zurückzuschwimmen.

Julia schüttelte den Kopf. Sie würde sich etwas einfallen lassen müssen. So gut wie abgeschnitten von der Außenwelt und eingeschneit mit lauter Fremden, die, von Flora und Gerd vielleicht einmal abgesehen, allesamt lieber woanders wären und von denen zwei sich mit großen Zukunftsängsten plagten. Das klang mehr nach dem Stoff für einen Psychothriller als nach einem fröhlichen Weihnachtsfest.

Kapitel 6

Als Julia am nächsten Morgen aufwachte, schlüpfte sie in ihre Hausschuhe und eilte sofort zum Fenster. Sie zog die Verdunkelungsvorhänge beiseite. Selbst die Straßenlaternen hatten sich dem Wetter über Nacht beugen müssen und waren ausgefallen. Nur dem blendend weißen Schnee war es zu verdanken, dass sie zu dieser frühen Stunde, als die Insel noch im Dunkeln lag, überhaupt etwas erkennen konnte. Es war noch immer windig, wenn der Sturm auch nicht mehr ganz so sehr brauste wie in den letzten Stunden. Obwohl die Straße längst ganz und gar von einer Schneedecke bedeckt war, tanzten weiterhin dicke Flocken wie Wattebällchen vor ihrem Fenster herum.

Ein Mann schlitterte über den Bürgersteig und ruderte mit den Armen, er konnte sich gerade noch fangen. Die Schneedecke schien über Nacht gefroren zu sein und hatte sich offenbar, wie befürchtet, in eine Eisbahn verwandelt. Julia beschloss, Leon gar nicht erst zu wecken. Heute war an Schulunterricht sicherlich nicht zu denken. Sie zog den Pyjama aus und schlüpfte rasch, da es über Nacht kühl in ihrem Zimmer geworden war, in frische Wäsche, Jeans und einen dicken, hellgrauen Rollkragenpullover. Hoffentlich hatte sie noch Brötchen oder zumindest Toast in der Gefriertruhe, zum Bäcker traute sie sich nicht. Nicht, wenn die Straßen so spiegelglatt waren.

Zögernd nahm sie ihr Handy vom Nachttisch und schaltete es ein. Immer noch kein Netz. Seufzend legte sie es wieder beiseite. Sie hatte es befürchtet! Mit geschickten Handgriffen richtete sie ihr Bett und ging dann kurz ins Badezimmer, bevor sie leise, um keinen der Gäste zu wecken, die Treppe hinunter und in die Küche schlich. Zu ihrer Überraschung brannte dort jedoch bereits Licht, und aus dem Radio dudelte *White Christmas.* Tja, so traumhaft wie in dem Lied schien die weiße Pracht in diesem Jahr nicht auszufallen. Sie war eher bedrohlich, fand Julia.

Sie klopfte an den Türrahmen, als sie Flora am Herd stehen sah. Die alte Dame war schon komplett bekleidet, nur die etwas feuchten Haare verrieten, dass sie wohl gerade erst aus der Dusche gekommen war.

»Moin«, grüßte Julia. »Du bist aber früh auf den Beinen.«

»Ja, ich konnte nicht mehr schlafen. So ein Wetter merke ich immer in den Knochen.« Flora kräuselte die Nase und deutete entschuldigend auf die Kaffeemaschine, in der es bereits brodelte. Der herbe Duft frisch gemahlener Bohnen stieg Julia in die Nase.

»Ich hoffe, du bist mir nicht böse, aber ich hatte schon Kaffeedurst.«

»Kein Problem.« Julia ging zum Kühlschrank und holte ein Tetra Pak mit Milch hervor, das sie auf den Tisch stellte. »Du weißt doch, jeder darf sich hier bedienen. Aber das Frühstück mache natürlich ich für dich, du bist immerhin ein Gast. Tut mir leid, falls ich heute zu spät aufgestanden sein sollte.«

»Um Himmels willen. Offiziell startet das Frühstück doch erst um halb acht, das ist wohl nur die senile Bettflucht. In meinem Alter ist das normal. Fang bitte nicht an, meinetwegen noch früher aufzustehen. Ich bin doch froh, wenn du mal ausreichend Schlaf bekommst, Liebes.«

Die Sorge in ihrem Blick war so aufrichtig, dass Julia innerlich warm wurde.

»Was möchtest du denn gern essen? Ich fürchte, frische Brötchen zu holen könnte schwierig werden.« Sie warf einen Blick aus dem Fenster.

»Untersteh dich, da rauszugehen«, sagte Flora. »Noch

nicht einmal die Zeitung ist gekommen. Es scheint spiegelglatt zu sein.«

Julia öffnete den Gefrierschrank und beförderte eine große Tüte zutage. »Ich habe noch Aufbackbrötchen, die sind eigentlich ganz lecker.«

»Wunderbar! Soll ich ein bisschen Rührei dazu machen?«

»Nein, sollst du nicht.« Julia lachte, nahm Flora am Ellbogen und bugsierte sie auf einen Stuhl am Küchentisch. Dann holte sie ein Kaffeegedeck aus dem Geschirrschrank und schenkte ihr ein. »Du genießt jetzt erst einmal deinen Kaffee. Wenn du magst, darfst du mir aber gern Gesellschaft leisten.«

»Da sage ich nicht Nein. Zu zweit ist es doch gemütlicher.« Flora nahm einen Schluck und drehte ihren Stuhl so, dass sie sowohl die Küchenzeile als auch die Hindenburgstraße im Blick behalten konnte.

»Ich kann mich nicht erinnern, wann ich das letzte Mal so viel Schnee gesehen habe«, murmelte sie nachdenklich. »Da war ich bestimmt noch ein Kind.«

»Ich bin gespannt, wann geräumt wird«, sagte Julia. Die Leute von der Stadt würden jede Menge zu tun haben, niemand war auf diesen Kälteeinbruch vorbereitet gewesen, und sicherlich gab es Stellen im Ort, die kritischer waren als der Gehsteig vor der Pension. Zunächst galt es bestimmt, die wichtigsten Versorgungswege wieder unter Kontrolle zu bringen.

»Da hilft nur abwarten.« Flora zuckte mit den Schultern.

Etwas später hatte Julia den Tisch in der Stube für die Gäste gedeckt. Dort war es wärmer als im größeren Frühstücksraum neben der Küche. Gegen die aktuellen Temperaturen anzuheizen würde Julias Gasrechnung sowieso in astronomische Höhen treiben. Holz hingegen war nach dem letzten milden Winter noch genug da. Der Ofen bollerte vor sich hin und sorgte für eine behagliche Wärme, die bei diesem Wetter besonders für Gerd und Flora bestimmt eine Wohltat war. Als sie gerade den Tee auf das Stövchen stellte, trat Nina Vogt ein. Sie sah aus, als hätte sie kaum ein Auge zugemacht, und hatte einen Wollschal um den Hals gebunden.

»Guten Morgen. Frühstücken wir heute hier?«

»Moin, Frau Vogt«, grüßte Julia und musterte sie besorgt. »Ja, der Raum ist ein wenig wärmer. Geht es Ihnen nicht gut? Sie klingen heiser.«

Nina verzog das Gesicht. »Doch, aber ich habe leichtes Halskratzen. Dabei muss ich heute unbedingt noch üben.«

»Dann trinken Sie erst mal einen heißen Tee, das hilft bestimmt.«

Nina setzte sich auf einen der Korbstühle am Fenster und griff nach der Kanne. »Wir haben noch immer keinen Handy-Empfang«, sagte sie.

»Leider«, bestätigte Julia, während Flora, die sich mit an den Tisch setzte, ihr den Korb mit den aufgebackenen Brötchen hinhielt.

Nina griff zu und zog das Honigglas zu sich heran. »Irgendwie muss ich Marc erreichen. Wegen der Studiozeit, und außerdem macht er sich bestimmt Sorgen.«

Julia versuchte, sie zu trösten. »Ich bin sicher, wir werden heute irgendetwas hören. Die Leute arbeiten bestimmt mit Hochdruck an den Leitungen. Aber aktuell ist leider auch das Festnetz noch hinüber.«

»Hoffentlich dauert das nicht so lange.« Sie seufzte und betrachtete ihre Brötchenhälfte, als wäre ihr auf einmal jeglicher Appetit vergangen.

»Lassen Sie es sich schmecken.« Julia tat, als bemerkte sie es gar nicht. »Ich sehe kurz nach meinem Sohn, bin aber gleich zurück.«

Jasper hielt sich an der Türklinke fest, als er auf den spiegelglatten Stufen vor seiner Bar auszurutschen drohte. Verdammt, auf dem Weg hierher hatte es ihm dreimal fast die Beine weggezogen, obwohl einige Insulaner schon gefegt und gestreut hatten. Es kam einfach zu viel Schnee nach, der dann sofort wieder gefror. Ein Kampf gegen Windmühlen war das. Trotzdem würde auch er gleich sein Bestes tun, um den Eingang zum *Jasper's* trittfest zu machen. Dabei ist kaum damit zu rechnen, dass sich bei diesen Wetterkapriolen jemand hierher verirrt, dachte er und war umso erstaunter, als er seine Cousine hinter der Theke entdeckte.

»Antje! Bist du verrückt geworden, bei diesem Wetter herzukommen?«

»Dir auch einen guten Morgen.« Sie hob das Geschirrtuch, mit dem sie gerade ein Weinglas poliert hatte, und winkte ihm damit zu. »Die Arbeit macht sich nicht von selbst, oder?«

»Das nicht, doch ich fürchte, dass wir heute auch keinen Gästeansturm zu erwarten haben.«

Jasper zog seinen Wollmantel und die Handschuhe aus, wickelte den Schal ab und hängte alles an die Garderobe neben der Tür, ein Lächeln im Gesicht, wie immer, wenn er sich zu Beginn eines Arbeitstages das erste Mal in seiner Bar umsah. Ihm war gar nicht bewusst, dass er dann stets leicht den Kopf schüttelte, als könnte er einfach nicht fassen, dass dieses Lokal wirklich seines war.

Dabei hatte er jeden Gegenstand, jedes Möbelstück hier persönlich ausgesucht, war über Wochen auf dem Festland durch Möbelgeschäfte und über Flohmärkte geschlendert. Die kleinen Sessel und Sofas aus schwarzem Kunstleder, auf denen Kissen und Wolldecken lagen, die für Gemütlichkeit und kleine Farbtupfer sorgten. Die Bar aus Glasbausteinen mit der indirekten Beleuchtung und den Windlichtern auf der Theke, die mit Strandsand und Muscheln gefüllt waren. Die riesigen Fotos von Wellen und Dünen an den Wänden, die er selbst aufgenommen hatte. Eine Mischung aus Style und Gemütlichkeit, genau wie er es mochte.

Auf Weihnachtsdeko hatte er allerdings weitestgehend verzichtet, davon hielt er nichts. Nur auf dem Tisch im Windfang, auf dem er regelmäßig Visitenkarten und Flyer auslegte, stand ein Adventsgesteck. Dazu hatte er sich von Antje überreden lassen. Alles andere trug seine Handschrift. Das *Jasper's* war mehr als eine Bar für ihn, sie war ein Lebenswerk. Mehr noch, ein Zuhause. Er freute sich über jeden Gast, der das ähnlich sah und bei ihm ein neues Stammlokal fand.

Antje riss ihn aus seinen Gedanken. »Wir sollten streuen, falls sich doch jemand hierher verirrt. Sonst fällt jemand auf die Nase, und wir haben noch Theater mit der Versicherung.«

Er nickte. »Mache ich gleich.«

Antje hatte Glück, sie wohnte nur ein paar Häuser weiter in der Goethestraße, aber bei diesem Wetter reichten andererseits schon wenige Schritte für ein gebrochenes Bein. Er rechnete es ihr hoch an, dass sie sich heute dennoch hierher getraut hatte. Jasper war ein Einzelkind, und Antje, die mit ihren achtunddreißig Jahren nur zwei Jahre jünger war als er selbst, war immer eine Art Ersatzschwester für ihn gewesen. Ihre Väter waren Brüder und hatten sich für benachbarte Häuser ganz in der Nähe des Naturschutzgebietes Greune Stee etwas außerhalb des Ortskerns entschieden, sodass Jasper quasi mit Antje und ihrem älteren Bruder aufgewachsen war.

Mit ihr hatte er sich immer gut verstanden. Während sein Cousin Mattis die Insel längst verlassen hatte und mit seiner Frau nur noch selten zu Besuch kam, war Antje von Anfang an stolz auf Jasper und seinen Mut gewesen. Mehr noch, für sie war es eine Selbstverständlichkeit, dass sie ihm in der Bar zur Hand ging, wann immer ihre Zeit es erlaubte. Sie hatte drei Kinder, die zwischen drei und sieben Jahren alt waren. Die Jüngste, Teelke, litt unter Asthma und musste oft zu verschiedenen Untersuchungen und zur Anpassung ihrer Medikamente aufs Festland. Zudem hatte Antje auch noch einen Teilzeitjob in einem Teeladen und dabei immer ein Lächeln und einen flotten Spruch für die Kundschaft auf den Lippen.

In der Bar beschäftigte Jasper neben dem fest angestellten Barkeeper Freddy noch mehrere Aushilfen, aber niemand war so beliebt bei den Gästen wie die rothaarige Antje mit den Sommersprossen und der knallgrünen Brille. Jasper fragte sich oft, ob ihr Tag mehr als vierundzwanzig Stunden hatte. Er selbst fühlte sich mit der Bar, sosehr er sie auch liebte, mehr als ausgelastet und fiel spätabends meistens wie ein Stein ins Bett. Montags war außerhalb der Hochsaison Ruhetag, dann holte er etwas Schlaf nach und erledigte später noch Bestellungen, wies Rechnungen an und kümmerte sich um all den anderen lästigen Papierkram.

Als er das *Jasper's* eröffnet hatte, hatte er sich eigentlich geschworen, dass der freie Tag Leon gehören sollte. Ihm war klar, dass er in der Vergangenheit oft genug weder ein guter Partner für Juli noch ein vorbildlicher Vater für seinen Sohn gewesen war. Träume auszuleben und parallel eine Familie zu haben, vielleicht war das gar nicht möglich? Vielleicht musste man sich entscheiden? Für manche Dinge war es wohl irgendwann einfach zu spät. Es brachte nichts, sich darüber noch den Kopf zu zerbrechen.

»Sag mir bitte, dass Wilms Lieferung inzwischen hier ist. Hat er es noch hergeschafft?« Die Frage trieb Jasper um, seit er seine Wohnung verlassen hatte.

Antje hob die Brauen und legte sich das Geschirrtuch über die Schulter, dann stützte sie sich auf dem Tresen ab.

»Seine Lieferung ist doch auf der Insel, oder?« Jaspers Stimme wurde drängend. Er legte die Hände auf den Magen, in dem sich auf einmal ein Eisklumpen auszudehnen schien. Wilm war sein wichtigster Getränkelieferant. Ein zuverlässiger, langjähriger Partner vom Festland. Jasper hatte allen erzählt, was für gute Konditionen er bei ihm für den *Lüttje*

Markt ausgehandelt hatte. Feuerzangenbowle und Grog sollte es natürlich geben, als Abwechslung für alle, die vom Glühwein nach den Feiertagen genug hatten. Und einen Foodtruck wollte Wilm auch stellen, mit allen möglichen Variationen von Sushi, um die Gäste zu überraschen.

Im Team hatten sie darüber hin und her diskutiert, die Begeisterung hatte sich zunächst in Grenzen gehalten. Sushi mit Räucherlachs und Bratapfel hatte für viele doch zu gewagt geklungen, aber schließlich waren sich alle einig gewesen, dass man der Sache eine Chance geben sollte. Wilm hatte auch die ganze Zeit über großspurig verkündet, das sei alles kein Problem, und Jasper zugesichert, dass die Getränke und auch die Zuckerhüte und der Truck weit vor Weihnachten bei ihm auf Borkum eintreffen würden.

Als Jasper sah, wie Antje das Gesicht verzog, seufzte er. Verdammt. Warum hatte er nicht längst bei Wilm nachgehakt, ihm Druck gemacht? Es war ihm einfach durch die Lappen gegangen, es hatte so viel zu tun gegeben. Mit der flachen Hand fuhr er sich über die Stirn.

»Tut mir leid«, beteuerte Antje leise. »Er hatte uns doch vor einiger Zeit gemailt, mit welcher Fähre er kommen wollte. Das wäre die letzte gewesen, die noch fahren sollte. Früher ging es nicht, ein paar seiner Lieferanten waren ja auch im Verzug. Aber dann kam die Eiswarnung. Ich schätze, Wilm musste mit der ganzen Ladung inklusive des Trucks wieder umkehren. Melden konnte er sich ja nicht bei uns.«

Jasper stöhnte. »Das darf einfach nicht wahr sein.«

Antje beugte sich vor und tätschelte seine Hand. »Komm schon«, sagte sie aufmunternd, »dafür kann doch niemand was. Unter normalen Umständen wäre Wilms Lieferung mehr als pünktlich hier gewesen. Verlässlich wie eh und je. Dass auf einmal so ein Unwetter heranziehen würde, konnte niemand ahnen, davon war in den Vorhersagen keine Rede.«

»Wetterberichte!«, murmelte Jasper abfällig. »Selbst meine

Mutter sagt, dass du da genauso gut in eine Glaskugel schauen kannst.«

»Und spätestens nach gestern ist wohl bewiesen, dass Tante Wiebke damit goldrichtig liegt.«

Jasper bemühte sich, ihr Grinsen zu erwidern, aber sein Versuch scheiterte kläglich.

Antje neigte den Kopf zur Seite. »Warte erst mal ab. Vielleicht ist ja alles viel schneller vorbei, als wir denken.«

»Und wenn nicht?«

Seine Cousine schürzte die Lippen. »Ich sage es nicht gern. Aber dann steht im Zweifelsfall der ganze Markt auf der Kippe. Wenn weder Gäste noch Vorräte auf die Insel kommen …« Sie zuckte mit den Schultern.

»Es ist bald Weihnachten, Antje.« Jasper lächelte schwach, und seine Stimme triefte vor Ironie. »Da glauben wir alle an Wunder, oder?«

»Na ja.« Sie kräuselte die Nase. »Die Hoffnung stirbt jedenfalls zuletzt. Aber sag mal, wie geht es denn Juli und Leon? Die beiden wollten doch eigentlich über die Feiertage ins Allgäu!«

Jasper kratzte sich am Kopf. »Daraus wird nichts.«

»Oh nein! Das ist so schade für Leon.« Sie stellte zwei Espresso-Tassen unter die Kaffeemaschine, und wenige Augenblicke später setzte sie sich damit Jasper gegenüber an die Bar.

Gedankenverloren rührte er etwas Zucker in seinen Espresso und genoss für einen Moment den Kaffeeduft, der ihm in die Nase stieg. Er wusste genau, welche Fragen in der Luft lagen, und war seiner Cousine dankbar, dass sie keine davon aussprach. Wie Julia und er es schaffen wollten, dass Leon trotz allem schöne Feiertage hatte. Julia und er. Wenn es um Leon ging, schafften sie es, an einem Strang zu ziehen, aber Jasper wusste, dass es in erster Linie seine Ex-Freundin war, die ihre Hand über den Sohn hielt. Die Bar machte einfach so viel Arbeit, und Julia vermietete nur fünf Zimmer. Das konnte man nicht vergleichen. Außerdem zahlte er mehr Unterhalt für Leon, als er müsste, versuchte er, sich zu beruhigen.

»Da kommt Freddy.«

Jasper war dankbar, als Antje ihn aus seinen Überlegungen riss, und hob den Kopf. Der Barkeeper, ein junger Mann von Mitte zwanzig, ging vornübergebeugt über die Straße, ruderte mit beiden Armen, um das Gleichgewicht nicht zu verlieren, und selbst durch das Fenster sah Jasper, wie erleichtert er war, als er die Türklinke zu fassen bekam.

Mit Freddy wehte ein feuchtkaltes Schneegestöber in das warme Lokal.

»Tür zu!«, rief Antje.

»Jaja. Freu dich lieber, dass ich lebend hier angekommen bin.« Freddy nahm die Strickmütze ab und klopfte sich den Schnee von der Jacke, ohne darauf zu achten, dass sich zu seinen Füßen sogleich eine Pfütze bildete.

»Das tun wir.« Jasper stand auf und nahm ihm die nassen Sachen ab. »Wir hängen das an die Heizung, stört eh keinen.«

Freddy hob die dunklen Augenbrauen. Er war fast einen halben Kopf größer als Jasper, und man sah ihm an, dass er seine Freizeit mit Sport verbrachte. Joggen am Strand, danach ins Fitnessstudio. Selbst bei diesem Wetter trug Frederik, wie er eigentlich hieß, nur ein schwarzes, schmal geschnittenes T-Shirt, damit jeder seine Muskeln spielen sah, wenn er den Cocktail-Shaker durch die Luft schwang.

»Du holst dir noch eine Lungenentzündung«, sagte Antje beim Anblick seiner nackten Unterarme, doch Freddy grinste und pustete sich eine schwarze Haarsträhne aus der Stirn. »Ja, Mutti.«

»Werde nicht frech!«

»Was liegt denn heute an?«, wandte er sich an Jasper. Der zuckte mit den Schultern.

»Ich glaube nicht, dass heute jemand kommt. Und wir haben ein Problem, die Lieferung für den *Lüttje Markt* hängt wohl auf dem Festland fest.«

»Ernsthaft? Alles? Shit.«

»Ja, die ganzen Sachen, die wir bei Wilm bestellt haben, auch der Truck. Ich hoffe, dass sich die Wetterlage bald so weit beruhigt, dass wir wieder beliefert werden können, aber wir müssen erst mal vom Schlimmsten ausgehen.«

»Das heißt?« Freddy lief hinter die Theke, ging in die Hocke und öffnete den Kühlschrank unter der Spüle, als müsste er sogleich die Bestände prüfen.

Jasper schmunzelte. »Du hast den richtigen Instinkt. Wir müssen schauen, was wir noch auf Lager haben, und uns dann mit den anderen aus dem Gastroteam abstimmen. Ich war schon einkaufen, aber natürlich nur für die Bar. Wir können nicht den ganzen Markt bestücken. Und so Sachen wie diese Zuckerhüte … das hat doch keiner da. Ich meine, nicht in ausreichender Menge zumindest. Hat sich ja jeder darauf verlassen, dass Wilm damit anrückt.«

»Wir müssen uns ein paar Alternativen überlegen.« Freddys dunkler Haarschopf tauchte wieder hinter der Theke auf. »Los geht's, würde ich sagen. Antje, du schaust hier alles durch, und ich gehe ins Lager.«

Jasper hob amüsiert die Brauen. »Und was mache ich?«

Freddy verschränkte die Arme vor der Brust und lachte. »Der Chef wischt erst mal die Pfütze an der Tür weg und streut, würde ich vorschlagen.«

Jasper erhob sich mit einem Seufzen. »Jeder das, was er am besten kann.«

Er holte einen Aufnehmer und einen Eimer aus der Besenkammer und fand auch noch eine angebrochene Tüte mit Streusand. Als er sich an die Arbeit machte, wurde er etwas zuversichtlicher. Er hatte ein gutes Team. Sie würden es schon schaffen.

Das Wasser, das Freddy in die Bar getragen hatte, war eiskalt, und Jaspers Fingerspitzen liefen schon rot an. Er hauchte kurz darauf, um sie zu wärmen, als er den Aufnehmer ausgewrungen hatte. Der *Lüttje Markt*, das würde schon werden. Aber was war mit Leon?

Jasper hatte gewusst, dass an Weihnachten wieder viel Arbeit auf ihn warten würde, deshalb war er heimlich erleichtert gewesen, als Julia ihm erzählt hatte, dass sie ins Allgäu reisen wollten. Und jetzt kam alles auf einmal, alles ging schief! Die Reise fiel aus, Julia musste sich um die gestrandeten Pensionsgäste kümmern, Jasper hatte wegen der verzögerten Lieferung noch mehr Stress als ohnehin schon um diese Jahreszeit. Und Leon? Wie um alles in der Welt sollten sie es nun schaffen, dass er über die Feiertage nicht noch trauriger wurde, als er ohnehin schon war? Es war Thea gewesen, die im Advent immer Zeit für ihn gehabt hatte. Das konnte niemand ersetzen, weder Juli noch ihm war es schließlich möglich, einfach alles stehen und liegen zu lassen.

Jasper schluckte schwer. Er hatte gar nicht gemerkt, dass Antje hinter ihn getreten war.

»Alles klar?«

»Ja. Ja, ist schon gut. Ich dachte nur … es ist wirklich blöd mit der Reise, die Julia und Leon geplant hatten.«

Antje nickte. Sie machte sich an dem Adventsgesteck zu schaffen und kratzte etwas heruntergelaufenes Wachs von der Kerze. »Ihm fehlt seine Oma noch sehr.« Auf einmal richtete sie sich auf. »Wie wäre es, wenn Julia und Leon Weihnachten bei uns feiern würden? Und du auch, wenn du willst.«

Jasper winkte ab. »Das ist nett, Antje, wirklich. Aber Julia wird die Pension nicht alleine lassen können, da sitzen doch alle fest, wie es aussieht, und ich … Du siehst ja, was hier los ist, uns fliegt gerade alles um die Ohren.«

»Und du warst auch noch nie der Typ, der stundenlang unterm Weihnachtsbaum besinnliche Lieder geträllert hat.«

»Nee, wirklich nicht.« Jasper stand auf und nahm den Eimer. »Für Leon würde ich es machen, doch ich glaube nicht, dass Julia ohne ihn sein möchte. Für sie ist es auch das erste Weihnachten ohne ihre Mutter, und wie gesagt, jetzt, wo die Lieferung noch nicht da ist …«

»Schon gut. Ist vielleicht auch besser so, Eriks Eltern kommen auch. Da hatte ich eben gar nicht dran gedacht.«

Jasper nickte. »Kann gut sein, dass er dann nur noch mehr an Thea denken würde.«

Antje nahm ihm den Eimer ab und drückte ihm einen Kuss auf die Wange. »Ihr schafft das. Ihr seid getrennt, Julia und du, aber trotzdem ein tolles Elternteam.«

Jasper sah seiner Cousine nach, als sie in Richtung der Toiletten verschwand. Er war sich da nicht so sicher. Ganz und gar nicht.

Kapitel 7

Julia beobachtete aus den Augenwinkeln, wie Leon einen Legostein auf den anderen setzte. Er saß vor ihrem Schreibtisch auf dem Läufer und baute an einer Ritterburg. Wie erwartet war an einen Schulbesuch nicht zu denken gewesen. Der Wind pfiff noch immer um die Mauern, die Straße vor dem Haus glich einer Eisfläche.

Missmutig positionierte Leon ein paar Figuren vor dem Tor seiner Burg, dann sah er auf. »Mama? Brauchst du noch lange?«

»Ach, ich weiß auch nicht.« Seufzend schob sie den Kalender beiseite, in dem sie geblättert hatte. »Ich komme nicht richtig voran, das Internet funktioniert noch immer nicht.«

»Mir ist langweilig. Wenn du nicht am Computer arbeiten kannst, spielst du dann vielleicht was mit mir?« Er sah sie aus großen Augen hoffnungsvoll an.

Julia überlegte. »Was ist denn mit Flora?«, fragte sie. »Ich dachte, ihr backt Plätzchen.«

»Ja, aber der Teig muss noch ruhen, sagt sie. Er steht im Kühlschrank, und wir können erst morgen weitermachen. Flora wollte sich außerdem kurz hinlegen.«

»Okay.« Julia stand auf und warf einen Blick auf die Wanduhr. Es war halb eins, das war tatsächlich die Zeit, zu der Flora und Gerd sich gern einen Mittagsschlaf gönnten.

»Hast du denn schon etwas gegessen, Leon?« Julia hatte heute früh eine große Portion Eintopf aus dem Tiefkühlschrank geholt. Das reichte für alle. Sie wollte niemandem zumuten, sich bei dem Wetter in ein Restaurant durchzuschlagen. Falls überhaupt eines geöffnet hatte.

Sie hatte gehört, wie Nina vorhin einen Teller in die Mikrowelle gestellt und ihn mit auf ihr Zimmer genommen hatte. Von Simon Lehnfeld jedoch fehlte heute noch jede Spur. Vermutlich kauerte er auf seinem Bett und versuchte weiterhin verzweifelt, einen Kontakt zur Außenwelt herzustellen. Julia seufzte innerlich, als sie sich zu Leon auf den Teppich setzte.

»Flora hat für Gerd und mich vorhin etwas Eintopf warm gemacht«, erklärte der Junge. »Und sie hat mir erlaubt, einen Schokopudding zum Nachtisch zu essen.«

»Du hast es ja gut.« Lachend wuschelte sie ihrem Sohn durch die Haare.

Julia selbst spürte erst jetzt, dass auch sie hungrig war. Aber sie wollte Leon nicht noch länger warten lassen. »Was wollen wir machen?« Sie deutete auf die Ritterburg. »Bauen wir weiter?«

»Nein, damit habe ich die ganze Zeit schon gespielt.«

Leon schob das graue Gebilde vorsichtig, damit nichts ins Wanken geriet, zur Seite. Sein Blick glitt zum Fenster. »Können wir nicht in den Garten gehen?«

»Nach draußen?« Julia riss die Augen auf.

»Ja. Einen Schneemann bauen! Oder eine Schneeballschlacht machen.« Leon sprang auf und lief zum Fenster.

Julia folgte ihm, und zusammen sahen sie in den kleinen Garten.

»Sieht doch toll aus«, befand Leon. »Als würde überall Zuckerwatte liegen.«

Julia lachte. »Das wäre mir lieber. Dann könnten wir uns einfach durchfuttern.«

»Gehen wir raus, Mama?«

Sie zögerte. »Ich weiß nicht, ob das nicht zu gefährlich ist, Schatz.«

»Wieso? Wir können doch Abstand vom Dach und vom Apfelbaum halten, falls echt mal ein Ast runterweht oder eine

Dachziegel runterkommt. Aber das wäre bestimmt schon längst passiert, Mama, das Wetter ist doch nicht anders als gestern.«

»Zumindest ist es im Garten nicht glatt, denke ich. Der Schnee ist richtig pulverig.«

Leon schien zu ahnen, dass er sie überzeugt hatte, und hüpfte auf und ab. »Super! Ich hole schnell unsere warmen Sachen.«

»Warte! Die Schuhe ziehen wir in der Küche an, nicht hier in der Stube! Der Holzboden darf nicht nass werden.«

Sie folgte Leon in den Flur, und nur ein paar Minuten später traten sie dick eingemummelt durch die Küchentür in den Garten. Julia schlang die Arme um ihren Oberkörper. Es war eisig, bestimmt weit unter null Grad. Leon schien die Kälte nichts auszumachen, er hatte schon begonnen, einen Schneeball zu formen, den er durch die frische Schneedecke rollte, damit er größer wurde.

»Das wird der Bauch vom Schneemann«, rief er.

»Dann mache ich den Kopf.« Julia bückte sich und formte ebenfalls eine Kugel aus den weißen Kristallen. Der Himmel über ihnen war grau, doch an einer Stelle zeigte sich tatsächlich ein kleiner Sonnenstrahl, der sich einen Weg durch die dichten Wolken gebahnt hatte. »Guck mal, Leon. Die Sonne kommt raus.«

Er sah auf, hob seinen Schneeball mit beiden Händen hoch und hielt ihn so, dass das Licht direkt darauffiel.

»Das funkelt ja. Wie Edelsteine, oder? Wie ein richtiger Schatz!«

»Stimmt.« Julia lachte. »Ich glaube, das ist ein Zeichen. Unser Schneemann ist nicht irgendwer, sondern bestimmt ein König. Sollen wir ihm statt einer Mütze eine Krone aufsetzen?«

»Aus Schnee? O ja.« Er setzte seine Kugel wieder ab und machte sich mit so viel Eifer ans Werk, dass Julia gar nicht anders konnte, als es ihm nachzutun. Sie ignorierte die Kälte, die langsam durch ihre Jacke kroch, ebenso wie ihren zunehmend lauter knurrenden Magen, während sie ihren eigenen Ball durch den Garten rollte. Wie seltsam still es war! Das Rauschen des Windes war das einzige Geräusch, das die Stille durchdrang. Ob Leon und sie die Einzigen waren, die verrückt genug waren, bei diesem Wetter vor die Tür zu gehen?

Sie bückte sich, um einen kleinen Stein aufzuheben, der dem Schneekönig als Knopf dienen konnte, als etwas Eisiges sie im Nacken traf. Kaltes Wasser lief über ihren Hals, sickerte unter den Kragen ihrer Jacke.

»Leon!« Empört richtete sie sich auf. »Was soll das? Bist du …?«

Sie brach ab, als sie sah, wer da an der niedrigen Gartenmauer aus rotem Backstein lehnte und sie anlachte. Ärgerlich wischte sie sich mit dem Handschuh über den Nacken, aber das machte die Sache nur noch schlimmer. Fröstelnd zog sie die Schultern hoch und stapfte auf den Besucher zu.

»Jasper! Was machst du denn hier?«, begrüßte sie ihren Ex-Freund. »Bei dem Wetter! Es ist spiegelglatt, du hättest dir was brechen können.« Sie schnalzte mit der Zunge, doch Jasper grinste nur.

»Du weißt doch, ich bin ein sportlicher Typ. So schnell mache ich mich schon nicht lang.«

Nun hatte auch Leon ihn entdeckt. »Papa!«

Er ließ seinen Schneeball links liegen und rannte, so schnell es durch den tiefen Schnee möglich war, zu Jasper, der ihn kurzerhand hochhob und auf die Gartenmauer stellte.

»Ich wollte nur mal sehen, ob bei euch alles in Ordnung ist. Telefonieren geht ja noch nicht wieder, und meine Brieftaube war nicht auffindbar. Moin, junger Mann. Du siehst aus wie ein Schneemann.«

»Mama und ich bauen gerade einen. Aber keinen normalen, sondern einen Schneekönig!«

»Tatsächlich?«

»Was ist mit der Bar?«, mischte Julia sich ein. Sie klopfte sich den Schnee von den Handschuhen und legte die Hände um Leons Hüften, damit er auf der gefrorenen Mauer nicht ausrutschte.

»Antje und Frederik halten die Stellung. Und eigentlich könnten sie auch genauso gut nach Hause gehen.« Er seufzte. »Heute hat sich noch kein Gast blicken lassen. Kein Wunder, bei dem Wetter jagt man ja keinen Hund vor die Tür. Meine Lieferung für den *Lüttje Markt* hängt auch noch fest. Schöner Mist alles.«

»Ja, allerdings.« Leon machte Anstalten, von der Mauer zu hüpfen, und Julia hielt ihm die Hand hin.

»Ich muss weiterarbeiten«, erklärte der Junge wichtig, und Julia nickte.

»Ich helfe dir gleich wieder.«

»Aber wirklich.« Leon warf ihr einen skeptischen Blick zu, und aus dem Augenwinkel nahm Julia wahr, dass Jasper ein Schmunzeln unterdrückte. »Erwachsene quatschen immer so viel.«

Julia hob die Brauen. Das war ein Vorwurf, den man Jasper und ihr bestimmt nicht machen konnte. Sie hätten viel mehr miteinander reden sollen. Dann stünde Jasper vielleicht heute nicht auf der anderen Seite der Mauer. Aber zu der Zeit, als jedes Wort gezählt hätte, war so viel anderes gewesen, hatte das Leben sich mit aller Macht zwischen sie gestellt. Die Bar. Die Pension. Die Sorge um Thea.

Sie schob den Gedanken beiseite. Wahrscheinlich hätte es auch nicht funktioniert, wenn sie zig lauschige Abende am Ofen verbracht hätten. Sie waren immer schon zu verschieden gewesen, um im Alltag als Paar zu funktionieren. Jasper mit seinen großen Träumen, Julia mit ihren kleinen.

»Alles in Ordnung, Juli?«, fragte Jasper, als der Kleine wieder begann, seinen Schneeball durch den Garten zu rollen.

Seine dunkelblauen Augen musterten sie besorgt. Ein paar Schneeflocken hatten sich in seinem Dreitagebart verfangen, und Julia widerstand dem Drang, sie wegzuwischen. »Was ist mit deinen Gästen, sitzen viele fest?«

»Flora und Gerd sind hier, die kennst du ja. Und noch zwei andere. Den Rathmanns macht es nicht so viel aus, aber die anderen beiden sind alles andere als begeistert. Sie haben wohl viel Stress bei der Arbeit und wollen so schnell wie möglich nach Hause.«

»Willkommen im Club, würde ich sagen. Da gibt's wohl mehrere. Wenn die Fähren oder der Katamaran wieder fahren, wird es sich erst mal ordentlich knubbeln.«

»Ja, das fürchte ich auch. Ich gehe davon aus, dass alle über die Feiertage hier sein werden.«

Jasper vergrub die Hände in den Taschen seines Mantels und trat von einem Fuß auf den anderen.

»Willst du reinkommen? Ich habe Möhreneintopf da.«

»Nee, lass mal. Ich muss zurück zur Bar. Wenn dir die Getränke ausgehen, lass es mich wissen. Da könnte ich noch aushelfen. Außer, ihr wollt Feuerzangenbowle.«

»Eher nicht. Und zum Glück sind meine Vorräte ja nicht zuletzt dank dir gut aufgefüllt.« Julia lachte, wurde dann aber ernst. »Hör mal, Jasper, wegen Weihnachten …«

Er neigte den Kopf zur Seite. »Juli, es wird jetzt erst recht stressig. Wenn die Lieferung bis dahin nicht kommt, müssen wir vom Orgateam uns etwas anderes überlegen. Aber ich komme natürlich vorbei und besuche Leon und dich.«

»Okay.« Sie nickte und senkte den Kopf, als sie Jaspers prüfenden Blick auf sich spürte.

»Julia, ich weiß, es ist das erste Fest ohne Thea … aber da ist es doch vielleicht gar nicht so schlecht, wenn das Haus voll ist, oder? Dann ist man abgelenkt!«

»Ja, vermutlich schon. Also, Jasper.« Sie nickte in Richtung ihres Sohnes, der schon eine zweite Kugel in Angriff genommen hatte. »Ich muss den Schneemann krönen.«

»Mach das. Und sobald das Telefon wieder funktioniert, sprechen wir.«

»Ja. Fröhliches Zurückschlittern, pass gut auf.«

»Mach ich, du kennst mich ja.«

»Genau deshalb!«

»Mach's gut, Großer!«, rief Jasper und winkte Leon zu, bevor er sich abwandte und halb schlitternd, halb laufend den Rückweg antrat.

Leon hatte sich den Platz am Küchenfenster reserviert. Von hier aus hatte er einen guten Blick über die verschneite Hindenburgstraße.

»Da geht jemand mit seinem Hund spazieren«, sagte er und drückte die Nase an die Fensterscheibe. »Der Hund hat Socken an. Sogar dem ist es zu kalt!«

»Das wundert mich nicht.« Flora zog die Schultern hoch und stellte eine Tasse mit dampfendem Kakao vor Leon ab. Dann holte sie einen Teller mit frisch gebackenen Plätzchen und angelte das Stabfeuerzeug aus einem der oberen Schränke, um drei Kerzen auf dem Adventskranz anzuzünden.

Als die kleinen Flammen den Raum erhellten, setzte sie sich neben ihren Mann. Gerd war in eine Autozeitschrift vertieft. Neben ihm saß Julia und nippte an einem heißen Tee. Nina rutschte etwas unsicher auf ihrem Stuhl neben Leon hin und her. Es fühlte sich seltsam an, in dieser Runde am Kaffeetisch zu sitzen. Bislang hatten sie alle nur beim Frühstück ein paar Worte miteinander gewechselt, und auch wenn ihr die Rathmanns ebenso wenig unsympathisch waren wie Julia und der kleine Leon, waren sie ihr doch fremd. Andererseits musste sie die Zeit irgendwie herumkriegen.

Sie hatte den Vormittag mit Stimmübungen verbracht und seitdem immer wieder auf ihr Handy gestarrt, als könnte sie es beschwören, endlich wieder ein Signal zu empfangen. Aber nichts. Nach draußen hatte sie sich auch nicht getraut; zum einen war es offenbar spiegelglatt, zumindest hatte sie erst vorhin beobachtet, wie ein Mann in ihrem Alter den Bürgersteig entlanggeschlittert war, als befände er sich auf einer Eisbahn. Und weit unter null Grad war es obendrein, das tat der Stimme nicht gut. Sie musste auf sich achten. Falls sie es doch noch zum Studiotermin nach Hause schaffte, durfte sie keinesfalls heiser oder erkältet sein!

»Probier mal, Nina.« Leon hielt ihr einen mit Zuckerguss verzierten Keks hin. »Den hab ich gemacht.«

»Danke.« Sie griff zu und knabberte an dem süßen Gebäck. Marco würde sagen, dass sie die Finger davonlassen sollte. Wenn es mit dem Durchbruch klappte, würde sehr schnell nicht mehr nur ihre Stimme zählen, betonte er immer. Dann ging es auch um die Optik. Das war einfach so in Zeiten von TikTok und Instagram. Sosehr Nina auch jeden Tipp von Marc befolgte, das sah sie anders. Sie war siebenunddreißig und hatte eine ganz andere Zielgruppe. Da kam es nicht auf eine Bikinifigur an.

»Wir sitzen hier gemeinsam fest, da sollten wir uns ein wenig besser kennenlernen«, hatte Flora zu ihr gesagt, als sie vor einer halben Stunde an ihre Zimmertür geklopft und sie zu dieser kleinen Teestunde eingeladen hatte.

Nina hatte ihr recht geben müssen. Sie hoffte immer noch, dass es anders ausging, aber aktuell sah es so aus, als würden sie mehrere Tage lang miteinander zurechtkommen müssen. Unfreiwillig und auf engstem Raum. Da war es bestimmt nicht schlecht, auf etwas Teamgeist zu setzen.

»Wo ist denn eigentlich Simon Lehnfeld?«, fragte Flora.

Gerd ließ die Zeitschrift sinken. »Das wüsste ich auch

gern. Etwas männliche Verstärkung könnte ich hier schon gebrauchen.«

»Er arbeitet … offline«, wusste Nina zu berichten und zuckte mit den Schultern. »Ich hatte geklopft und ihn gefragt, ob er mit runterkommt.«

»Mir hat er nicht geöffnet, als ich ihn einladen wollte«, sagte Flora nachdenklich. »Ich dachte, er sei eingeschlafen.«

»Vermutlich war er nur vollkommen in Gedanken«, warf Julia ein, verstummte jedoch, als Schritte auf der Treppe zu vernehmen waren. Fünf Köpfe hoben sich gleichzeitig und starrten auf die einen Spalt weit offen stehende Küchentür, bis sich Simon Lehnfelds dunkelblonder Schopf um die Ecke schob.

»Moin«, grüßte er.

»Wie schön! Haben Sie es doch noch geschafft.« Julia stand auf und holte noch ein Teegedeck. »Setzen Sie sich doch zu uns.«

Nach kurzem Zögern nahm Simon auf dem freien Stuhl neben Leon Platz. »Ich kann nicht lange bleiben, fürchte ich.«

»Können Sie denn ohne Internet und Telefon vernünftig arbeiten?«, erkundigte Nina sich, während Julia Sterweg ihm Tee eingoss und den Plätzchenteller dichter an ihn heranschob.

Simon verzog das Gesicht.

»Mama nicht«, mischte Leon sich ein, während er sich noch ein mit bunten Streuseln verziertes Plätzchen vom Teller angelte und es sich in den Mund steckte, die mahnend hochgezogenen Augenbrauen seiner Mutter geflissentlich ignorierend. Er grinste. »Deshalb hatte sie Zeit zum Spielen. Habt ihr schon unseren Schneemann gesehen?«

»Nein«, sagte Nina, »leider nicht.« Der Kleine war offensichtlich stolz auf sein Bauwerk, da wollte sie ihm gern den Gefallen tun, es zu bewundern. Leon schien ein lieber Kerl zu sein.

»Er ist hinter dem Haus«, erklärte der Junge nun schnell. »Und es ist ein Schneekönig.«

»Wie cool«, lobte Nina. »Zeigst du ihn mir nachher?«

»Ja.« Er nickte und wandte sich dann an Simon Lehnfeld, der in seine Tasse starrte, als könnte sich jeden Moment ein Glasfaserkabel daraus hervorwinden. Nina unterdrückte ein Schmunzeln. »Möchtest du ihn auch sehen?«

»Mhm.« Simon sah wie ertappt auf. »Entschuldige, Leon. Was bitte?«

»Meinen Schneekönig! Guckst du ihn dir auch an?«

»Ach so. Ja, klar. Auf jeden Fall.«

»Erst mal geht es gleich an die Schularbeiten«, mischte Julia sich ein.

»Wieso das denn?« Leon zog eine Schnute. »Wir haben doch gar nichts auf. Die Schule ist ausgefallen.«

»Umso wichtiger, dass du zu Hause ein bisschen am Ball bleibst.« Sie warf Nina und Simon um Entschuldigung bittende Blicke zu.

Dabei fühlte zumindest Nina sich von dem Kleinen überhaupt nicht gestört. Im Gegenteil. Er lenkte sie ab, sie saß sonst doch auch nur auf ihrem Zimmer und grübelte, ob noch ein Wunder geschehen und sie es pünktlich ins Tonstudio schaffen würde. Wenn sie Marc nur erreichen könnte! Allein schon, um einmal seine Stimme zu hören. Beruhigende Worte, die er ihr leise zuflüstern würde, die all die Kälte und die Unsicherheit vertreiben würden, die ihr seit dem plötzlichen Wintereinbruch ständig zusetzen.

Nina zweifelte oft an sich. Wenn sie in einem Konzert war und die Stimmen der Sängerinnen sie beseelten. Wenn ein Song es schaffte, etwas ganz tief in ihrem Inneren zu bewegen, und ihr tagelang nicht aus dem Kopf ging. Wie oft hatte sie Marc dann gefragt, ob sie wirklich gut genug war. Ob aus der kleinen Klamottenverkäuferin tatsächlich irgendwann eine Künstlerin von Rang und Namen werden konnte, die es schaffte, mit dem Klang ihrer Stimme Herzen zu berühren, Menschen etwas zu geben, was ihnen vielleicht den Alltag mit all seinen Sorgen und Nöten ein Stück erträglicher machte. Und ja, sie träumte auch von den Scheinwerfern. Davon, auf einer großen Bühne zu stehen, alle Augen auf sich gerichtet. Allen zeigen, was sie konnte. So viel mehr als das, was das Leben ihr bislang zugestand.

Wenn Nina Zweifel kamen, war Marc immer da. Er ergriff dann ihre Hände, drückte sie fest und sah sie ernst an. Versicherte ihr, dass er an sie glaubte, dass sie jung und talentiert genug war, dass noch eine große Zukunft auf sie wartete. Ach, Marc. Wenn er nur hier wäre!

Für einen Moment schwieg die Tischgesellschaft, nur das Klappern der Teetassen war zu vernehmen.

Und dann geschah es.

Ein Telefon klingelte!

Das schrille Klingeln erschien ihr wie das schönste Geräusch, das sie jemals gehört hatte! Sie sprang auf, schob ihren Stuhl zurück und hastete in das Büro, wo das Festnetztelefon auf ihrem kleinen Schreibtisch stand. Eilig nahm Julia das Mobilteil von der Ladestation und meldete sich. Endlich wieder Kontakt zur Außenwelt! Wer mochte am Apparat sein?

»Pension *Meereszauber*, Sie sprechen mit Julia Sterweg.« Bestimmt hörte man ihr an, dass sie über das ganze Gesicht strahlte.

»Juli, hier ist Katrin! Mensch, endlich erwische ich dich!« Die wie immer etwas raue Stimme ihrer besten Freundin, klar und deutlich.

Julia lachte. »Katrin, wie schön, dich zu hören.«

»Ich versuche es schon bei dir, seit die ersten Meldungen über den Kälteeinbruch kamen. Im Ernst, ich habe bereits

Schwielen an den Fingern vom ewigen Tippen der Rufwiederholung, aber erst jetzt bin ich durchgekommen.«

»Ja, wir waren richtig abgeschnitten. Ich schätze, sie haben gerade erst wieder alles zum Laufen gebracht.«

»Alles nicht, leider. Ich habe es auch auf dem Handy versucht, aber da geht noch immer nichts.«

»Ach, egal.« Julia ließ sich auf den Drehstuhl hinter dem Schreibtisch plumpsen und drehte ihn so, dass sie aus dem Fenster in den Garten schauen konnte. Leons Schneekönig stand stolz da, er hatte ihm sogar den Superheldenumhang aus der Verkleidungskiste umgelegt. Auf dem hatte sich allerdings schon wieder Neuschnee gesammelt. »Ich bin froh, dass wir überhaupt wieder Kontakt zur Außenwelt haben.«

Sie zögerte. Ob Katrin bereits klar war, dass sie sich nicht wie geplant sehen würden? Oder musste sie ihre Freundin nun enttäuschen?

»Wir sind hier richtig eingeschneit. Der Fährverkehr ist eingestellt, der Katamaran fährt natürlich auch nicht«, erzählte sie vorsichtig. »Selbst unser Flughafen ist dicht. Ich habe Pensionsgäste hier, die eigentlich alle in diesen Tagen abreisen wollten. Wann sie aufs Festland können, steht wohl in den Sternen.«

Katrin seufzte vernehmbar. »Ich hab's befürchtet. Das heißt, ihr könnt nicht kommen, oder?«

»Leider.«

Einen Moment herrschte Schweigen.

»Ich hätte euch so gern gesehen. Und Leon erst«, flüsterte Julia, einen Kloß im Hals.

»Wir euch auch, Juli. Wie geht es dir und dem Kleinen denn?«

»Ach, na ja. Mich lenkt die Arbeit ab, das kannst du dir ja vorstellen. Aber Leon macht mir Sorgen. Er zieht sich so oft zurück, mag sich kaum noch verabreden. Und jede Nacht kommt er irgendwann zu mir. Ich glaube, die Auszeit bei dir hätte ihm einfach gutgetan. Da wäre er mal auf andere Gedanken gekommen. Und jetzt sitzen wir hier, mit all den Erinnerungen.«

Katrin stieß erneut einen tiefen Seufzer aus, und Julia schloss für einen Moment die Augen. In Gedanken sah sie ihre beste Freundin vor sich, die wie sie auf Borkum aufgewachsen war, bevor sie der Liebe wegen ins Allgäu gezogen war. Katrin mit den immer etwas geröteten Wangen, den fröhlichen blauen Augen und den schwarzen Locken, die immer lagen, wie sie wollten, egal, wie oft sie versuchte, sie zu bändigen. Ihre beste Freundin war gern an der frischen Luft, ob zwischen den Dünen hier an der Nordsee oder zwischen Bergen und Wiesen im Allgäu. Sie war immer in Bewegung, ein richtiger Wirbelwind. In ihrer Gegenwart war alles irgendwie leichter, sie steckte mit ihrer Fröhlichkeit jeden an.

»Verstehe ich. Was ist denn mit Jasper? Kann er nicht zu ihm?«

»Ich glaube, das würde nicht viel helfen. Da wäre alles trotzdem zu nah dran, verstehst du? Und außerdem, du kennst Jasper. Er ist immer voller guter Absichten, hat dann aber doch nie Zeit, wenn es darauf ankommt. Die Bar, der *Lüttje Markt* …« Sie brach ab, ihre Stimme zitterte.

»Mensch, Juli. Jetzt weiß ich gar nicht, wie ich dir helfen soll. Ihr kommt aber so bald wie möglich, ja? Dann eben im neuen Jahr! Oder vielleicht sogar schon über Silvester! Die Kinder freuen sich riesig darauf, mit Leon eine Schneeballschlacht zu veranstalten.«

»Das machen wir auf jeden Fall.« Julia lächelte. »Wobei wir im Moment sogar mehr Schnee haben als ihr, schätze ich.«

Ein blonder Schopf schob sich um die Ecke. Die Hände etwas verlegen in den Taschen seiner dunkelblauen Jeans vergraben, lugte Simon Lehnfeld um den Türrahmen.

»Einen Moment«, bat Julia ihre Freundin am anderen

Ende der Leitung. Sie legte eine Hand über das Mikrofon und sah ihren Gast an, ahnend, was ihn herführte.

»Herr Lehnfeld, entschuldigen Sie. Sie möchten bestimmt telefonieren, oder? Und die anderen auch. Ich lege sofort auf, ich möchte die Leitung nicht blockieren.«

»Ich will Sie nicht hetzen und mich auch nicht vordrängeln.« Sein Blick glitt zur Wanduhr. »Nur, nun ja. Es ist schon recht spät, und wenn ich im Büro noch jemanden erwischen will …« Er zuckte mit den Schultern.

»Kein Problem«, beschwichtigte Julia ihn. Dem armen Kerl war anzusehen, dass er wie auf glühenden Kohlen saß. Sie hielt das Telefon wieder an ihr Ohr. »Katrin, ich muss auflegen. Wir telefonieren in den nächsten Tagen aber noch einmal, ja? Grüß deine Familie.« Sie verabschiedete sich kurz, unterbrach die Verbindung und reichte Simon das Mobilteil.

»Ich weiß nicht, ob Sie in Ihrem Zimmer Empfang haben, aber Sie dürfen sich auch gern in die Stube setzen. Ich muss ohnehin erst mit Leon lernen, und die anderen sind bestimmt noch beim Tee. Ich mache die Tür zum Flur zu, dann sind Sie gänzlich ungestört.«

Die Erleichterung, die sich auf Simons Gesicht abzeichnete, ließ ihn um Jahre jünger wirken. Sogar die kleine Sorgenfalte, die sich so häufig zwischen seinen fein geschwungenen Augenbrauen abzeichnete, war verschwunden. Julia sah ihn einen Moment erstaunt an, bevor sie sich umdrehte und die Tür hinter sich ins Schloss zog. Sie legte die Hände an die Wangen, die sich auf einmal warm anfühlten.

»Leon«, rief sie, während sie jeden Gedanken an Simon Lehnfeld beiseiteschob. »Komm! Zeit für die Hausaufgaben!«

Kapitel 8

Simon legte auf und wollte gerade den Kopf in den Händen vergraben, als es an der Tür zur Stube klopfte. Schnell stand er auf. Er hatte fast eine halbe Stunde lang die Leitung blockiert, wie ihm ein Blick auf seine Armbanduhr verriet. Dabei mussten Nina Vogt und die Rathmanns bestimmt ebenfalls telefonieren, und auch Julia hatte sicherlich einiges zu erledigen. Aber es war wie immer gewesen. Sein Vorgesetzter, Reimund Weidemann, hatte eine Tirade losgelassen, und Simon selbst war kaum zu Wort gekommen. Eine geschlagene halbe Stunde lang. Dreißig Minuten, in denen Weidemann es geschafft hatte, neben ausufernden Vorwürfen auch noch neue Aufgaben auf ihn abzuwälzen, die ihn bestimmt bis ins Frühjahr hinein beschäftigen würden.

Er öffnete die Tür und war überrascht, als er sich Leon gegenübersah. Der Junge trug eine Winterjacke, gefütterte Stiefel und eine Mütze. Der dunkelblaue Schal war so fest um seinen Hals gewickelt, dass nur noch die Nasenspitze herausschaute, und die Hände steckten in dicken Handschuhen.

»Ich dachte, du lernst für die Schule.«

»Fertig!«

»So schnell?«

»Ja. Frau Aldermann sagt immer, zwanzig Minuten am Tag reichen.«

»Dann wird das wohl so sein.« Simon verschränkte die Arme vor der Brust und konnte sich ein Grinsen nicht verkneifen. »Und was hast du jetzt vor?«

»Ich möchte in den Garten. Kommst du mit?«

»Ach ja.« Simon fiel wieder ein, was er vorhin versprochen hatte. »Wir wollten uns ja deinen Schneemann ansehen.«

»Schneekönig«, verbesserte Leon.

»Dann mal los. Bevor es dunkel wird.«

Simon brachte das Telefon zurück auf die Ladestation im Büro, dann ließ er sich von Leon zur Garderobe ziehen und zog seine Wintersachen über. Draußen dämmerte es bereits ein wenig, und schon beim ersten Schritt auf die Terrasse hätte er am liebsten wieder kehrtgemacht. Es war eiskalt! Doch er hatte es dem Jungen versprochen, und auch wenn ihm eigentlich gerade tausend andere Dinge durch den Kopf gingen, er wollte den Kleinen nicht enttäuschen. Also bemühte er sich, den Schneekönig ausgiebig zu bewundern, und half Leon, noch einen Hund aus Schnee zu formen, damit der König auch etwas Gesellschaft hatte. Er konnte ja ohnehin nichts anderes tun. Nicht, solange das Internet nicht lief und er sich endlich in die Firma einloggen konnte. Grimmig entschlossen formte er einen länglichen Kopf und setzte zwei kleine Steinchen als Augen ein, bevor er das Schneegebilde auf den Körper des Hundes setzte. Ein wenig sah er aus wie Weidemann, fand Simon. Kleine, niederträchtige Augen, die immer darauf aus waren, jemanden bei etwas Verbotenem zu erwischen.

»Der Hund guckt aber gemein«, befand Leon, der neben ihm auftauchte, und sah so enttäuscht aus, dass Simon sogleich anbot, andere Steine für die Augen zu verwenden.

»Ja, das ist besser. Und der Mund muss auch viel freundlicher werden. Du musst das Stöckchen an den Rändern nach oben ziehen. Guck, so.« Der Junge zeigte ihm, wie er es meinte, bis sie sich statt eines Abbilds von Weidemann einem freundlichen Dackel gegenübersahen.

»Super«, befand Simon und hielt Leon die erhobene Hand hin. Der Junge klatschte ihn ab, als seine Mutter an der Tür auftauchte, die Arme fröstelnd vor der Brust verschränkt.

»Leon!« Sie klang verärgert. »Du solltest Herrn Lehnfeld doch nicht stören.«

»Hat er nicht.« Simon klopfte sich die Handschuhe ab und stapfte auf seine Gastgeberin zu. Er war selbst überrascht, als ihm klar wurde, wie wahr seine Worte waren. Simon hatte keine Ahnung von Kindern. Für ihn selbst war Nachwuchs nie ein Thema gewesen, so ernst war noch keine seiner Beziehungen gewesen. Wie auch, bei seinem Job? Planungssicherheit hatte es nie gegeben, und die meisten Frauen waren nicht bereit gewesen, ständig zurückzustecken, weil Simons Chef ihn wieder einmal von einem Tag auf den anderen in ein Flugzeug nach New York, London oder Zürich gesetzt hatte. Zudem war er ein Einzelkind, also gab es noch nicht einmal Nichten oder Neffen, die er hätte verwöhnen können. Er war den Umgang mit Kindern schlicht und ergreifend nicht gewohnt, und es hatte ihn erstaunt, wie leicht es gewesen war, sich auf Leons Ideen einzulassen. Mehr noch, es hatte ihm sogar Spaß gemacht. Für ein paar Minuten war Weidemann ganz aus seinem Gedächtnis verschwunden, wie begraben unter den weißen, festen Schneemassen.

»Sind Sie sicher?«, hakte Julia nach. »Ich hatte ihm extra gesagt, dass er Sie arbeiten lassen soll. Eigentlich dachte ich, er wäre noch in seinem Zimmer und würde spielen.«

Sie stellte sich auf die Zehenspitzen. »Leon, kommt jetzt bitte rein. Deine Nase ist schon ganz rot, du bist doch vollkommen durchgefroren.«

Simon trat den Schnee von seinen Stiefeln ab und zog sie aus, bevor er in den Flur ging.

»Es ist wirklich saukalt, aber die frische Luft tut eigentlich ganz gut. Vielen Dank für die kleine Pause, Leon«, wandte er sich an den Jungen, der sich von seiner Mutter aus den Wintersachen pellen ließ.

»Und was machst du jetzt?«, wollte er wissen.

»Leon!«, mahnte Julia, doch Simon winkte ab. »Schon gut. Ich muss noch ein bisschen arbeiten, denke ich.«

Er könnte zumindest schon einmal mit der Präsentation starten, die er im Januar vor den potenziellen Neukunden aus Japan halten musste. Zwar hatte er keinen Zugriff auf die aktuellen Zahlen, aber einiges konnte er auch offline machen.

Simon zog sich auf sein Zimmer zurück. Neben einem winzigen Bad gab es hier ein Bett, einen Fernseher und einen Kleiderschrank und zum Glück auch einen kleinen Schreibtisch, von dem aus er einen Blick auf die Straße hatte.

Normalerweise stieg er nie in Pensionen ab, auf seinen Dienstreisen reservierte die Teamassistentin ihm immer irgendwelche Business-Zimmer, und wenn er mal in den Urlaub fuhr, was selten genug vorkam, buchte er fast automatisch einen ähnlichen Standard. Es war sein Freund Lukas gewesen, der ihm zu der Pension *Meereszauber* geraten hatte. Lukas war sein bester und inzwischen womöglich sogar einziger echter Freund, weil Simon eigentlich nie Zeit hatte. Sie kannten sich seit der Grundschule, und als er Lukas anvertraut hatte, was in der Firma vor sich ging, hatte er ihm geraten, sich mal wirklich Ruhe zu gönnen.

»Du brauchst einmal eine Auszeit an einem Ort, an dem nicht nur irgendwelche Business-Typen mit dem Handy am Ohr rastlos durch die Gegend laufen«, hatte er ihm gesagt. Lukas' Eltern hatten von der Pension geschwärmt, und ohne groß nachzudenken, hatte Simon sich hier eingebucht.

Aber nun war er doch froh, dass es zumindest einen Schreibtisch gab. Er schob die blauen Vorhänge ein Stück zurück, damit er einen Blick auf die Hindenburgstraße werfen konnte. Die Straßenlaterne vor dem Haus war wieder in Betrieb, leuchtete und ließ den Schnee in der Dämmerung glitzern. Keine Menschenseele war zu sehen, doch der Wind war abgeflaut, und es schneite nur noch wenig. Er klappte sein Notebook auf und vertiefte sich in die Arbeit.

Erst als es klopfte, warf er einen Blick auf die Uhr. Es war halb zehn! Simon stand auf, rieb sich kurz den unteren Rücken, der von der gebückten Haltung am Notebook schmerzte, und öffnete. Vor ihm stand Julia, ein Tablett in der Hand.

»Hallo«, sagte sie.

»Guten Abend.«

»Sie haben das Abendessen verpasst. Ich wollte Sie auch eigentlich nicht stören, aber so ganz ohne Essen geht es ja nicht.«

»Oje. Ich habe die Zeit völlig vergessen.« Simon fuhr sich durch die blonden Haare. Julia hatte offensichtlich längst Feierabend. Sie trug eine schwarze Leggings und einen langen dunkelgrünen Rollkragenpullover, die Haare hatte sie zu einem lockeren Dutt zusammengesteckt.

»Ist nicht schlimm. Darf ich das Tablett für Sie auf den Schreibtisch stellen?«

»Klar, einen Moment.« Er gab den Weg frei und ging ihr voraus, um neben dem Computer Platz zu schaffen. Eilig schob er die Unterlagen zusammen, die er dort ausgebreitet hatte.

»Es sind nur ein paar belegte Brote, etwas Tee und ein Apfel«, erklärte Julia entschuldigend, während sie das Tablett, auf dem sogar ein Tannenzweig lag, vorsichtig abstellte. »Ich hoffe, dass ich es morgen wieder zum Einkaufen schaffe, die Straßen werden nach und nach geräumt, und der Schneefall scheint nachzulassen.«

»Danke, das ist sehr freundlich von Ihnen.« Er deutete auf den Teller. »Tut mir leid, dass ich Ihnen die Umstände gemacht habe, ich hätte runterkommen sollen. Ich habe überhaupt nicht auf die Uhr gesehen.«

Er rieb sich das Kinn. Ein pflegeleichter Gast war er wirklich nicht, gestand er sich ein. Bestimmt ging er Julia Sterweg sogar gehörig auf die Nerven; er vergaß ständig die Mahlzeiten, belagerte das Telefon. Julia musterte ihn, als könnte sie seine Gedanken lesen.

»Darf ich Sie etwas fragen, Herr Lehnfeld?«

»Natürlich.« Er setzte ein Lächeln auf, von dem er ahnte, dass es gequält wirkte, und ließ sich auf die Bettkante sinken. »Setzen Sie sich doch.«

Er deutete auf den Schreibtischstuhl. Julia nahm Platz. Ihm fiel auf, dass sie gestrickte Stulpen über die Leggings gezogen hatte, an den Füßen trug sie dicke Socken. Sie sah ungewöhnlich aus. Irgendwie … gemütlich. Nach einem Winterabend am Kamin.

»Ich möchte nicht übergriffig wirken, Herr Lehnfeld. Wenn meine Frage zu weit führt, sagen Sie es einfach.«

Er spannte den Kiefer an, erwiderte aber nichts. Julias braune Augen flackerten im Licht der Schreibtischlampe wie flüssiger Kakao. Um ihre fein geschwungenen Lippen zuckte es kaum merklich, und ihre Nervosität schien sich auf Simon zu übertragen. Er rutschte auf der Bettkante hin und her.

»Fragen Sie doch einfach erst mal.« Er bemühte sich um einen neutralen Gesichtsausdruck. »Dann sehen wir ja, ob ich empört bin.«

Sie lächelte, und Simon beobachtete staunend, wie ihre Mimik sich sogleich entspannte. Ihre Wangen wirkten auf einmal rosiger. Dennoch wurde sie gleich wieder ernst und lehnte sich ein Stück vor. Sie stützte die Ellbogen auf den Knien ab und musterte ihn.

»Ich mache mir etwas Sorgen um Sie, ehrlich gesagt. Die Situation ist für uns alle nicht einfach, niemand hat sich diesen Kälteeinbruch gewünscht. Glauben Sie mir, ich kann nachvollziehen, wie ärgerlich es ist, erst gar keine und nun immer noch eingeschränkte Kontaktmöglichkeiten zu haben, aber …« Sie zuckte mit den Schultern, und während sie kurz nach Worten suchte, strich sie sich eine dunkelblonde Strähne aus der Stirn, wickelte sie nachdenklich um ihren Zeigefinger.

Simon seufzte. Er ahnte längst, worauf sie hinauswollte.

»Sie machen sich berechtigterweise weniger Sorgen um mich als um die anderen Gäste, habe ich recht?«, fragte er leise. »Ich bin anstrengend, ich weiß. Ich laufe mit Grabesmiene durch Frau Rathmanns Winterwunderland, ich frage alle naselang nach dem Internet. Herrgott, ich würde mir selbst auch auf den Senkel gehen.« Er grinste schief, doch Julia schüttelte den Kopf.

»Nein, Sie verstehen mich falsch, Herr Lehnfeld. Es geht mir wirklich um Sie. Es ist im Grunde ja nicht meine Sache, aber mir fällt ja trotzdem einiges auf. Ich bin Gastgeberin, da ist das vielleicht einfach Teil meines Jobs.« Sie lächelte entschuldigend. »Sie sind blass, Sie essen kaum etwas. Ich finde, Sie sehen richtig gestresst aus. Angestrengt. Und da habe ich mich einfach gefragt, nun ja …«

»Wie es mich ausgerechnet hierher verschlagen hat?«

»Nein«, entgegnete sie zu seiner Überraschung, und Simon runzelte die Stirn, doch bevor er etwas erwidern konnte, fuhr Julia bereits fort.

»Jemand hat Ihnen vermutlich geraten, mal richtig durchzuatmen. Borkum im Winter. Entspannter kann man seinen Urlaub eigentlich kaum verbringen, finde ich. Ich wollte deshalb eigentlich fragen, ob Sie der Insel nicht vielleicht eine Chance geben wollen?«

»Eine Chance?«

»Ja. Eine Chance zu wirken.« Lächelnd neigte sie den Kopf zur Seite, dann stand sie auf und zupfte eine unsichtbare Fluse von ihrer Leggings.

»Wissen Sie, wenn Sie auch im Urlaub ständig arbeiten und sich selbst bei Umständen höherer Gewalt fragen, ob Sie nicht doch irgendwie Ihre Kollegen erreichen können, dann können Sie den Kopf ja gar nicht frei bekommen. Jeder braucht doch auch einmal Abstand. Und wer weiß, vielleicht ist so ein Kälteeinbruch ja auch zu etwas nutze?«

»Wenn man die Entschleunigung sonst nicht schafft, meinen Sie«, stellte Simon fest und starrte auf seine Fingernägel, bevor er einem Impuls folgend den Kopf hob und seiner Gastgeberin fest in die Augen sah.

»Sie haben eine verdammt gute Menschenkenntnis, Julia Sterweg.«

Sie wiegte den Kopf und schmunzelte. »Das ist wohl berufsbedingt.«

»Wissen Sie, weshalb ich hier bin? Mein Chef meinte, ich bräuchte eine Auszeit.« Er stand auf, verschränkte die Arme vor der Brust und begann, vor seinem Bett auf und ab zu laufen. Hin und her, wie ein Tier, das vergeblich nach einem Ausweg aus seinem Käfig sucht.

Julia sah ihm schweigend zu.

»Ich habe viel zu viele Fehler gemacht in der letzten Zeit, aus reiner Fahrigkeit. Termine vergessen.« Er schnaubte bei der Erinnerung an sein letztes Meeting mit Weidemann. War das wirklich erst knapp zwei Wochen her?

»Und dann habe ich einen potenziellen Großkunden verloren. Weil ich ein wichtiges Detail übersehen habe, einen Stolperstein in unserem Portfolio. Todsünde!« Er lachte freudlos.

»Wo gehobelt wird, fallen nun einmal Späne«, wandte sie mit leiser Stimme ein.

»Nicht bei uns. Da fallen eher Köpfe als Späne. Oder rollen.«

Julia hob die Brauen, in ihren Augen stand ein Entsetzen, das ihn überraschte. War ihre Welt wirklich so anders als seine? Er hatte sich so sehr an seinen Job gewöhnt, dass es ihm normal vorgekommen war, wie es dort zuging. Zuckerbrot und Peitsche. Das ging so weit, dass Weiland entschied, wann man mal eine Auszeit brauchte. Ein Klopfen an der Tür riss ihn aus seinen Gedanken. Leon lugte um die Ecke. Er trug einen dunkelblauen Schlafanzug und hielt einen Teddybären in der Hand, dem man ansah, dass er schon viele Kuscheleinheiten hinter sich hatte. Barfuß tapste Leon in das Zimmer.

»Ich dachte, du schläfst längst.« Julia stand auf und zog ihren Sohn in die Arme. »Was ist denn los?«

»Ich bin aufgewacht.«

»Und da hast du mich gesucht.«

Leon nickte und griff nach der Hand seiner Mutter.

»Kommst du jetzt hoch?«

»Klar. Ich hatte Herrn Lehnfeld nur noch etwas zu essen gebracht.«

Leons Blick wanderte zu Simon. »Stimmt, du hast ja das Abendessen verpasst. Warst du etwa eingeschlafen?«

»Nein, ich war nur in die Arbeit vertieft.«

»Ach so.« Leon zupfte am Ohr seines Teddybären, das nur noch von ein paar losen Fäden gehalten wurde. »Machen wir morgen wieder etwas zusammen?«

»Leon!«, mahnte Julia, doch Simon winkte ab.

»Ist schon gut.« Er sah Leon an. »Vielleicht. Ich kann es noch nicht versprechen, aber du kannst ja mal überlegen, auf was du Lust hättest.«

»Au ja. Das mache ich.«

»Und jetzt gehen wir. Gute Nacht, Herr Lehnfeld.«

»Gute Nacht.«

Als Julia die Tür leise hinter sich ins Schloss gezogen hatte, schob Simon den Schreibtischstuhl vor das Fenster. Er nahm Platz, stützte den Kopf in den Händen ab und starrte in die verschneite Nacht. Der Wind war zu einem sachten Rauschen geworden, ein paar Schneeflocken tanzten noch immer vor dem Fenster, beleuchtet von einem blassen Halbmond. Es war vollkommen ruhig. Im Haus war nur das leise Knarzen der Holzdielen zu hören. Simon schloss die Augen, und als er sie wieder öffnete, lächelte er.

»Also dann, Borkum«, flüsterte er. »Du kriegst deine

Chance. Lass mal sehen, was du aus einem Unternehmensberater am Rand des Wahnsinns machen kannst.«

Am Horizont leuchtete für einen Moment etwas auf. Simon neigte den Kopf zur Seite. War das möglich? Er nahm die Brille ab und rieb sich die müden Augen. Hatte er gerade wirklich eine Sternschnuppe gesehen?

Es war Jahrzehnte her, dass er zuletzt eine beobachtet hatte. Er erinnerte sich noch genau daran: Es war bei einem Winterspaziergang mit seinen Eltern gewesen. Seine Mutter hatte es zur Weihnachtszeit immer geliebt, im Dunkeln spazieren zu gehen und die Lichter zu bewundern, mit denen die Nachbarhäuser geschmückt waren. Ob sie das heute auch noch machte? Er musste sie einmal fragen. Sie hatte ihm damals zugeflüstert, dass er sich etwas wünschen sollte. Simon wusste noch genau, was es gewesen war. Und es hatte sich erfüllt. Wenige Tage später hatte er unter dem Weihnachtsbaum tatsächlich die langersehnte elektrische Eisenbahn vorgefunden. Noch heute stand sie bei ihm im Keller und wartete darauf, irgendwann wieder aufgebaut zu werden.

Ob sich auch Erwachsene auf Sternschnuppen verlassen konnten? Vermutlich nicht. Der Zauber von Sternschnuppen, das war etwas für Kinderherzen. Aber gab es hier nicht ein Kind, das etwas Freude gebrauchen könnte? Er rückte seine Brille zurecht und stützte das Kinn auf den Händen ab, als er wieder den Nachthimmel über Borkum betrachtete und stumm seinen Wunsch in die Dunkelheit schickte.

»Möge der Zauber beginnen!«

Kapitel 9

Nina wickelte ihren Schal enger um den Hals und schritt schneller aus. Sie fröstelte, die Kälte kroch durch ihre Winterjacke, und beinahe bereute sie es, sich für einen Morgenspaziergang entschieden zu haben. Aber sie hatte unbedingt an die Luft gemusst. In der Pension war es anheimelnd warm, doch so gemütlich der Ofen auch war, er trocknete ihre Atemwege aus, und sie konnte es sich nicht leisten, heiser zu werden oder sich gar eine Erkältung einzufangen. Immerhin bestand noch der Hauch von Hoffnung, dass sie es doch ins Studio schaffen würde.

Nina lief am Neuen Leuchtturm vorbei in Richtung Strand. Der Wind pustete ihr von vorne entgegen und trieb Schneeflocken vor sich her. Sie senkte den Kopf und eilte weiter, bis die Promenade vor ihr lag. Auf der Treppe, die zum unteren Bereich führte, hielt sie sich krampfhaft am Geländer fest, so rutschig waren die vereisten Stufen. Als sie unten angekommen war, atmete sie erleichtert aus und blickte sich um.

Es war kein Mensch zu sehen. Der Musikpavillon lag verlassen da. Nina zog die Schultern hoch, dann holte sie ihr Handy aus der Umhängetasche. Nichts. Nicht ein Balken. Seufzend steckte sie es wieder ein. Über das Festnetz hatte sie Marc auch nicht erreicht. Sie hatte es bestimmt schon fünfmal versucht, war aber jedes Mal direkt zur Mailbox durchgestellt worden. Lediglich die Boutique hatte sie ans Telefon bekommen.

Ihr Chef war über die Nachrichten mindestens so gut informiert wie Nina selbst und hatte ihr versichert, dass sie sich keine Gedanken machen musste. So beruhigend das auch war, die geplanten Aufnahmen waren Nina wichtiger. Davon hing möglicherweise ihre ganze Laufbahn ab! Wo steckte Marc nur? Ob er die Studiozeit schon abgesagt hatte? Sie warf einen Blick auf ihre Armbanduhr. Es war kurz nach zehn, da öffneten die Lokale allmählich.

Sie steuerte *Imkes Strandhus* an, einen ihrer Lieblingsläden. Nina mochte das Flair. Ein altes Fischerboot stand neben der gut bestückten Kuchentheke, Netze hingen an den Wänden, und antik anmutende Laternen tauchten den Gastraum in ein schummriges Licht.

Zu dieser Uhrzeit war wie erwartet noch nicht viel los, also nahm sie direkt an der großen Fensterfront Platz. Von hier aus hatte man einen fantastischen Blick auf die Nordsee. Sie bestellte ein Glas Punsch, den hatte sie hier schon einmal gekostet. Heißer Apfelsaft mit einem Hauch von Zimt – bei den eisigen Temperaturen war das eine Wohltat. Während sie an dem heißen Getränk nippte, zog sie erneut ihr Handy aus der Tasche.

Der junge Kellner schien ihr Seufzen zu hören. Er blieb neben ihr stehen und zündete das Teelicht auf dem Tisch an. Seine Stimme klang tröstlich. »Der Empfang wird allmählich wieder besser, schwankt jedoch überall noch. Das wird wohl auch noch eine ganze Weile so bleiben bei der unsteten Wetterlage. Auf der Bismarckstraße hat es aber bei mir vorhin funktioniert. Ein Versuch lohnt sich.«

»Super, vielen Dank für den Tipp«, sagte Nina und steckte das Handy wieder ein. Jetzt würde sie erst einmal ihr Getränk und die Aussicht genießen. Immerhin, dachte sie mit einem Anflug von Trotz, wusste Marc genau, wo sie steckte. Die Pension *Meereszauber* mochte etwas altbacken sein, aber Julia hatte durchaus eine gepflegte Homepage. Es wäre also ein Leichtes für ihn, die Telefonnummer herauszufinden und sie über das Festnetz anzurufen. Warum meldete er sich nicht?

Ihr Blick glitt wieder aus dem Fenster. Ein Paar lief eng

umschlungen vorbei, ein schwarzer Labrador stapfte neben ihnen her und schien sich über den Schnee zu wundern. Immer wieder vergrub er seine Schnauze in der weißen Pracht und zuckte dann zurück, als überraschte die Kälte ihn jedes Mal aufs Neue.

Hinter der Bar stellte jemand Musik an. Nina schloss die Augen, als die ersten Takte erklangen. Sie erkannte den Song zwar nicht, aber die Sängerin hatte eine warme, tiefe Stimme, die ihr einen wohligen Schauer über den Rücken jagte. Wie flüssiger Honig! Nina wippte mit den Füßen, als ihre Laune sich allmählich besserte. Das heiße Getränk tat ihr gut, das leichte Kratzen im Hals verschwand mit jedem Schluck etwas mehr.

Ein Mann blieb mit dem Rücken zu ihr auf der Promenade stehen. Nina blinzelte und beugte sich ein Stückchen vor, sodass ihre Nasenspitze beinahe die Fensterscheibe berührte. Der Mann hielt ein Handy am Ohr. Telefonierte er? In diesem Moment warf er einen Blick über seine Schulter in ihre Richtung. Ohne Zweifel, seine Lippen bewegten sich.

Nina schlüpfte eilig in ihre Jacke, die sie über die Lehne ihres Stuhls gehängt hatte. Zum Glück hatte sie schon bezahlt, als ihr Getränk gebracht worden war, sonst hätte sie sich glatt gezwungen gesehen, heute die Zeche zu prellen. Der Kellner hatte gesagt, der Empfang sei instabil, da musste sie den Moment einfach nutzen.

Sie stürmte nach draußen und angelte ihr Handy aus der Tasche. Tatsächlich, zwei Balken. Eilig scrollte sie durch ihre Kontaktliste und wählte Marcs Nummer aus. Ninas Herz schlug ihr bis zum Hals, als das Freizeichen ertönte. Endlich!

Geh ran, flehte sie innerlich. Während sie auf den erlösenden Moment wartete, in dem Marc den Anruf entgegennehmen und ihr versichern würde, dass alles gut war, dass er eine Lösung für die Aufnahmen gefunden hatte, dass ihren Plänen nichts im Weg stand, sah sie sich noch einmal um. Der Mann hatte auf einem der verwaisten Liegestühle vor *Imkes Strandhus* Platz genommen, die an der Wand aufgereiht waren wie vergessene Sommermomente. Das Handy hielt er noch immer fest an sein Ohr gepresst. Er schien groß zu sein, und unter seiner grauen Wollmütze lugten ein paar braune Haarsträhnen hervor. Vermutlich ist er in meinem Alter, fuhr es ihr durch den Kopf. Auf seinen Wangen zeichneten sich dunkle Bartstoppeln ab.

Ihre Blicke trafen sich, und obwohl er ihr gedankenverloren zulächelte, entging Nina nicht, dass er besorgt wirkte. Ob er auch ein gestrandeter Gast war, dem der verdammte Wintereinbruch alle Pläne durcheinandergewirbelt hatte?

»Nina?«

Sie erschrak. Der Fremde hatte sie so abgelenkt, dass sie kurz gar nicht mehr auf ihr eigenes Telefonat geachtet hatte. Ihre Knie wurden vor Erleichterung weich, als sie wirklich Marcs Stimme statt des blechernen Einerleis der Mailbox hörte.

»Ja! Ja, ich bin's. Mensch, endlich erreiche ich dich!«

»Was? Du musst lauter reden. Es rauscht total.«

Nina lief ein paar Schritte in die Richtung des Lokals zurück. Dort war es windgeschützter. Es mochte unhöflich sein, aber sie stellte sich trotzdem in Hörweite des Fremden. Er telefonierte, also konnte sie sicher sein, dass dort der Empfang vernünftig war. Das Gespräch durfte auf keinen Fall abbrechen, noch länger würde sie die Unsicherheit nicht aushalten.

»Wie geht es dir?«, fragte sie, auch wenn sie sich eigentlich am liebsten direkt nach den Studioaufnahmen erkundigt hätte.

»Ganz gut.« Marc klang gelassen, und obwohl sie selbst nicht wusste, warum, ärgerte Nina sich darüber. Er musste doch wissen, was in ihr vorging. War ihm etwa nicht bewusst, wie viel für sie auf dem Spiel stand?

»Ich packe gerade. Morgen geht's los, ich muss ja meine

Mutter wegbringen. Und wie ist die Lage bei dir? Gibt es schon Entwarnung, oder ist Borkum immer noch abgeschnitten?«

»Letzteres. Ich habe Glück, dass ich gerade einmal Handy-Empfang habe. Aber du kannst mich jederzeit in der Pension anrufen, es gibt eine Website, auf der steht die Festnetznummer. Pension *Meereszauber,* in der Hindenburgstraße.«

»Ja. Ja, ist gut. Nina, hör zu …«

Sie hielt es nicht länger aus.

»Was machen wir nur wegen der Aufnahmen, Schatz? Hast du eine Idee? Können wir den Termin nicht vielleicht doch verschieben? Anfang Januar ist ja hoffentlich auch noch nicht so viel im Studio los, da haben doch noch viele frei und …«

»Nina!«

»Was denn?« Ihre Stimme brach, und auf einmal spürte sie die Kälte wieder. Eine Kälte, die zu Marcs Tonfall passte. Was war nur los? Er hörte sich so anders an. Ungeduldig. Genervt!

»Ich wollte es dir schon längst sagen, aber dann bist du so abrupt nach Borkum gereist, und irgendwie war nie der richtige Moment.«

Er seufzte, und Nina spürte, wie etwas ihre Kehle zuschnürte. Der richtige Moment für was? Egal, was er ihr sagen wollte, dies war bestimmt auf gar keinen Fall der passende Augenblick. Sie stand kilometerweit entfernt von ihm auf einer von der Außenwelt nahezu abgeschnittenen Insel. Sie war allein, durchgefroren. Das Letzte, was sie in diesem Moment brauchte, waren unangenehme Nachrichten. Schon gar nicht von Marc. Sie brauchte ihn bei sich, seine Arme um ihre Taille, seine Finger, die durch ihre langen Haare fuhren.

»Was ist denn?«, brachte sie schließlich hervor. Jedes Wort kostete sie Kraft, so unendlich viel Kraft. Sie zitterte, und als Marc nun fortfuhr, wurde ihr klar, dass es nicht nur an der

Kälte lag. In ihrem Magen schien ein Eisklumpen zu wachsen, der sie innerlich erfrieren ließ.

Marc räusperte sich. »Wegen der Studiozeit ... die ist vergeben.«

»Mein Slot? Aber wieso denn?«

»Komm schon, Nina. Es ist doch klar, dass du nicht pünktlich wegkommst. Was musstest du auch unbedingt auf eine Insel fahren? Im Winter!«

Nina sah geradezu vor sich, wie Marc den Kopf schüttelte, als tadelte er ein kleines Kind. Bestimmt lief er in seinem Schlafzimmer auf und ab, barfuß auf den dunklen Bodenfliesen. Oder er saß auf seinem Boxspringbett mit den weißen Seidenbezügen, die zwar chic waren, einen aber im Winter kaum warm hielten. Meistens war ihr das egal gewesen, sie hatte sich immer eng an Marc geschmiegt, wenn sie die Nacht bei ihm verbracht hatte.

Ihr stiegen Tränen in die Augen, und sie wischte sie mit dem Handrücken weg. Tränen. Die würden doch sofort auf ihren Wangen gefrieren, dann wäre ihr nur noch kälter. Falls das überhaupt ging.

»Hast du meine Zeit jemand anders gegeben? Oder hast du einfach im Studio abgesagt?« Ein Teil von ihr hätte sich am liebsten die Ohren zugehalten, wollte die Antwort gar nicht hören. Und doch musste sie es wissen!

»Sandra bekommt den Slot.«

Nina lehnte sich an die Hauswand, ihr wurde schwindlig, und beinahe wäre ihr das Telefon aus der Hand gefallen. Sandra. Natürlich. Sandra Beller. Marcs Nachbarin, die seit Ewigkeiten im Chor sang und außerdem Leadsängerin einer Partyband war. Fast zehn Jahre jünger als Nina. Blond, wo sie brünett war, kurvig, wo sie schmal und zierlich war. Diesmal schaffte sie es nicht, die Tränen zurückzuhalten. Wie kleine Eisbäche liefen sie über ihre Wangen. Sie schluchzte, und Marc reagierte mit einem Seufzen.

»Ich kann den Slot nicht einfach absagen, Nina. Und Sandra hat viel Potenzial, das weißt du. Schon jetzt jede Menge Follower auf Insta und TikTok, das ist eine richtig gute Fanbase für den Anfang.«

»Ja. Ja, klar. Wir …« Sie zögerte und spürte, wie der Eisklumpen in ihrem Magen noch größer wurde, wie das Frösteln sich in ihrem ganzen Körper ausbreitete, als wollte es sie warnen. Sie ahnte es, natürlich ahnte sie es. Und dennoch musste sie es aus seinem Mund hören. Der Kälte zum Trotz rauschte es in ihren Ohren, als Nina weitersprach. »Wir können das ja besprechen, wenn ich zurück bin. Ich … Ich vermisse dich, Marc.«

Ihr Herz schien sich bei den letzten Worten, die sie nur flüsternd hervorbrachte, zusammenzuziehen. Es stimmte. Er fehlte ihr so sehr. Marcs Glaube an sie, an ihr Talent. Seine Zärtlichkeiten, wenn sie es sich in seiner großen Dachgeschosswohnung gemütlich machten. Die Nächte, die sie durchgetanzt hatten. Das musste etwas wert sein. Ihm doch auch!

»Bitte sag etwas«, bat sie leise, noch immer an die Wand gelehnt, um nicht endgültig das Gleichgewicht zu verlieren.

»Ach, Nina. Komm schon, du weißt selbst, dass die Sache mit uns nicht mehr rundlief.«

Sie schluckte. »Weiß ich das?«

»Mit Sandra, das ist einfach anders. Sie hat diese Leidenschaft, die es braucht. Die jeder Künstler braucht. Sie setzt voll auf das Singen. Und auf mich. Du bist ja ständig in diesem Klamottenladen und stopfst irgendwelche alten Weiber in Blümchenkleider oder was weiß ich. Du hast nie Zeit, wenn mal etwas anliegt.«

Das war so unfair! Ja, Marc hatte sich immer geärgert, wenn sie nicht für jeden Geistesblitz, der ihm kam, alles stehen und liegen ließ. Aber dafür konnte Nina doch nichts.

»Ich muss arbeiten, Marc«, entgegnete sie. »Geld verdienen. So lange, bis ich von der Musik leben kann.«

Wie finanzierte sich Sandra Beller? Nina hatte keine Ahnung. Eine gehässige Stimme in ihr mutmaßte, dass wahrscheinlich genug reiche Kerle Schlange standen, um ihr jeden Wunsch von den Augen abzulesen. So wie Marc? Verdammt noch mal, er sollte es wenigstens aussprechen! Den Mut haben, es einzugestehen! War er ihr nicht zumindest das schuldig?

Für einen Moment schloss sie die Augen. Sie hatte gedacht, sie wären ein Team. Unschlagbar. Ihre ganze Zukunft hatte sie auf Träumen gebaut, in denen Marc die Hauptrolle spielte. Als Mentor, Partner und Manager. Als potenzieller Vater ihrer Kinder, auch wenn sie nie darüber gesprochen hatten. Sie war siebenunddreißig, es wäre noch nicht zu spät gewesen. Und nun lag dieses Wunderwerk an Möglichkeiten in Trümmern zu ihren Füßen.

»Marc?« Nina drückte den Rücken durch. »Hast du etwas mit Sandra?«

Er schwieg. Ein Schweigen, das sich wie ein dunkler Vorhang auf Ninas Herz legte. Sie hatte es gewusst!

»Hättest du dich überhaupt noch bei mir gemeldet?« Ihre Stimme wollte brechen, doch sie zwang sich, ihr einen festen Klang zu verleihen. »Oder hättest du mich einfach hier versauern lassen? Hast du vielleicht sogar gehofft, dass sich das Wetterchaos möglichst lange hinzieht? Damit sich alles einfach von selbst erledigt? Damit du mir nicht ins Gesicht sagen musst, dass du mich betrügst? Dass du mir obendrein jede Hoffnung auf eine Musikkarriere einfach ins Gesicht spuckst?«

Er schwieg noch immer, und auf einmal stieg Wut in Nina auf. Sie drückte sich von der Wand ab und machte ein paar Schritte, bis sie mitten auf der Promenade stand. Der Wind blies ihr ins Gesicht, und sie hob die Stimme, schrie in ihr

Handy. »Wolltest du mich ghosten, oder was? Komm schon, Marc. Hab doch wenigstens den Mumm, anständig mit mir Schluss zu machen.«

»Schrei nicht so rum, Nina. Mensch, sei erwachsen. Mein Leben ist die Musik, und ich brauche eine Partnerin, die das mitträgt. Bei dir … sorry, aber du bist eine Hobbysängerin. Das wird so bleiben. Da kommt keine Riesenlaufbahn mehr. Wir passen nicht zusammen. Und ja, es ist aus.«

Nina beendete das Gespräch. Sie widerstand dem Impuls, ihr Handy von sich zu schleudern, stattdessen stopfte sie es mit fahrigen Fingern zurück in ihre Jackentasche. Dann drehte sie sich einmal um sich selbst, als wüsste sie nicht, wo sie jetzt hinsollte. Erst dabei fiel ihr auf, dass der Fremde noch in dem verwaisten Liegestuhl vor *Imkes Strandhus* saß.

Für einen Moment starrten sie einander an. Dann verzogen die Lippen des Mannes sich zu einem schwachen Grinsen. Er hob die Brauen.

»Scheißtag, oder?«

»Ja. Ein richtiger Scheißtag.« Ihre Stimme zitterte, und sie schluckte krampfhaft gegen die Tränen an, die ihr den Hals zuschnüren wollten.

Der Mann stand auf und klopfte sich ein paar Schneeflocken von der Jeans. »Tut mir leid, ich wollte wirklich nicht lauschen und habe selbst bis vor ein paar Minuten telefoniert. Ein paar Fetzen habe ich aber mitbekommen.« Er machte ein paar zögerliche Schritte in ihre Richtung und zuckte mit den Schultern.

Nina senkte den Blick. »Mein Ex-Freund und Ex-Manager war dran.« Ex. Wie seltsam sich das anhörte. Ihre Zunge schien über das Wort zu stolpern. Hinter ihren Schläfen hämmerte es auf einmal. Ex. Marc war nun ihr Ex. Niemals hätte sie damit gerechnet. Nina unterdrückte ein Schluchzen. »Er ist allerdings gerade erst der Ex geworden. In beiden Funktionen.«

Der Mann nickte, zog seine Handschuhe aus und streckte ihr die Hand entgegen. »Jasper Berends. Ebenfalls Anwärter auf den Scheißtag des Jahres.«

Nina konnte nicht anders, sie musste lachen, obwohl ihr zeitgleich Tränen in die Augen stiegen. Sie schlüpfte ebenfalls aus ihren Handschuhen und ergriff seine Finger. Warm und kräftig fühlte seine Hand sich an, als er die ihre schüttelte. »Nina Vogt. So schnell gebe ich den Titel nicht auf.«

»Ich habe aber einiges zu bieten. Ich gehöre zum Orgateam des *Lüttje Markt* und habe den Mund ganz schön voll genommen. Versprochen, dass ich Sensationelles auf den Weg bringen werde. Und jetzt?«

»Stecken alle Ihre Lieferungen fest, nehme ich an.«

Jasper nickte, und Nina zog die Nase kraus.

»Das ist Mist.«

»Allerdings.«

Nina seufzte und zog ihre Handschuhe wieder über. »Ich hoffe für Sie, es findet sich alles. Ich muss jetzt leider weiter, sonst friere ich hier fest.«

Festgefroren. So fühlte sie sich ohnehin. Was sollte nun nur werden? Ihr Kopf war wie benebelt, sie bekam keinen klaren Gedanken zu fassen. Nur den einen: Er ist weg. Marc ist nicht mehr da, er hat dich verlassen.

»Geht mir auch so.«

Er nickte ihr zu, und für einen Moment sah er ihr direkt in die Augen. Seine waren flaschengrün, und trotz der Sorge, die sie in ihnen zu erkennen glaubte, funkelten sie. Aber vielleicht lag das auch nur an dem winzigen Sonnenstrahl, der sich in diesem Augenblick traute, hinter den Dezemberwolken hervorzulugen. Jasper Berends verabschiedete sich, vergrub die Hände in den Jackentaschen und ging seiner Wege.

Nina wandte sich um und kehrte in die Richtung zurück, aus der sie gekommen war. Mit jedem Schritt, den sie tat, fühlte sie sich einsamer. Verlorener, gestrandet in einem Leben, das von nun an völlig anders verlaufen würde. Sie sah auf einmal ihre Eltern vor sich. Auf dem mausgrauen Sofa sitzend, wie fast immer, wenn sie ihr eine Standpauke hielten. *Lern was Anständiges, Nina. Der Kopf gehört nicht in die Wolken!* Hatten sie doch recht gehabt? Was sollte nun aus ihr werden?

Julia hatte nach dem Frühstück die Küche aufgeräumt und dann Leons Drängen nachgegeben, nach draußen zu gehen. Sie selbst hatte sich heute früh auch auf den Weg zum Bäcker gemacht und ihren Gästen endlich wieder frische Brötchen anbieten können. Der Wind war abgeflaut, und es war nur stellenweise glatt, dafür hatte der Neuschnee gesorgt, der über Nacht wieder reichlich gefallen war. Also sprach nichts dagegen, dass Leon vor die Tür kam, zumal der Unterricht noch ausfiel. Es wäre der letzte Schultag vor den Ferien gewesen, also blieb Leon jetzt viel zu viel Zeit, an seine Großmutter zu denken, und Julia war entschlossen, ihn möglichst gut von allen düsteren Gedanken abzulenken. Sich im frischen Schnee auszutoben, der auf Borkum so selten war, konnte da keine schlechte Idee sein.

»Wo bleibt Simon?«, fragte Leon, als er sich die Mütze über die dunklen Haare stülpte, und schaute zur Treppe. »Soll ich mal bei ihm klopfen?«

»Nein.« Julia schmunzelte. »Er wird schon kommen.«

»Hat er versprochen.«

Julia stupste ihren Sohn an die Nase. »Ich weiß. Du hast ihm ja auch schon in den Ohren gelegen, bevor er seinen ersten Schluck Kaffee trinken konnte.« Sie wurde ernst. »Für dieses Mal ist das in Ordnung, Leon. Ich möchte aber nicht, dass du ihn bedrängst. Er ist unser Gast und soll selbst entscheiden, wie er seinen Tag hier gestaltet. Okay?«

»Der Gast fühlt sich nicht bedrängt.« Simon erschien am Treppenabsatz, bereits vollständig in Wintersachen eingehüllt. »Der Gast ist vielmehr dankbar dafür, dass dieser junge Insulaner dafür sorgt, dass er auch mal an die frische Luft kommt.«

Julia lächelte, hatte aber dennoch ein etwas unbehagliches Gefühl in der Magengegend. Es war untypisch für Leon, sich so an jemanden zu klammern, den er kaum kannte, und sie wusste nicht recht, was sie davon halten sollte. Auch Simon wirkte eigentlich nicht wie jemand, der viel Wert darauf legte, Kinder um sich zu scharen. Bislang zumindest war ihr Eindruck gewesen, dass es für ihn nur die Arbeit gab, und auch wenn er sich bereit erklärt hatte, sich von ihr Borkum zeigen zu lassen, hieß das noch lange nicht, dass er nicht in Gedanken ständig im Büro war. Sie wusste nicht, worauf die Sympathie münzte, die Leon und Simon Lehnfeld offenbar verband, aber vielleicht würde sie es noch herausbekommen.

»Was machen wir denn heute?«, fragte Simon an Leon gewandt. »Wo wollen wir hin?«

»Wir gehen zu De Olle Baas.«

»Wohin?«

»Zum Alten Leuchtturm«, erläuterte Julia lachend. »Er ist längst nicht mehr in Betrieb, aber Sie haben ihn bestimmt schon gesehen, oder?«

»Ich glaube nicht.« Simon runzelte die Stirn und wirkte verlegen. »So viel habe ich mich hier noch nicht umgesehen, ehrlich gesagt.«

»Na, dann wird es Zeit.« Julia öffnete die Haustür und ließ ihm den Vortritt.

»Ich hole meinen Schlitten!« Leon flitzte um die Ecke zu dem kleinen Schuppen, in dem Julia Gartengeräte und die Fahrräder der Familie aufbewahrte. Irgendwann war tatsächlich ein Holzschlitten dazugekommen, den Katrin ihr bei einem ihrer letzten Besuche aus dem Allgäu mitgebracht hatte.

»Für den Fall, dass der Winter sich doch mal an Borkum erinnert«, hatte sie augenzwinkernd gesagt.

Soweit Julia sich erinnerte, war er noch nie zum Einsatz gekommen, aber nun konnte er endlich eingeweiht werden. Sie würde auf jeden Fall ein Foto machen und es Katrin schicken! Als Leon mit dem Schlitten im Schlepptau wiederauftauchte, nahm Simon ihm das Seil ab, mit dem man den Schlitten ziehen konnte.

»Dann mal los.«

Leon ließ sich nicht zweimal bitten. Sofort nahm er Platz und klammerte sich an den Rändern der Sitzfläche fest, als erwartete er eine wilde Fahrt.

»Ich kann ihn ziehen«, bemerkte Julia, doch Simon winkte ab und setzte sich bereits in Bewegung. Sie liefen die Hindenburgstraße entlang in Richtung Zentrum und machten sich auf den Weg zum Alten Leuchtturm. Leon sagte den ganzen Weg über kein Wort, strahlte aber bis über beide Ohren. Immer wieder beugte er sich zur Seite, nahm etwas Schnee in die Hand und formte Bälle.

»Ist dir nicht zu kalt?«, fragte Julia, doch ihr Sohn schüttelte den Kopf

»Sonst kannst du mich ziehen«, warf Simon ein. Er war etwas außer Atem. »Ich wusste gar nicht mehr, wie anstrengend das ist. Andererseits gebe ich zu, dass ich natürlich auch ein Schreibtischtäter bin.« Er blieb kurz stehen und schüttelte seine Handgelenke aus.

»Soll ich Sie mal ablösen?«

»Nein, vielen Dank, Frau Sterweg.« Simon lächelte sie verschmitzt an. »Das würde mich ja in meiner männlichen Ehre kränken.«

»Ach so.« Lachend stemmte Julia die Hände in die Hüften. »Na, dann will ich Ihnen Ihre Illusionen natürlich nicht rauben.«

»Das ist sehr nachsichtig von Ihnen.« Simon stimmte in

ihr Lachen ein, und Julia fragte sich, ob es wirklich sein konnte, dass sie ihn zum ersten Mal überhaupt lachen hörte. Es klang schön. Tief und warm, von Herzen kommend. Er sollte mehr lachen, es stand ihm gut. Aber dazu musste man natürlich auch Gründe haben, und wenn sie noch so klein erschienen. Simon griff wieder nach dem Tau und zog Leon samt seinem Schlitten die letzten paar Meter bis zum Alten Leuchtturm.

»Wow«, entfuhr es ihm, als er sich dann umsah. Zu Füßen des eckigen Backsteinturms lag ein alter Friedhof, der seinen Blick auf sich zog. »Das sieht ziemlich unheimlich aus.«

»Ja, oder?« Leon kletterte von seinem Schlitten und schob seine Hand in Julias. »Das musst du mal im Dunkeln sehen!«

»Ich weiß nicht, ob ich mich das trauen würde.« Simon lächelte, wurde aber sogleich wieder ernst. »Das sind richtig alte Gräber, oder? Was hat es damit auf sich?« Fragend sah er Julia an.

Sie neigte den Kopf zur Seite. »Das sind die Reste vom alten Inselfriedhof. Die Grabsteine, die einem direkt ins Auge fallen, sind aus der Walfängerzeit. Imposant, oder? Und sehen Sie den Zaun dort?« Sie deutete auf eine Reihe grauer, säulenartiger Gebilde. »Der passt dazu. Das sind nämlich Kieferknochen von Walen.«

»Wahnsinn.« Simon blickte sich staunend um. »Kann man den Leuchtturm besichtigen?«

»Aus Sicherheitsgründen im Moment leider nicht. Aber den neuen schon. Die Aussicht ist grandios.«

Sie sahen sich auf dem Friedhof um, entzifferten die Inschriften auf den alten Steinen, bis Leon begann, sich zu langweilen.

»Ich spüre meine Füße gar nicht mehr«, behauptete er, zog ein Taschentuch aus seiner Jeanstasche und schnäuzte sich demonstrativ. »Können wir was Warmes trinken? Sonst erkälten wir uns noch. Hunger habe ich auch.«

»Oh.« Julia schob den Ärmel ihrer Winterjacke hoch und schaute auf die Uhr. »Es ist schon fast Mittag. Herr Lehnfeld, wir wollen Sie wirklich nicht länger behelligen, falls Sie …«

Einen Moment lang zögerte er, und Julia ahnte, dass er an die Arbeit dachte. Innerlich abwog, ob er es sich nach diesem kleinen Ausflug noch leisten konnte, einen Tee oder Kaffee zu trinken, oder ob der Schreibtisch nicht schon wieder lauthals nach ihm rief. Komm schon, feuerte sie ihren Gast innerlich an, ein kleiner Spaziergang durch den Schnee reicht nicht, das ist doch keine richtige Auszeit. Keine, wie du sie brauchst.

Wohlweislich schwieg sie jedoch. Die Entscheidung musste bei ihm liegen, und sie wollte keinesfalls den Eindruck erwecken, dass Leon oder sie sich ihm aufdrängten. Dennoch klopfte ihr Herz zu ihrer eigenen Überraschung schneller, als sie auf seine Antwort wartete.

»Na ja. Ein bisschen Zeit hätte ich wohl noch. Und durchgefroren bin ich auch.« Er zuckte mit den Schultern und wandte sich wieder Leon zu, der ihn erwartungsfroh angrinste. »Ich bin dabei!«

Kapitel 10

Nina zog die Tür der Pension leise hinter sich ins Schloss und schlüpfte aus ihren Stiefeln. Sie wusste kaum noch, wie sie den Weg hierher überhaupt bewältigt hatte. Wieder traten Tränen in ihre Augen. Es war vorbei, einfach so. Die Trennung war über sie gekommen wie der Schneesturm über Borkum. Unerwartet und lähmend.

Sie hängte ihre Jacke an die Garderobe und legte dann die Hände an die Schläfen. Ihr Kopf dröhnte, und sie war bis auf die Knochen durchgefroren. Sie musste sich hinlegen. Die Decke über den Kopf ziehen. Als sie aufschluchzte, wurde die Küchentür leise aufgestoßen.

»Nina? Um Himmels willen, Kindchen, was ist denn passiert?«

Flora eilte auf sie zu. Sie hatte eine Schürze umgebunden, die über und über mit Mehl bestäubt war. Als sie Nina in die Arme schloss, stieg ihr ein Geruch nach Hefe und Honigkuchen in die Nase. Flora schob sie ein Stück von sich weg und sah ihr in die Augen. »Geht es dir gut?«

Nina schüttelte den Kopf.

»Komm mal mit. Hier, das ist sauber.« Flora nestelte ein Papiertaschentuch aus ihrer Schürzentasche und drückte es Nina in die Hand, während sie ihren Arm ergriff und sie in die Küche bugsierte.

Nina ließ sich von ihr auf einen Stuhl am Küchentisch drücken, und im nächsten Moment stand schon eine Tasse heißer Kakao vor ihr.

»Wärm dich erst einmal auf.« Flora setzte sich ihr gegenüber auf einen Stuhl.

»Wo ist denn Ihr … ich meine, dein Mann?«, fragte Nina leise, obwohl es im Moment wenig gab, was ihr gleichgültiger war.

Auch Flora winkte ab. »Der sitzt auf unserem Zimmer und liest die Zeitung«, antwortete sie knapp.

Nina nippte an dem Kakao. »Danke schön.«

Flora musterte sie, doch sie wirkte eher besorgt als neugierig.

»Es ist alles aus«, murmelte Nina, stützte den Kopf in den Händen ab und starrte aus dem Fenster.

»Deine Beziehung, meinst du?« Floras Stimme war nur ein Flüstern.

»Meine Beziehung und – als wäre das noch nicht schlimm genug – damit auch meine Karriere.« Sie lächelte müde, als sie den Blick der alten Dame suchte. »Mein Freund … Ex-Freund, meine ich, war sozusagen auch mein Manager. Ach, das klingt so hochtrabend, doch du weißt schon, was ich meine. Er hatte sich darum gekümmert, dass ich Aufnahmen in einem Tonstudio machen kann. Und nun geht er statt mit mir mit einer anderen hin. Mit Sandra Beller.« Sie spie den Namen regelrecht aus, als würde ihr schon bei seinem Klang übel. »Ausgerechnet.«

»Und diese Sandra ist auch seine neue Flamme?« Flora runzelte die Stirn.

»Genau. Er hat mich einfach ausgetauscht. In jeder Hinsicht.« Sie vergrub das Gesicht in den Händen. »Ich dachte, wir bleiben für immer zusammen. Haben irgendwann vielleicht sogar eine Familie. Ich bin schon siebenunddreißig, und jetzt stehe ich einfach vor dem Nichts.« Sie putzte sich die Nase.

»Ach, Nina.« Flora rückte ihren Stuhl ein Stück näher zu ihr heran und legte ihr eine Hand auf das Knie. »Das tut mir leid.«

»Dieser verdammte Kälteeinbruch! Wenn ich das geahnt

hätte, wäre ich doch nie hierhergekommen.« Ihre Stimme brach. Aus dem Augenwinkel nahm sie wahr, wie Flora den Kopf schüttelte.

»Meinst du wirklich, das hätte etwas geändert?«

Nina sah auf. Ihre Augen weiteten sich. So hatte sie es noch gar nicht betrachtet. Natürlich, Marc musste schon länger geplant haben, die Aufnahmen mit Sandra zu machen. Und die Sache mit den beiden lief offenbar auch schon eine Weile, sonst hätte er doch nicht so Hals über Kopf mit ihr, Nina, Schluss gemacht. Sie seufzte schwer. Wie hatte sie nur so dumm, so entsetzlich naiv sein können?

»Vermutlich nicht«, sagte sie tonlos. »Nicht dauerhaft.«

»Weißt du, was gut daran ist, in diesen Zeiten jung zu sein?« Flora gab sich gleich selbst die Antwort. »Du bist als Frau auf keinen Kerl angewiesen. Du bist eine gute Sängerin? Dann leg los.«

»Ich kann mir Studioaufnahmen mit allem Drum und Dran nicht leisten«, gab Nina zu bedenken. Dennoch hatte Flora etwas in ihr wachgerüttelt. Sie drückte den Rücken durch und schob ihre Tasse von sich. »Aber du hast trotzdem recht. Es geht auch ohne Typen.«

Sie klang weitaus überzeugter, als sie sich fühlte. Ihr fehlten die Kontakte, die Marc in der Branche gehabt hatte. Sie würde bei null anfangen müssen. Ganz alleine vor der riesigen Konkurrenz stehen. Hatte sie wirklich auch nur den Hauch einer Chance?

»Vor allem geht es ohne Männer, die am Telefon mit einem Schluss machen und einen einfach für eine dahergelaufene Sandra hängen lassen. Was für ein Schuft.« Flora schnalzte mit der Zunge.

Nina legte die Hände an die Schläfen. Sie seufzte. »Entschuldige, aber ich ziehe mich jetzt zurück, wenn du nichts dagegen hast. Mir brummt der Schädel, ich muss das alles irgendwie erst mal sortieren.«

»Das verstehe ich sehr gut.« Flora stand auf und machte sich an einer Blechdose zu schaffen, die auf der Arbeitsplatte stand. »Hier, nimm dir ein paar Plätzchen mit. Für die Nerven.« Sie drückte Nina einen Teller in die Hand.

»Danke.« Sie lächelte, obwohl sie schon wieder einen Kloß im Hals hatte. Wann würde Marc mit Sandra ins Studio fahren? Ob er schon mit ihr probte? Was würde sie singen – ihre Songs? Die Lieder, die Marc ursprünglich für sie ausgewählt hatte? Mit hängenden Schultern machte sie sich auf den Weg in ihr Zimmer.

Leon hatte entscheiden dürfen, wo sie einkehrten, und sich für *Grits Teeparadies* entschieden. Mit den hellen Wänden, dem warm anmutenden Holzfußboden und der altmodisch wirkenden Einrichtung gehörte es auch zu Julias Lieblingscafés.

Leon hatte auf einem Sessel Platz genommen, Julia und Simon saßen auf dunklen, gepolsterten Holzstühlen. Auf dem Tisch sorgte ein gläsernes Stövchen dafür, dass der bestellte Tee warm blieb, und während Julia sich für einen Pfannkuchen mit Kompott entschieden hatte, brachte die Kellnerin für Leon und Simon je einen Windbeutel.

»Meine Güte, der reicht ja locker für zwei«, stellte Simon fest, griff aber dennoch nach seiner Gabel. Auch Leon hatte den Mund schon voll Sahne und kaute genüsslich.

»Das haben wir uns aber verdient«, meinte der Junge, und Julia fuhr ihm lachend durch die Haare.

»Vor allem du natürlich. Es ist ja unheimlich anstrengend, auf einem Schlitten zu sitzen und sich ziehen zu lassen.«

»Ha, ha.«

»Hauptsache, es schmeckt.« Julia steckte sich ein Stück Pfannkuchen in den Mund. »Erzähl deiner Lehrerin nicht, dass ich dir einen Windbeutel zum Mittagessen erlaubt habe.«

»Es ist doch fast Weihnachten.« Leon schleckte seine Gabel ab.

»Das ist wirklich urig hier.« Simon sah sich um. »Danke, Leon. Es war eine gute Idee herzukommen.«

»Gefällt es dir jetzt schon besser bei uns auf Borkum?«, fragte der Junge und baumelte mit den Beinen.

»Ich habe nie gesagt, dass ich es hier nicht schön finde. Ich habe mich nur bislang viel zu wenig umgesehen, das gebe ich zu.« Simon sah Julia in die Augen.

Sie spürte, wie ihre Wangen rot anliefen, und tat so, als müsste sie sich voll und ganz auf ihren Pfannkuchen konzentrieren. Was machte sie hier eigentlich? Sie war noch nie mit einem Gast in einem Café gewesen. Überschritt das nicht eine Grenze? In der Pension war sie mit ganzem Herzen für ihre Pensionsgäste da, aber für alle in gleichem Maße. Es gab natürlich immer Gäste, die einem mehr lagen als andere, und gerade mit den Rathmanns hatte sich im Laufe der Jahre eine Freundschaft entwickelt. Aber die beiden waren auch seit Jahren Stammgäste. Was Thea wohl dazu sagen würde, dass sie nun mit Leon und einem beinahe Fremden, der noch dazu offenbar ein paar gravierende Probleme mit sich herumtrug, bei Tee und Kuchen saß?

»Wir haben ganz viele tolle Lokale bei uns.« Julia hätte beinahe vor Erleichterung geseufzt, als Leon das Wort ergriff.

»Dann gibt es ja noch viel für mich zu entdecken«, antwortete Simon, und Leon beugte sich zu ihm hinüber, als wollte er ihm ein Geheimnis anvertrauen.

»Mein Papa hat auch eins, eine richtige Bar. Es heißt genau wie er. *Jasper's.* Warst du da schon einmal?«

»Ich fürchte nicht.«

Julia spürte Simons Blick auf sich ruhen, doch sie starrte weiter auf ihren Pfannkuchen. Hoffentlich kam Leon nicht auf die Idee, ihn auch noch dort hinzuschleppen. Seit ihrer Trennung hatte Julia sich mit keinem Mann mehr verabredet.

Es war immer so viel zu tun gewesen, und vor allem hatte sie auch nicht gewollt, dass Leon dabei zusah, wie seine Mutter auf Partnersuche ging. Was, wenn sie Hoffnungen in ihm weckte, die dann doch nur zu neuen Enttäuschungen führten? Das konnte sie ihm nicht antun.

Wenn Jasper sie nun mit Simon sähe, würde er außerdem bestimmt falsche Schlüsse ziehen, und sie hatte keine Ahnung, wie er reagieren würde.

Julia wusste, dass Jasper ein oder zwei kurze Beziehungen gehabt hatte, seit sie sich getrennt hatten, aber es war nie etwas Ernstes daraus geworden. Sie beschloss, das Thema zu wechseln und das Gespräch in ein etwas sichereres Fahrwasser zu lenken. Regelmäßige Streifzüge durch die Gastronomie der Insel kamen jedenfalls nicht infrage. Schon jetzt spürte sie Simons Anwesenheit mehr, als gut war. Wenn sie ihr rechtes Bein nur ein kleines Stück zur Seite bewegte, würde es Simons Knie berühren. Bei der Vorstellung beschleunigte sich ihr Puls erneut. Energisch schluckte Julia einen Bissen von dem Pfannkuchen herunter. Warum war ihr Hals auf einmal so trocken?

»Du könntest Herrn Lehnfeld aber auch ein bisschen von der Natur zeigen, wenn er Lust dazu hat«, schlug sie an ihren Sohn gewandt vor.

»Sagen Sie doch Simon und Du«, warf dieser ein und rückte seine Brille zurecht. »Wir sind ja so eine Art Zwangsgemeinschaft, da sind solche Formalitäten nicht so wichtig, oder?«

»Einverstanden. Julia.« Sie lächelte.

»Ich würde wirklich gern mehr von der Insel sehen«, sagte Simon und reichte Leon grinsend seine Serviette, als dieser Anstalten machte, sich die Sahnereste mit dem Ärmel aus dem Mundwinkel zu wischen. »Solange ich noch hier bin.«

Für einen Augenblick schien seine Miene sich zu verdüstern. Julia rutschte auf ihrem Stuhl hin und her.

Eine Kellnerin trat an den Tisch und goss etwas heißes

Wasser für den Tee nach. »Ich habe eben die Nachrichten im Radio gehört«, sagte sie und lächelte Simon bedauernd an. »Leider gibt es keine guten Neuigkeiten. Es soll über Nacht noch einmal einen Eissturm geben, deshalb halten sich die Reedereien aus Sicherheitsgründen noch zurück, und leider funktionieren auch Internet und Mobilfunk noch nicht.«

Sie zuckte mit den Schultern und ging zum Nebentisch weiter, während Simon sich mit fahrigen Fingern über das Kinn rieb.

»Um Himmels willen«, seufzte er. »Das kann doch nicht ewig so weitergehen.«

Er wirkte auf einmal so verloren, dass Julia nur mit Mühe dem Impuls widerstand, nach seiner Hand zu greifen.

»Das wird es auch nicht«, versicherte sie leise. »Das Wetter ändert sich hier ständig. Ich bin sicher, es dauert nicht mehr lange, bis alles wieder in normalen Bahnen läuft.«

Leon starrte mit weit aufgerissenen Augen zwischen Simon und ihr hin und her. Es rührte Julia, dass er genau bemerkt hatte, wie die Stimmung umgeschlagen war, und dass jetzt nicht der Moment war, unternehmungslustige Vorschläge zu machen. Der Junge hatte immer schon ein gutes Gespür für Schwingungen gehabt, ihrer Meinung nach sogar ein zu gutes für sein Alter. Er war erst sechs, er sollte noch nicht ständig zwischen den Zeilen lesen müssen. Sie streckte die Hand aus und wuschelte ihm beruhigend durch die Haare.

Dabei warf sie Simon einen Blick zu, und er nickte kaum merklich. Dankbar registrierte Julia, dass er sich zu einem Lächeln zwang und sich wieder aufrechter hinsetzte. Also wollte auch er Leon nicht mit seinem Kummer belasten.

»Dann sollten wir mal abwarten, wie es morgen früh aussieht«, sagte Simon betont fröhlich und versenkte seine Gabel erneut in dem Windbeutel mit roter Grütze. »Wenn man vor die Tür gehen kann, lasse ich mir gern Borkums wilde Seite von dir zeigen, Leon.«

»Au ja.« Zu Julias Erleichterung strahlte der Junge wieder. Die beiden gaben sich ein High Five, und der Rest der Teestunde verlief fröhlich. Zumindest oberflächlich.

Julia entging keineswegs, dass die Schatten unter Simons Augen wieder tiefer geworden waren, und sie fragte sich nicht zum ersten Mal, wie sein Leben zu Hause wohl aussehen mochte. Auf jeden Fall ganz anders als ihres, das stand fest. Vermutlich arbeitete er rund um die Uhr in einem sterilen Bürogebäude und ging nur zum Schlafen in ein teures, aber kühl eingerichtetes Penthouse. Dennoch hatte er etwas an sich, was sie berührte, und sie war nicht sicher, ob ihr das gefiel. Schließlich hatte sie schon einmal einen Mann, der ihr Herz erobert hatte, an dessen Arbeit verloren. Nein, das würde nicht noch einmal passieren, egal, wie warm Simons grüne Augen im Schein des Kronleuchters, der über ihren Köpfen hing, auch funkeln mochten. Sie würde auf ihr Herz achtgeben. Das musste sie! Für Leon und für sich selbst.

Als sie zurück in der Pension waren, verabschiedete Simon sich rasch und zog sich in sein Zimmer zurück. Bestimmt stellte er dort direkt wieder den Computer an und versuchte verzweifelt, eine Internetverbindung zu bekommen. Julia seufzte leise, als sie Leon aus den Wintersachen half.

»Das hat Spaß gemacht«, fand der Kleine. »Ob Simon mich morgen wohl wieder auf dem Schlitten zieht?«

»Wenn er seine Arme noch bewegen kann, bestimmt«, erwiderte Julia, und Leon kicherte.

»Das gibt Muckis, oder?« Er stellte sich in Pose.

»Auf jeden Fall. Aber ich glaube, wir sollten die Kufen vorher einmal ölen.«

»Was kann ich denn jetzt machen, Mama?«

»Ich weiß nicht so richtig. Ich muss nun leider auch ein

bisschen arbeiten, weißt du?« Julia rieb sich die Nase. Normalerweise würde sie Leon erlauben, ein oder zwei Folgen seiner Lieblingssendung zu schauen, aber an Streamen war natürlich nicht zu denken. Ob er Lust hatte, etwas zu malen? Oder sich allein an eine Bastelei zu setzen?

Sie wollte es gerade vorschlagen, als Leon zum Flurfenster schaute und seine Miene sich aufhellte.

»Da kommt ja Carlo!«, rief er. Julia folgte seinem Blick. Tatsächlich, Leons Klassenkamerad stapfte durch den Schnee auf die Haustür zu. Sie musterte ihren Sohn. Seine Augen leuchteten, doch um seinen Mund lag ein ängstlicher Zug.

»Möchtest du mit ihm spielen?«, fragte sie vorsichtig. »Du musst nicht. Nur, wenn du willst.«

Sie hoffte so sehr, dass Leon Ja sagen würde. Er hatte sich viel zu lange zurückgezogen, und sie rechnete es Carlo hoch an, dass er nicht aufgab, sondern immer wieder bei ihnen läutete und nach Leon fragte.

»Er hat einen Rucksack dabei«, stellte Leon fest, ohne die Frage seiner Mutter zu beantworten.

»Tatsächlich.« Julia schmunzelte. Offenbar war seine Neugier geweckt. »Was er wohl mitgebracht hat? Was sagst du, Leon, bitten wir ihn rein?«

Ihr Herz machte vor Freude einen Hüpfer, als Leon nickte und vorsichtig die Klinke herunterdrückte.

Carlos Nase war rot vor Kälte, und er trat von einem Fuß auf den anderen. Er wirkte beinahe ebenso verlegen wie Leon, der sich an Julias Seite schmiegte.

»Moin, Carlo«, begrüßte Julia den Kleinen. »Das ist ja schön, dass du uns besuchen kommst.«

»Ich habe einen neuen Dino.« Er deutete mit der linken Hand auf seinen Rucksack. »Wollen wir zusammen damit spielen, Leon?« Carlo starrte auf die Spitzen seiner Winterschuhe und hielt die Luft an, als rechnete er schon damit, wieder abgewiesen zu werden.

»Ja. Komm rein.«

Es kam Julia so vor, als atmete ihr Besucher ebenso erleichtert aus wie sie selbst. Der Junge schob sich in den Flur und zog so eilig seine Stiefel und die Jacke aus, als befürchtete er, dass Leon es sich noch anders überlegen würde. Dieser nahm seinen Freund jedoch an der Hand, sobald er mit Julias Hilfe seine Sachen aufgehängt hatte.

»Los, wir gehen in mein Zimmer!«

Polternd rannten die Kinder die Treppe hinauf, und Julia sah ihnen nach, bis Flora in der Küchentür erschien.

Sie trat neben Julia und nickte anerkennend. »Endlich, nicht wahr?«

»Ja.« Julias Stimme klang tränenerstickt, sie hörte es selbst. Nicht zu fassen, dass Leon so abrupt Besuch zugelassen hatte. Woran lag das? Ging es ihm allmählich besser? Gedankenverloren drehte sie eine Haarsträhne um ihren Zeigefinger.

»Was ist denn los, Julia? Du siehst besorgt aus.« Sie spürte Floras Hand auf ihrem Unterarm.

Julia nagte an ihrer Unterlippe, während sie nachdachte. Schließlich schüttelte sie den Kopf. »Ich weiß es selbst nicht. Verstehe mich nicht falsch, ich freue mich natürlich sehr für ihn. Aber wieso lässt Leon auf einmal wieder zu, dass jemand zum Spielen kommt? Was ist anders als letzte Woche, als er Carlo noch erzählt hat, er hätte leider Bauchweh?«

Flora zuckte ratlos mit den Schultern, doch Julia ahnte in einem Winkel ihres Herzens, dass des Rätsels Lösung mit einem gewissen Simon Lehnfeld zu tun hatte. Sie konnte nicht richtig greifen, woran es lag, aber die beiden schienen einander gutzutun, allen Gegensätzen zum Trotz. Der eine war klein, der andere groß. Der eine voller Trauer, der andere vermutlich ausgebrannt. Sie hatte nichts dagegen, dass Leon und Simon Zeit miteinander verbrachten, aber verstand ihr Sohn, dass sie im Moment wie in einer Blase lebten? Abgeschnitten in einer unechten Winterwelt, die in Kürze wieder laut, hektisch und betriebsam wie eh und je werden würde? Dann würde Simon die erste Fähre nehmen, die er bekommen konnte, und in sein echtes Leben zurückkehren. Was würde das mit Leon machen?

Nun, entschied sie, umso wichtiger war es, dass jetzt Carlo hier war, dass Leon seine Freunde endlich wieder traf. Jedes Stück Normalität, das er zuließ, war ein Schritt in die richtige Richtung.

»Ich mache mir übrigens ein wenig Sorgen um Nina«, flüsterte Flora ihr nun zu und riss sie damit aus ihren Überlegungen. »Ihr Freund, der ihr wohl auch bei der Musiklaufbahn helfen sollte, von der sie träumt, hat sie verlassen.«

»Oh nein.« Julia schlug eine Hand vor den Mund. »Die Ärmste!«

»Ja, sie war vorhin am Boden zerstört. Wobei ich ehrlich gesagt glaube, dass es ihr am meisten zusetzt, dass nun diese geplanten Aufnahmen nicht stattfinden.« Flora hob vielsagend die grauen Augenbrauen. »Nina selbst merkt es wohl gar nicht, aber wenn du mich fragst: Die verpasste Chance schmerzt sie mehr als die verlorene Liebe. Was kein Wunder ist, wenn man sich anhört, was sie über diesen Kerl zu erzählen hat. Er hat schon eine Neue! Und wer macht denn bitte am Telefon mit jemandem Schluss? Also, ich finde das unanständig.«

»Um Himmels willen.« Julia zog die Schultern hoch, als fröstelte sie. »Und das ausgerechnet jetzt, wo sie keine Chance hat, ihn persönlich zur Rede zu stellen. Furchtbar!«

Obwohl es eine schwere Zeit gewesen war, hatten Jasper und sie ihre Trennung fair über die Bühne gebracht. Viele Stunden hatten sie gemeinsam in der Stube gesessen, geredet und auch miteinander geweint um das, was sie sich erhofft und doch verloren hatten.

»Wir müssen ein Auge auf Nina haben«, sagte Julia. »Das Wetter soll noch instabil bleiben, so schnell wird sich hier wohl nichts ändern. Sie sollte wissen, dass sie zumindest mit uns reden kann, solange sie hier festsitzt.«

»Dann machen wir das Beste aus unserer kleinen Zwangslage, würde ich vorschlagen.«

»Ja.« Julia nickte. »Weißt du was? Ich frage sie mal, ob sie morgen mit Leon und mir einen Weihnachtsbaum besorgen will. Das lenkt sie vielleicht ein wenig ab. Entschuldigst du mich, Flora? Ich muss noch kurz an den Schreibtisch.«

»Natürlich. Ich schaue gleich mal, ob Leon und sein Freund Lust auf Plätzchen und Kakao haben.«

»Das wäre toll, ich danke dir.«

Die Sache mit dem Weihnachtsbaum war keine schlechte Idee, überlegte Julia, als sie in ihr kleines Büro ging. Dann wäre Leon beschäftigt und konnte sich nicht wieder an Simons Fersen heften. Und vielleicht hatte Nina ja wirklich Lust, sie zu begleiten. Sie waren immerhin im gleichen Alter, und solange Nina ihre Freundinnen, die sie zu Hause bestimmt trösten würden, nicht vernünftig erreichen konnte, um ihnen ihr Herz auszuschütten, tat es ja vielleicht auch eine Borkumer Pensionswirtin, die ein offenes Ohr mitbrachte.

Kapitel 11

Es hatte tatsächlich Neuschnee gegeben. Er lag bereits wieder so hoch, dass jegliche Räumungsbemühungen über Nacht zunichte gemacht worden waren. Julia hatte trotzdem in aller Frühe den Weg zum Bäcker auf sich genommen, war in ihren Winterstiefeln durch die weiße Pracht gestapft und hatte Brötchen und Brezel für ihre Gäste besorgt. In der Warteschlange war die Wetterlage das einzige Gesprächsthema gewesen. Die meisten Insulaner und auch die gestrandeten Gäste schienen inzwischen davon auszugehen, dass sie über die Feiertage hierbleiben mussten. Auf dem Festland braute sich ein neuer Sturm zusammen, der in ihre Richtung ziehen sollte und dafür sorgte, dass der Fährverkehr noch immer nicht wieder aufgenommen worden war. Niemand machte sich etwas vor: Wenn die Fähren und Katamarane wieder fuhren, würde zunächst wohl ein riesiges Durcheinander entstehen, und es war besser, gar nicht erst darauf zu hoffen, dass man es als einer der Ersten an Bord schaffen würde. Das einzig Gute, was Julia zu Ohren kam, war, dass das Internet angeblich bald wieder funktionieren sollte.

»Muss ich denn unbedingt mitkommen?« Leon zog eine Schnute, und Julia hob überrascht die Augenbrauen. Die beiden frühstückten in der Küche, und sie hatte ihm gerade eröffnet, dass sie heute einen Weihnachtsbaum kaufen würden. Eigentlich hatte sie damit gerechnet, dass der Junge sofort Feuer und Flamme sein würde, doch stattdessen knibbelte er an seinem Zimtbrötchen herum.

»Nein, du musst nicht«, entgegnete sie und musterte ihren Sohn besorgt. Warum hatte Leon keine Lust, sie zu begleiten?

Ob schon der Gedanke an einen Baum ihn allzu sehr an Thea erinnerte? Womöglich war das Ganze doch eine dumme Idee von ihr gewesen! »Ich dachte nur, du hättest vielleicht Spaß daran, einen schönen Baum auszusuchen.«

»Ich habe Lust, den Baum zu schmücken. Das Aussuchen ist doch langweilig. Alle Tannenbäume sind schön. Und wenn ich einen finde, sagst du sowieso immer, er ist zu hoch oder dass die Zweige nicht dicht genug sind oder dass er schon nadelt oder so was.«

»Wirklich?« Julia schmunzelte, während sie etwas Milch in ihren Kaffee goss. »Und wenn ich fest verspreche, dass du das letzte Wort hast und entscheidest?«

Leon rutschte auf seinem Stuhl hin und her. »Ich habe schon was anderes vor, Mama.« Er sah sie aus großen Augen an. »Du bist deshalb doch nicht traurig, oder?«

»Nein, natürlich nicht«, beeilte sie sich zu sagen. Dann neigte sie den Kopf zur Seite. »Aber was hast du denn vor? Bist du wieder mit Carlo verabredet?«

Leon schüttelte den Kopf. »Mit Simon.«

Julia stellte ihre Tasse ab. Sie schloss für einen Moment die Augen und unterdrückte ein Seufzen. »Wann hast du denn mit ihm gesprochen?«

Simon war vor einer knappen halben Stunde aufgetaucht und von Flora direkt in den Frühstücksraum komplimentiert worden. Sie hatten einander nur kurz begrüßen können. Simon hatte etwas verlegen gewirkt, und Julias Hände hatten ein wenig gezittert, als sie ihm Kaffee eingeschenkt hatte. Jedenfalls hatte Simon ihr gegenüber kein Wort darüber verlauten lassen, was er für den Tag geplant hatte.

»Eben. Bevor ich in die Küche gekommen bin.« Als er den tadelnden Blick seiner Mutter bemerkte, schob Leon gleich hinterher, dass die Tür zum Frühstücksraum einen Spalt aufgestanden hatte. Er wusste, dass er dort eigentlich nicht hineingehen durfte, wenn die Gäste beim Essen saßen. »Er hat mich zu sich gewunken und gesagt, dass er nachher Zeit hat. Wir gehen mit dem Schlitten zur Promenade, da kann man jetzt bestimmt gut fahren.« Der Junge baumelte mit den Beinen. »Simon hat gesagt, dass er sich die Kufen noch einmal anschaut, dann sausen wir wie der Wind.«

»Leon.« Julia seufzte. »Ich möchte nicht, dass du Simon so vereinnahmst. Du kannst doch nicht ...«

»Er vereinnahmt mich gar nicht.«

Julia zuckte zusammen und stieß beinahe ihre Kaffeetasse um, als die Milchglastür aufgeschoben wurde und Simon in die Küche kam. Er trug sein sorgfältig gestapeltes Geschirr in den Händen und stellte es neben der Spüle ab, bevor er die Tür zum Frühstücksraum wieder schloss.

»Ich kann sowieso nicht richtig arbeiten, solange wir noch offline sind.«

»Dann habe ich eine gute Nachricht für dich. Beim Bäcker hieß es eben, dass das Internet heute wieder ans Laufen gebracht werden soll.«

»Tatsächlich?« Simons grüne Augen leuchteten auf. »Das wäre natürlich gut. Wird ja auch Zeit.«

Leon senkte den Blick.

»Wir gehen trotzdem gleich raus«, versprach Simon. »Noch sind wir ja offline, und so schnell geht das vermutlich alles nicht. Außerdem habe ich es dir versprochen.«

»Wirklich?« Leon klatschte in die Hände.

»Wirklich. Wenn du aufgegessen hast, treffen wir uns vor der Haustür, einverstanden?«

Eilig stopfte Leon sich den Rest seines Zimtbrötchens in den Mund. »Schon fertig«, murmelte er kauend. »Darf ich aufstehen, Mama?«

»Ja. Ist schon gut. Aber bleibt nicht so lange weg, sonst holt ihr euch beide noch einen Schnupfen.«

Leon schluckte den letzten Bissen herunter und umarmte

seine Mutter. »Danach helfe ich dir, den Baum zu schmücken.«

Er stob davon. Julia stand auf, sobald der Junge aus der Tür war.

»Bitte, du musst mir sagen, wenn er dich stört.«

Simon winkte ab. »Ich habe es ihm doch versprochen.« Ein Lächeln huschte über sein Gesicht. »Und du sagst ja selbst, dass die frische Inselluft und ein bisschen Abstand mir nur guttun können.«

»Das stimmt allerdings.«

Sie erwiderte sein Lächeln und schob sich mit ihrer leeren Tasse an ihm vorbei. Sein Duft stieg ihr in die Nase. Herb, aber zugleich frisch. Irgendetwas flatterte in ihrem Magen, und sie stellte das Geschirr so heftig ab, dass es klapperte. Was war nur mit ihr los? Sie war doch kein Teenager mehr. Es lag alles nur an der Enge, an dieser erzwungenen Nähe. Wenn es doch bloß diesen Kälteeinbruch nicht gegeben hätte! Die Unwetterlage brachte einfach alles durcheinander. Umso wichtiger, dass sie vor die Tür kamen. Und zwar getrennt.

»Also dann.« Simon rührte sich nicht, und sie war sich seiner Präsenz in ihrem Rücken nur allzu bewusst. Endlich trat er einen Schritt zurück.

»Ich gehe dann mal.«

»Pass gut auf Leon auf, ja? Und vielen Dank, dass du dir Zeit für ihn nimmst.« Ihre Stimme zitterte leicht, und sie hoffte inständig, dass Simon es nicht bemerkte.

»Kein Problem, ich mache das wirklich gern.« Er wandte sich ab und ging aus der Küche.

Julia sah ihm nach. Sie würde dafür sorgen, dass Leon am Nachmittag eine andere Beschäftigung fand, entschied sie. So gern er Zeit mit dem Gast aus Frankfurt verbrachte, es konnte nicht gut sein, wenn er sich zu sehr an ihn klammerte. Simons Tage auf Borkum waren gezählt, und sie wollte nicht, dass Leon nach seiner Abreise wieder in Traurigkeit versank. Und für einen Moment fuhr ihr durch den Kopf, dass dieser Wunsch vielleicht nicht nur für ihren Sohn galt.

Nina war zunächst überrascht gewesen, als Julia sie eingeladen hatte, mit ihr einen Weihnachtsbaum für die Pension auszusuchen, aber da sie ohnehin nur auf ihrem Bett gelegen und die Decke angestarrt hatte, hatte sie schnell zugestimmt. Nun stapfte sie an der Seite ihrer Gastgeberin durch den tiefen Schnee am Rathaus vorbei. Es war bereits kurz vor Mittag, aber die dichte Wolkendecke, aus der bereits wieder ein paar Schneeflocken fielen, ließ keinen einzigen Sonnenstrahl durch, sodass hinter den hohen Fenstern alles hell erleuchtet war. Der Wind hatte merklich aufgefrischt, als wollte er die wenigen Spaziergänger, die sich vor die Tür getraut hatten, dazu auffordern, wieder zurück ins Warme zu eilen.

»Ich glaube, das gibt Muskelkater«, sagte Nina lachend durch ihren Wollschal, aus dem nur ihre Nase herausschaute, während sie die Knie anhob, um über einen kleinen Schneehügel zu steigen. Auch wenn die Studioaufnahmen geplatzt waren, ihre Stimme würde sie weiterhin schonen. »Ich merke meine Oberschenkel jedenfalls ganz schön.«

Julia zog die Nase kraus. »Ja, das grenzt an ein Workout, oder? Ich bin es auch überhaupt nicht gewohnt, durch solche Schneemassen zu laufen. Und ich habe schon nasse Füße, meine Stiefel sind zu niedrig.«

»Ja, meine auch. Aber sag mal, wolltest du nicht eigentlich mit deinem Sohn ins Allgäu?«, fragte Nina. »Da hättet ihr doch gescheitere Wintersachen gebraucht.«

Gleich zu Beginn ihres Spaziergangs waren die Frauen zum Du übergegangen, was ihr nur recht war, immerhin war Julia, wie sie inzwischen wusste, sogar zwei Jahre jünger als Nina selbst.

»Ich glaube, viel mehr Schnee liegt dort auch nicht«, entgegnete Julia. Sie hob die Handflächen und beobachtete, wie Schneeflocken auf ihre Wollhandschuhe fielen. »Es hört einfach nicht auf.«

»Irgendwann bestimmt. Alles hört irgendwann auf.« Nina lachte wieder, doch diesmal klang es bitter. »Das habe ich ja nun gerade erst erfahren dürfen.« Sie spürte Julias Unsicherheit, als diese ihr einen Seitenblick zuwarf.

»Flora hat mir erzählt, was passiert ist«, sagte sie leise. »Das tut mir leid, Nina. Eine Trennung ist immer schlimm, das weiß ich aus Erfahrung. Aber einfach so, ohne sich dabei in die Augen zu sehen …« Sie brach ab und schüttelte den Kopf.

Nina schluckte schwer. »Ich hätte Marc so etwas nie zugetraut«, flüsterte sie und starrte auf den Schnee zu ihren Füßen. Dort, wo ihre Stiefel Abdrücke hinterließen, verfärbte er sich, wurde schmuddeliger, verlor sein unschuldiges Weiß. »Ich wünschte, ich könnte ihn hassen. Verdient hätte er es, oder?«

Tränen stiegen ihr in die Augen, und sie wischte sie mit dem Handrücken fort. »Stattdessen bin ich einfach nur am Ende. Ich vermisse den Blödmann! So sehr, dass ich manchmal denke, ich kann nicht mehr atmen. Ständig denke ich an ihn, an all das, was wir zusammen erlebt haben. Was wir vorhatten. Ich kann einfach nicht begreifen, dass alles vorbei sein soll.« Sie tippte sich an die Stirn. »Es ist, als wollte mein Kopf es einfach nicht wahrhaben, verstehst du? Als würde sich mein Verstand weigern zu kapieren, dass mein Herz in Trümmern liegt.«

Sie wollte es unterdrücken, schluchzte aber dennoch laut auf. Im nächsten Moment spürte sie, wie Julia sie an sich zog. Die Pensionswirtin war fast einen Kopf größer als sie, sodass sie ihr Gesicht in Julias Mantelkragen vergraben konnte. Ninas Schultern bebten, als sie spürte, wie Julias Hände über ihren Rücken strichen. Ganz vorsichtig, als hielte sie etwas Zerbrechliches in den Händen. Dabei konnte sie an ihr nichts mehr kaputtmachen, das hatte Marc längst erledigt.

Julia hielt sie eine ganze Weile fest, strich immer wieder über ihren Rücken. Als sie Nina schließlich losließ, lächelte sie, und ihre Augen glänzten voller Wehmut.

»Das braucht alles seine Zeit, Nina. Aber es wird wieder besser, das kann ich dir versprechen. Ich dachte nach der Trennung von Jasper auch, dass ich keinen Fuß mehr auf den Boden bekomme, aber mit jedem neuen Tag wird es ein kleines bisschen leichter. Versprochen! Und weißt du, was hilft, damit es schneller geht? Ablenkung.« Sie hakte sich bei Nina unter. »Und Arbeit. Darum bekommst du jetzt als Erstes die Aufgabe, den schönsten Weihnachtsbaum auszusuchen, den Borkum je gesehen hat!«

Sie steuerten einen kleinen Stand vor dem Rathaus an. Ein älterer, schon etwas gebeugt stehender Herr stand dort inmitten einiger Tannenbäume und wirkte sowohl gelangweilt, wohl weil niemand zu sehen war, als auch durchgefroren. Seine Nase leuchtete rot, die grüne Daunenjacke war nass vom Schnee, und die Arbeitshandschuhe, die er trug, waren offensichtlich nicht warm genug, jedenfalls hauchte er auf seine Finger, als die beiden Frauen sich näherten und schließlich vor ihm stehen blieben. Seine Miene hellte sich auf.

»Moin«, grüßte er. »Wollen Sie einen Baum kaufen?«

»Ja«, sagte Julia. »Ich wusste gar nicht, dass es hier welche gibt.«

»Ist auch eine Ausnahme. Ich wollte eigentlich nur ein paar Lieferungen zustellen. Bäume aus meiner Schonung für einige der Läden und Lokale, Sie wissen schon. Ich bin aus dem Alten Land, da habe ich einen Hof. Äpfel im Sommer und Herbst, Weihnachtsbäume im Winter.« Er zuckte mit den Schultern und schlenderte zu einem kleinen Tisch hinüber, auf dem eine Schatulle stand, die ihm als Kasse diente.

Daneben stand ein Korb, aus dem er nun eine Thermoskanne und drei bunt gemusterte Porzellantassen hervorholte.

»Also hängen auch Sie wegen des Wintereinbruchs hier fest?«, fragte Nina.

»Genau.« Der Verkäufer kniff die Lippen zusammen. »Die Helga, meine Frau, macht mir die Hölle heiß, das kann ich Ihnen sagen. War geradezu angenehm, als die Telefonleitungen zusammengebrochen sind. Jetzt überschüttet sie mich dafür umso mehr mit Vorwürfen. Was glaubt sie denn? Dass ich das Wetter bestellt habe? Sehe ich aus wie Frau Holle?« Er schnalzte mit der Zunge.

Julia und Nina tauschten einen amüsierten Blick.

»Wollen Sie Glühwein?« Er wartete die Antwort nicht ab, sondern goss die dampfende rote Flüssigkeit schwungvoll in die Tassen. Der unverkennbare Duft nach Gewürzen und einem kräftigen Rotwein hing in der kalten Winterluft.

»Warum nicht?« Julia zuckte mit den Schultern und nahm dankend eine Tasse entgegen.

Nina zögerte. Eigentlich mied sie Alkohol, er tat ihrer Stimme nicht gut. Und er hatte viele Kalorien. Marc hatte sie immer ermahnt, auch an ihr Äußeres zu denken, wenn sie wirklich die großen Bühnen stürmen wollte. Aber sollte sie das jetzt noch kümmern? Marc war weg. Unwiederbringlich. Die geplanten Studioaufnahmen waren Geschichte. Also hatte sie nichts zu verlieren. Sie nahm den Becher entgegen, den der Verkäufer ihr hinhielt, bedankte sich und stieß mit ihm und Julia an.

»Ich bin Piet«, stellte der Mann sich vor, und auch die beiden Frauen nannten ihre Namen, bevor alle an dem Glühwein nippten. Er schmeckte erstaunlich gut, stellte Nina fest. Und er wärmte wirklich von innen. Sie legte beide Hände fest um die Tasse.

»Ich sitze hier auch fest«, erzählte sie dann, und bevor sie darüber nachdenken konnte, fasste sie ihre Geschichte kurz zusammen. »Ich sollte eigentlich über die Feiertage ins Tonstudio, Musik aufnehmen. Ich bin Sängerin. Aber das ist jetzt auch egal, weil mein Freund, der zufällig auch mein Manager war, mich abserviert hat.«

»Abserviert? Während Sie hier von der Außenwelt quasi abgeschnitten sind?« Piet schüttelte den Kopf. »Dann seien Sie bloß froh, dass Sie den los sind. Was für ein Mistkerl.«

Nina lächelte, sie fühlte sich von den rigorosen Worten des Landwirts seltsam getröstet. Er leerte seine Tasse in einem großen Zug, stellte sie auf dem Tisch ab und wischte sich einmal mit dem Handschuh über den Mund. Dann klatschte er in die Hände.

»Also, Ihr Weihnachtsbaum. Wie groß soll er sein? Ich habe nur Nordmanntannen, die nadeln kaum. Erstklassige Ware.«

Nina folgte Julia, die schon begann, sich die Bäume näher anzusehen. Prüfend schob sie Zweige auseinander, beäugte die Spitzen und überlegte laut, welcher am schönsten gewachsen war.

»Er ist für meine Pension«, erklärte sie Piet. »Wegen des Wintereinbruchs habe ich ein paar unfreiwillige Gäste.«

»Wie mich zum Beispiel«, warf Nina schulterzuckend ein. »Wir sind vier Erwachsene, die Julia nicht eingeplant hatte und die ihr nun das ganze Fest über den Haufen werfen.«

Piet schob seine Wollmütze aus der Stirn und kratzte sich am Kopf.

»Tja. Unverhofft kommt oft, schätze ich. Muss man einfach das Beste draus machen. Man weiß ja nie, wofür es gut ist.«

»Das stimmt«, pflichtete Julia ihm bei. Sie stand vor einem Baum, der sie um eine Handbreit überragte. Dicht gewachsene Zweige und tiefgrüne Tannennadeln verliehen dem Baum etwas Edles. »Den hier finde ich perfekt. Was meinst du, Nina? Der ist auch schmal genug, den können wir gut tragen, und er müsste in die Ecke neben dem Ofen in der Stube passen.«

Hatte sie jemals in ihrem Leben einen Weihnachtsbaum gekauft? Vielleicht als kleines Mädchen? Erinnern konnte Nina sich jedenfalls nicht. Sie wusste, worauf man bei Wollpullis achten musste, wie Blusen zu sitzen hatten und wie man die knackigste Jeans fand. Aber Bäume waren nun wirklich nicht ihr Metier. Zaghaft lächelte sie. »Ich denke schon. Ja. Ja, er sieht gut aus.«

»Ein Prachtstück ist das.« Piet klang beinahe tadelnd. »Einen besseren findet ihr nicht. Hast einen guten Geschmack, Julia.«

»Danke.« Sie neigte den Kopf zur Seite und zwinkerte dem alten Mann zu. »Mir gefällt er. Was meinst du, Nina?«

»Klar.«

»Was bin ich Ihnen schuldig?« Julia kramte ihre Geldbörse aus der Manteltasche.

»Gibt 'nen Sonderpreis.« Piet fuhr sich über den grauen Vollbart. »Weil ich schätze, dass Sie heute die einzigen Kunden sind. Und weil ich den Baum leider nicht einschnüren kann. Hatte ja nicht damit gerechnet, an Privatleute zu verkaufen. Außerdem denke ich, dass der Baum ein schönes Weihnachten bei Ihnen haben wird. Das ist auch wichtig. Sagen wir, zwanzig?«

Julia streckte ihm einen Schein entgegen, und er legte ihn in seine Schatulle. »Firma dankt. Und meine Helga, die wünscht sich nämlich einen Wellness-Gutschein.«

»Dann wollen wir mal hoffen, dass wir diesem Schätzchen wirklich ein schönes Weihnachten bescheren können«, sagte Julia.

»Das klappt schon«, versicherte Piet. Dann wandte er sich an Nina. »Für Sie hat es ja schon mal gut angefangen.«

Die Angesprochene riss verwundert die Augen auf. »Für

mich? Ausgerechnet! Wieso das denn?« Sie lachte ungläubig, doch Piet zwinkerte ihr zu.

»Na ja, Sie wissen jetzt, auf was für einen Typen Sie um ein Haar hereingefallen wären. Da seien Sie mal froh, dass Sie den los sind, das ist doch wohl das beste Weihnachtsgeschenk seit Gold, Weihrauch und Myrrhe, würde ich meinen.«

Julia machte sich auffällig beflissen an dem Baum zu schaffen, während Nina auf ihre Stiefelspitzen starrte. Für einen Moment verschlug Piets Sichtweise ihr tatsächlich die Sprache. Marc hatte ihr das Herz herausgerissen und jeden einzelnen ihrer Träume zerstört. Den von einer Familie, den von einer ewigen Liebe, den von einer großen Karriere. Jeden einzelnen! Aber lag vielleicht doch ein wenig Wahrheit in Piets Worten? Was, wenn sie sich weiterhin blind auf ihn verlassen hätte? Hätte er sie sich warmgehalten, während er mit Sandra herumturtelte? Ob er dann womöglich sogar nur noch so getan hätte, als unterstützte er ihre Karriere?

Nina biss sich auf die Unterlippe, um den scharfen Schmerz zu betäuben, der auf einmal wie Hammerschläge hinter ihren Schläfen tobte. Sie wusste es nicht. Sie wusste es einfach nicht. Und war das allein nicht ein Zeichen dafür, dass dieser Piet womöglich richtiglag?

Sie lächelte ihm zu. »Vielleicht stimmt das. So oder so, selbst ist die Frau, nicht wahr?«

»Das ist die richtige Einstellung«, lobte Julia, während Piet nickte. »Komm, Nina, kannst du die Spitze nehmen?«

»Aber nicht ganz oben anfassen, sonst bricht sie ab.« Piet half den beiden, den Baum zwischen sich zu nehmen, doch er schien zu bemerken, dass Nina unter dem Gewicht direkt die Knie wegsacken wollten. »Nee«, sagte er, »so geht das nicht.« Er kratzte sich am Kopf und blies die Wangen auf. »Ich würde helfen, aber ich kann meinen Stand ja nicht alleine lassen. Falls doch noch jemand kommt! Hab auch keinen Bollerwagen, nur den Transporter um die Ecke. Wollen Sie sich den leihen?«

»Bloß nicht«, wehrte Julia ab. »Die Straßen sind spiegelglatt, wenn da was passiert … das gäbe bestimmt Ärger mit der Versicherung.«

»Oh, zwei Damen in Not?«

Nina fuhr herum und hätte beinahe den Weihnachtsbaum fallen gelassen. »Gerd!«, rief sie erleichtert. »Du kommst ja wie gerufen. Kannst du uns helfen?«

Der Rentner trat näher und betrachtete neugierig den Baum, nachdem er Piet begrüßt hatte.

»Wo kommst du denn her?«, fragte Julia nun. »Mensch, Gerd, die Straße ist wie eine Eisbahn. Und die Kälte ist doch gar nicht gut für dich. Du könntest auch in der warmen Stube sitzen.«

Er deutete auf den Rucksack, den er auf den Rücken geschnallt hatte. »Da gehe ich ja gerade hin. Ich habe mir nur ein paar Zeitungen gekauft. Irgendwie muss ich die Zeit ja auch rumkriegen. Also, dieser Baum soll es sein?«

»Genau.«

»Dann mal los.« Gerd war trotz seines Alters noch kräftig, und zu dritt gelang es ihnen, den Tannenbaum in eine Position zu wuchten, in der sie ihn einigermaßen gut halten konnten.

»Es ist ja nicht so weit«, sagte Nina, wie um sich selbst Mut zuzusprechen.

Die drei verabschiedeten sich von Piet und stapften durch den Schnee zurück in die Pension.

Kapitel 12

»Ich komme ja schon!«

»Hoffentlich«, murmelte Jasper und trat vor der Tür der Pension *Meereszauber* von einem Fuß auf den anderen. Er war vollkommen durchgefroren. Seine Nase lief, und trotz der Handschuhe waren seine Finger längst taub. Endlich wurde die Tür aufgerissen, und er sah sich Leon gegenüber, der in Schneehose, Winterjacke und dicken Stiefeln vor ihm stand. Ein paar braune Haarsträhnen lugten unter der Mütze hervor, die er in diesem Moment zurechtzupfte.

»Papa!« Strahlend warf er sich in Jaspers Arme.

»Hey, Großer. Wo willst du denn hin?«

»Ich gehe zur Promenade, zum Schlittenfahren.«

»Tatsächlich? Coole Idee. Aber du brauchst Handschuhe, es ist eisig kalt.«

Leon fingerte ein Paar aus seiner Jackentasche und wedelte damit vor Jasper herum. »Die ziehe ich gleich an.«

»Wo ist denn deine Mutter?« Jasper sah an seinem Sohn vorbei in den Flur. Seltsam, dass Julia schon vormittags einen Ausflug mit Leon machte. Normalerweise war sie bis weit nach dem Mittag in der Pension eingespannt, und gerade jetzt, da alle Gäste auf einmal länger als geplant bleiben mussten, konnte er sich kaum vorstellen, dass ihr mehr Zeit als sonst blieb.

»Mama ist unterwegs, um einen Weihnachtsbaum zu kaufen.«

Jasper riss die Brauen hoch. »Sie ist gar nicht da?«

»Nö.«

»Wer passt denn dann auf dich auf?«

Leon antwortete nicht, sondern drehte sich um, denn auf der Treppe waren Schritte zu hören. Ein Strahlen breitete sich auf dem Gesicht des Jungen aus. »Simon! Ich bin schon fertig!«

Jasper runzelte die Stirn und rieb sich die Nase. Ein Mann, der ungefähr in seinem Alter sein musste, erschien auf der Treppe, ebenfalls in voller Wintermontur. Seine modische Brille beschlug, als ein Windstoß von draußen in den Flur wehte.

»Papa, das ist Simon.« Leon deutete stolz von einem zum anderen.

Der Fremde hielt Jasper die Hand hin. Schnell streifte dieser die Handschuhe ab und griff zu.

»Jasper Berends«, stellte er sich vor. »Ich bin Leons Vater.«

»Freut mich sehr.«

Bildete er es sich nur ein, oder musterte dieser Simon ihn etwas zu interessiert? Waren sie sich etwa schon einmal über den Weg gelaufen?

»Simon Lehnfeld, ich bin hier Gast«, sagte der Mann.

»Und unfreiwillig länger hier als geplant, schätze ich?«

»Ja, wie alle.« Simon lachte freudlos. »Angeblich soll es ja heute wieder Internet geben, das wäre zumindest ein Schritt nach vorn.«

»Wollen wir los?«, fragte Leon an Simon gewandt.

»Du kannst es ja kaum abwarten.« Jasper bemühte sich um einen fröhlichen Tonfall, obwohl es ihm einen Stich versetzte, dass sein Sohn ihn kaum beachtete.

»Na logisch. Wenn schon mal Schnee liegt.«

Simon drängte sich an Jasper vorbei durch die Tür. »Ich hole schon mal den Schlitten. Kommst du gleich zur Straße, Leon? Vergiss deine Handschuhe nicht.«

»Ja, klar. Ich komme sofort!«

Simon nickte Jasper zu. »Hat mich gefreut.«

»Ebenso.« Kurz sah er Julias Gast nach, wie er über den

schneebedeckten Rasen in Richtung Gartenschuppen stapfte. Es war rücksichtsvoll von ihm, dass er ihm einen Moment mit seinem Sohn ließ, das musste Jasper zugeben. Trotzdem war er sich nicht sicher, was er davon halten sollte, dass Leon mit einem Quasifremden loszog. Es war untypisch für Julia, das zu erlauben. Oder war dieser Mann nur für ihn selbst so fremd? Nachdenklich zog Jasper den Reißverschluss seiner Jacke noch etwas weiter zu.

»Sei vorsichtig«, wandte er sich an Leon und zog ihm die Mütze noch einmal tiefer ins Gesicht. »Es ist ganz schön glatt, und richtig beruhigt hat sich das Wetter auch noch nicht. Hast du deine Kidswatch an, damit du Mama oder mich notfalls anrufen kannst? Also, falls das Netz dann funktioniert.«

Als Leon im Sommer in die Schule gekommen war, hatte Jasper ihm eine Armbanduhr mit Telefonfunktion geschenkt. Das konnte nicht schaden.

»Ja.« Leon nickte. »Und Simon hat ja sein Handy bestimmt auch dabei. Damit ist er fast verheiratet.«

Überrascht hob Jasper die Brauen. Noch bevor er nachfragen konnte, woher Leon das wusste, machte der Junge Anstalten, sich an ihm vorbei nach draußen zu drängen, hielt dann aber kurz inne.

»Was wolltest du eigentlich, Papa?«

»Ach, nichts Wichtiges. Nur kurz nach euch sehen. In der Bar ist bei dem Wetter nicht viel los, da dachte ich, schaue ich mal vorbei.«

»Oh.« Leon senkte den Blick und wirkte betrübt. »Und jetzt ist Mama gar nicht da, und ich habe auch keine Zeit.«

»Kein Problem«, behauptete Jasper. »Ich hab's doch nicht weit.«

»Also macht es dir wirklich nichts aus, wenn ich jetzt mit Simon losziehe?« Die Augen des Jungen schweiften sehnsüchtig zum Bürgersteig, wo dieser Simon mit dem Schlitten stand und auf seinem Handy herumspielte.

»Natürlich nicht.« Jasper zwang sich zu einem Lächeln. »Wenn deine Mutter es erlaubt hat, kannst du losdüsen. Viel Spaß.«

»Danke.« Leon stellte sich auf die Zehenspitzen, drückte ihm einen Kuss auf die Wange und stob davon. Jasper hörte ihn lachen, als er sich auf den Schlitten plumpsen ließ. Simon legte sich in die Seile, und Sekunden später waren die beiden hinter der nächsten Kurve verschwunden.

Jasper blieb unsicher in der offenen Haustür stehen und kam sich vor wie bestellt und nicht abgeholt. Wobei, bestellt hatte ihn niemand, gestand er sich ein. Er war ja spontan vorbeigekommen. Sein Blick glitt durch den hell gestrichenen Flur. An einigen Stellen war die Farbe abgeblättert, genau wie an dem hölzernen Treppengeländer. War das schon so gewesen, als er vor einigen Jahren noch hier gewohnt hatte? Falls ja, wäre es ihm bestimmt gar nicht aufgefallen. Er war in Gedanken selten bei der Pension gewesen, sondern immer einen Schritt weiter, bei seiner eigenen Zukunft. Versunken in seinen Träumen von der eigenen Bar.

Die Küchentür wurde aufgestoßen. Jasper zuckte erschrocken zusammen, doch da schob sich ein grauer Haarschopf in den Flur. »Flora.« Er lachte. »Herrje, hast du mich erschreckt!«

Er kannte die alte Dame, die mit ihrem Mann seit Jahren Stammgast in der Pension war, schon eine gefühlte Ewigkeit und mochte ihre herzliche Art.

»Das wollte ich nicht.« Sie wischte die Hände an der karierten Schürze ab, die sie um ihre Taille gebunden hatte, und eilte auf ihn zu. Sekunden später zog sie ihn an sich.

»Jasper, wir haben uns ja seit Ewigkeiten nicht gesehen.« Sie legte den Kopf in den Nacken, um ihm in die Augen schauen zu können. »Geht es dir gut?«

»Ja. Dir und Gerd hoffentlich auch?«

»Wir können nicht klagen. Du weißt schon, Unkraut

welkt, vergeht aber nicht.« Sie lachte und klang dabei wie ein junges Mädchen.

»Ich dachte, ich könnte etwas Zeit mit Julia und Leon verbringen; in der Bar ist bei dem Wetter nichts los.« Er zuckte mit den Schultern. Flora schob sich an ihm vorbei und schloss die Haustür.

»Julia kommt bestimmt gleich wieder, sie besorgt nur einen Weihnachtsbaum. Und Leon hatte sich schon vor dem Frühstück mit Simon verabredet, fürchte ich.«

»Ja, ich habe sie getroffen. Sie fahren Schlitten. Genauer gesagt, Leon lässt sich ziehen.«

Flora stemmte die Hände in die Hüften und musterte Jasper von oben bis unten. »Du siehst vollkommen durchgefroren aus, mein Lieber. Zieh erst mal das nasse Zeug aus, ich mache dir einen Tee.«

Sie hielt Jasper einen Bügel hin. Er hängte seine Jacke auf und stellte die nassen Stiefel neben die Heizung. Auf Socken folgte er Flora dann in die Küche, wo es nach einer Mischung aus Vanille, frischem Tannengrün und Zimt duftete. Ein Geruch, der ihn von innen zu wärmen schien. Jasper ließ sich auf einen der Küchenstühle fallen, während Flora die Kerzen auf dem Adventskranz anzündete.

»Für die Gemütlichkeit«, sagte sie.

Jasper blickte sich um. »Daran scheitert es ja nicht«, stellte er fest. »Warst du das alles?«

Am Fenster hingen Sterne aus Transparentpapier, auf der Fensterbank davor lagen frische Tannenzweige, zwischen denen rote und goldene Kugeln steckten. Eine Lichterkette war dazwischen drapiert, und ihr flackerndes Leuchten reflektierte in der Scheibe. Vor ihm auf dem Küchentisch stand ein bunter Plätzchenteller. Der Zuckerguss war unregelmäßig und etwas verlaufen.

»Leon hat mir fleißig geholfen.«

Das bestätigte Jaspers Vermutungen. Er schmunzelte und

nahm sich ein bunt verziertes Plätzchen in der Form eines Hundes, während Flora die Kanne vom Stövchen nahm und ihm eine Tasse Tee eingoss.

»Danke schön.« Jasper goss etwas Sahne dazu und beobachtete, wie das Wölkchen sich in der dunklen Flüssigkeit verteilte. »Sag mal, kennst du diesen Simon näher?«

»Was heißt ›näher‹?« Flora nahm die Schürze ab und hängte sie an den Griff der Herdklappe, dann setzte sie sich Simon gegenüber an den Tisch und stützte den Kopf in den Händen ab. »Fragst du, weil er mit Leon unterwegs ist?«

»Ja, ehrlich gesagt schon.« Jasper fingerte an seiner Teetasse. »Mich wundert, dass Julia das erlaubt hat. Sie ist doch sonst eine richtige Helikoptermutter.«

Flora runzelte die Stirn, und Jasper hob beschwichtigend die Hände. »Im besten Sinne, meine ich. Sie passt halt immer gut auf unseren Zwerg auf. Und jetzt läuft der mit einem fremden Mann über die Insel.«

»Simon ist ja nicht fremd. Sie haben in der Pension auch schon Zeit miteinander verbracht, und gestern waren sie sogar zu dritt unterwegs.«

»Ach ja?« Jasper rieb sich das Kinn. Er hatte gedacht, Julia würde in Arbeit versinken, stattdessen machte sie sich schöne Tage mit einem Gast und nahm Leon gleich mit? Er schüttelte den Kopf. Offenbar bekam Julia der Kälteeinbruch nicht gut, so war sie doch sonst nicht. Ausgerechnet sie, deren zweite Vornamen quasi »Verantwortung« und »Pflichtbewusstsein« waren.

Flora schien nicht zu bemerken, dass Jasper nicht gerade begeistert war, und plapperte unbekümmert weiter, wobei sie ihre Brille zurechtschob, die ihr über die Nase gerutscht war. Auf ihren geröteten Wangen klebte etwas Mehl.

»Sie tun einander gut, glaube ich. Simon ist aus Frankfurt angereist und, wenn du mich fragst, vollkommen überarbeitet. Der Mann geht wirklich auf dem Zahnfleisch, und als klar wurde, dass er wegen des Eissturms seinen Arbeitgeber nicht erreichen kann, war hier Holland in Not.« Sie beugte sich vor und verfiel in einen Flüsterton, als vertraute sie Jasper ein Geheimnis an. »Wir haben uns alle Sorgen um ihn gemacht. Wie Simons Blutdruck in den letzten Tagen war, will ich gar nicht wissen. Der hatte bestimmt astronomische Ausmaße!«

Sie lehnte sich wieder auf ihrem Stuhl zurück. Jasper folgte ihrem Blick, als sie auf die Straße hinaussah und dabei nachdenklich die Teetasse in den Händen drehte. »Irgendwie hat Leon es geschafft, ihn zu knacken. Er mag Simon, warum auch immer.«

Warum auch immer. Jasper hätte zu gern gewusst, was es damit auf sich hatte. Ein Arbeitstier schien dieser Simon zu sein. Das war womöglich etwas, was er selbst mit ihm gemeinsam hatte. Ein Gedanke durchfuhr ihn. Wenn Leon es geschafft hatte, Simon von der Arbeit abzulenken, was hieß das in Bezug auf ihn selbst, Jasper? Hatte Leon es bei ihm auch versucht und war gescheitert? Hatte Jasper vor lauter Arbeit gar nicht gemerkt, dass Leon ihn brauchte?

Er schluckte schwer. Übernahm heute ein Fremder, was eigentlich seine Aufgabe war? Es war nichts los in der Bar, er hätte doch auch mit Leon spielen können. Aber der Junge war offensichtlich so voller Vorfreude auf den Ausflug mit diesem Simon gewesen, dass es auch nicht fair gewesen wäre, seine Pläne über den Haufen zu werfen. Auf einmal war das Plätzchen, an dem er noch kaute, viel zu trocken. Die Krümel klebten in seinem Hals. Hastig trank er einen Schluck Tee. Er war noch heiß, und Jasper unterdrückte ein Fluchen, als er sich beinahe den Gaumen verbrannte.

»Und Julia hat einfach so hingenommen, dass Leon sich so an diesen Mann hängt?« Er konnte sich die Frage nicht verkneifen, auch wenn er nicht sicher war, ob er die Antwort überhaupt hören wollte.

Flora schnalzte mit der Zunge. »Das klingt vorwurfsvoll, Jasper.«

»So meine ich es gar nicht.« Unter dem Küchentisch streckte er seine langen Beine aus.

»Wie dann?«, fragte Flora und sah ihn eher besorgt als tadelnd an.

»Ich weiß auch nicht.« Jasper schob seine Tasse ein Stück weg, entschlossen, nicht mehr zu sagen. Egal, wie viele Gedanken ihm auch durch den Kopf gingen. Leon fand offenbar bei einem Fremden etwas, was er weder bei Julia noch bei ihm gefunden hatte. Und da Simon ein Mann war, ging es wohl in erster Linie um ihn. Was für ein miserabler Vater er doch war, dass sein Sechsjähriger lieber mit einem ausgebrannten Karrieristen loszog als mit ihm. »Wann ist Julia denn wieder zurück, was meinst du?«

Er war froh, dass Flora seinen abrupten Themenwechsel unkommentiert hinnahm.

Sie zuckte mit den Schultern, ein Lächeln umspielte ihren Mund. »Ich weiß ja nicht, wie ehrgeizig sie beim Weihnachtsbaumkauf ist. Wenn ich einen aussuche, beschwert Gerd sich jedenfalls immer, dass er dafür nicht eine ganze Woche eingeplant hat.« Sie stand etwas schwerfällig auf, rieb sich verstohlen über die Hüfte und ging dann zum Kühlschrank. »Aber wo du gerade da bist, kannst du meine Petits Fours probieren, Jasper.«

Mit sichtlichem Stolz stellte sie ein Tablett vor ihm ab, auf dem kleine, quadratische Gebäckstücke lagen, allesamt kunstvoll verziert. Jedes war säuberlich mit Schokolade überzogen, und auf der dunklen Schicht waren winzige Tannenbäume, Kerzen oder Geschenkschleifen aus Zuckerwerk dekoriert, mit feinen Strichen gezogen. Wie machte man das? Und war es nicht erstaunlich, dass eine alte Frau noch so eine Fingerfertigkeit besaß?

»Wow«, murmelte Jasper ehrlich beeindruckt. »Die sehen fantastisch aus, Flora.«

Die Wangen der alten Dame färbten sich vor Freude über das Lob noch röter. »Ja, nicht wahr?« Sie wirkte verlegen, als sie sich eine graue Strähne hinter das rechte Ohr strich. »Da ist es wohl etwas durchgegangen mit der Konditorin in mir.«

»Hast du die hier in der Pension gemacht? Wann denn?«

»Gestern Abend. Ich konnte nicht schlafen, das habe ich leider öfter. Senile Bettflucht, wie man so schön sagt.« Sie bedeutete Jasper zuzugreifen.

Zögernd wählte er ein mit Vollmilchschokolade überzogenes Gebäckstück, das eine Kerze zierte. Der Docht schien zu flackern, Flora hatte gelben und orangefarbenen Guss vorsichtig vermischt. Das gute Stück war viel zu schade zum Essen, fand er, aber wenn Flora darauf bestand, wollte er ihr den Wunsch auch nicht abschlagen. Er schloss die Augen, als die Schokoladenschicht in seinem Mund knackte. Eine süße Mischung aus weichem Biskuit, einer Nougatcreme und etwas Fruchtigem kitzelte an seinem Gaumen und ließ seine Geschmacksnerven förmlich explodieren. So lange wie möglich genoss er das Konfekt, bis er den Moment nicht mehr hinauszögern konnte und auch den letzten Bissen hinunterschluckte.

»Und?« Flora musterte ihn mit einer Mischung aus Neugier und Amüsement.

»Absolut grandios. Ehrlich, das ist vielleicht das Beste, was ich jemals gegessen habe.«

Flora strahlte, während Jasper ein Gedanke kam. Er lehnte sich auf seinem Stuhl zurück und verschränkte die Arme vor der Brust. Prüfend musterte er die Konditorin, die offensichtlich auch mit über siebzig noch eine Meisterin ihres Fachs war.

»Sag mal, Flora, verkaufst du deine Kunstwerke eigentlich noch irgendwo?«

»Natürlich nicht.« Ihr Blick wirkte sehnsüchtig, beinahe entrückt, als er über die Petit Fours streifte.

Jasper beugte sich vor und rutschte auf der Stuhlkante hin und her, während die Idee in seinem Kopf in Sekundenschnelle mehr und mehr Gestalt annahm. Wenn der Sturm auf dem Festland so heftig wie angekündigt ausfiel und tatsächlich in Richtung Borkum zog, wurde es womöglich Zeit, Plan B zu aktivieren.

Er räusperte sich. »Hör mal, Flora, du kennst doch den *Lüttje Markt*, oder?«

»Natürlich, Gerd und ich waren ja schon ein paarmal über den Jahreswechsel hier. Wir finden es immer sehr nett auf dem Markt. Das einzige Problem ist, dass Gerd dort jedes Mal zu viel isst, aber dieser Flammlachs zum Beispiel ist ja auch ein Gedicht. Aber wieso fragst du?«

Jasper zögerte kurz. Konnte er Flora in ihrem Alter noch zumuten, was ihm vorschwebte? Ihre Blicke trafen sich. Die hellen Augen der Konditorin funkelten erwartungsfroh, um ihre Mundwinkel zuckte es leicht. Ahnte sie womöglich, was Jasper sie fragen wollte? Er lehnte sich zurück und nickte kaum merklich, wie um seine eigene Frage zu beantworten. Natürlich würde sie es schaffen. Wer, wenn nicht Flora, dieses Energiebündel?

»Wir haben ein Problem wegen des Unwetters. Es ist nicht sicher, ob wir alle Lieferungen, mit denen wir kalkuliert hatten, pünktlich bekommen werden. Ich hatte einen Foodtruck bestellt und …«

»Einen was?«

»Foodtruck. Das ist so eine Art umgebauter Lkw, aus dem man Essen verkauft.«

»Ach so, ein Imbisswagen.«

Jasper verzog das Gesicht. Das Wort klang für seinen Geschmack zu sehr nach »Jahrmarkt« und »Pommes«, aber ganz unrecht hatte sie mit ihrer vereinfachten Definition ja nicht.

»So ähnlich, nur mit Sushi. Ist auch egal. Wenn der Wagen nicht rechtzeitig eintrifft, fehlt jedenfalls ein wichtiger Baustein. Und wenn ich mir ansehe, was du so zauberst …« Vielsagend deutete Jasper auf das Konfekt, und Flora neigte den Kopf zur Seite.

»Jasper Berends«, sagte sie streng. »Du willst mich alte Frau doch hoffentlich nicht auf den Arm nehmen.«

»Nein.« Er schmunzelte. »Aber ich nehme dich *in* den Arm! Wenn du Teil des Teams wirst und für mich einen Stand mit solchen Köstlichkeiten betreibst. Ich entwerfe auch ein Schild für dich. Was hältst du von *Floras Feinste?*«

Flora schlug die Hände vor den Mund. Ihre Finger zitterten leicht, als sie Jasper aus geweiteten Augen ansah. Lag es am Flackern der Kerzen auf dem Adventskranz, oder glänzten sie wirklich ein wenig feucht?

»Nur, wenn du möchtest«, sagte er eilig.

»Ob ich möchte?« Flora sprang auf. »Natürlich möchte ich. Meine Güte, Jasper. Du kannst dir gar nicht vorstellen, was für eine Freude du mir damit machst. Endlich wieder richtig produzieren, für den Verkauf. Leuten ein Lächeln ins Gesicht zaubern, sie staunen lassen. Das fehlt mir so sehr, seit ich nicht mehr in der Konditorei arbeite.«

Sie lief zu ihm, schlang die Arme um seinen Hals und drückte ihm einen Kuss auf die Wange.

In diesem Moment erschien Julia im Türrahmen.

»Oh, hast du einen Baum gefunden? Das ging ja schnell«, rief Flora, doch Julia ging nicht auf ihre Worte ein.

»Was ist denn hier los?«, fragte sie. »Flora, hast du etwa geweint?«

Jasper ließ Flora los, stellte sich neben sie und deutete mit ausgestrecktem Arm auf die alte Dame, als wäre er im Begriff, eine Filmdiva vorzustellen. Flora ließ sich auf sein Spiel ein und deutete eine Verbeugung an.

»Darf ich vorstellen?«, fragte Jasper und ließ Julia, die Flora und ihn verdutzt beobachtete, dabei nicht aus den Augen. »Florentine Rathmann, Königin des Konfekts und Stargast des diesjährigen *Lüttje Markt.*«

»Zumindest, wenn der Pommeswagen nicht rechtzeitig kommt«, warf Flora mit roten Wangen ein, und Jasper lachte.

»Keine Hintertürchen, meine Liebe, du bist fest gebucht.«

»Mal langsam.« Nun meldete Julia sich endlich zu Wort. Sie hob den Zeigefinger und warf Jasper einen strengen Blick zu. »Was soll das heißen? Flora verkauft ihre Sachen auf dem Markt?«

»Genau. Das ist die perfekte Lösung, denn es sieht ja nicht so aus, als hätten wir die fehlenden Lieferungen pünktlich hier.« Jasper rieb sich die Hände. Flora hatte zugesagt! Er fühlte sich, als hätte jemand gerade einen riesigen Felsbrocken von seiner Brust genommen.

»Aber wie soll das denn gehen?« Julia deutete auf die Arbeitsplatte. »Da gibt es doch sicher strenge Vorschriften. Darf sie hier überhaupt so etwas machen? Ich muss mich für die Pension auch an einige Regeln halten, klar, aber sind die Hygienevorschriften bei solchen öffentlichen Events nicht noch viel strenger? Und, nun ja … ich will keine Spielverderberin sein, aber ich brauche die Küche ja auch für die Gäste.«

Sie warf Flora einen entschuldigenden Blick zu, als Jasper schon abwinkte. »Meine Bar hat doch eine kleine Gastroküche, die stelle ich mehr als gern zur Verfügung. Wir kochen dort sowieso nicht, es gibt bei uns nur Salzstangen und Erdnüsse zu den Drinks.«

»Schaffst du das denn alles?« Julia machte einen Schritt auf Flora zu und legte ihr eine Hand auf den Unterarm.

Jasper unterdrückte den Impuls, mit den Augen zu rollen. Das war typisch Julia. Sie überzog jede geniale Idee so lange mit Zweifeln, Grübeleien und Bedenken, bis auch der größte Optimist alles infrage stellte.

Die Erinnerung an die vielen Diskussionen, die sie vor der

Eröffnung der Bar geführt hatten, stieg in ihm hoch und versetzte ihm einen altbekannten Stich. Für ihn war das eine Zeit gewesen, in der die Erfüllung seines Lebenstraumes an die Tür geklopft hatte, aber Julia hatte alles getan, um einen Riegel davorzuschieben. Er hatte Verständnis dafür gehabt, dass die Situation für sie nicht einfach gewesen war. Der frisch geborene Leon, der so viel geschrien hatte. Thea, die schon gekränkelt hatte. Die Pension mit dem Renovierungsstau. Ihm war klar, dass Julia ihn gebraucht hätte. Aber er sie auch! Wäre alles anders gelaufen, wenn sie mehr miteinander geredet hätten? Hätte ihre Kraft dann gereicht, um alle Herausforderungen zu meistern, die in dieser Zeit auf sie eingeprasselt waren wie Hagelschauer?

Jasper unterdrückte ein Seufzen. Das brachte alles nichts mehr, die Vergangenheit war nun einmal, wie sie war. Jetzt kamen sie zumindest gut miteinander aus, und sie waren sich einig darin, dass das Wohl Leons über allem stand. Nicht jedes getrennte Paar konnte das von sich behaupten.

»Ich schaffe das auf jeden Fall«, sagte Flora zu seiner Erleichterung. Sie rückte ihre Brille zurecht und tippte sich mit dem Zeigefinger an die Lippen. »Außerdem hilft Leon mir bestimmt, das wird dem Kleinen Spaß machen. Ich muss mir gleich eine Liste schreiben, es gibt ja so viel einzukaufen.«

»Bring die Kassenzettel mit«, bat Jasper. »Damit wir hinterher gescheit abrechnen können. Du wirst staunen, wie die Rentenklasse klingelt.«

»Ach, du.« Flora stupste ihn mit dem Ellbogen in die Seite. »Es gibt auf jeden Fall alle möglichen Varianten von Petit Fours, das steht ja schon fest. Trüffel mache ich natürlich auch und gemischte Plätzchentüten für die Kinder, denke ich. Die mögen es ja oft bunt und einfach. Vielleicht backe ich auch noch Baumkuchen. Jasper, hast du spezielle Wünsche?«

»Nein, da lasse ich dir vollkommen freie Hand.« Er grinste. »Es ist ja schließlich dein Stand. Hauptsache, es sieht alles toll aus und schmeckt gut.«

»Das ist meine leichteste Übung. Und jetzt entschuldigt mich, ich muss dringend den Einkauf planen.« Mit einem Lächeln verabschiedete sie sich und lief leichtfüßig aus der Küche.

Erst, als ihre Schritte auf der Treppe nach oben verklungen waren, schloss Julia die Küchentür und ergriff das Wort. »Meinst du wirklich, sie schafft das?«

»Natürlich.« Jasper setzte sich wieder und griff nach seiner Tasse. »Du siehst ja, wie sie sich freut. Flora ist topfit und langweilt sich bestimmt, da kommt so eine Aufgabe doch gerade richtig. Findest du nicht?«

»Schon, aber den Markt besuchen so viele Leute. Sie kann doch nicht alle verköstigen.«

»Muss sie auch nicht. Es gibt noch mehr Stände. Und wenn sie ausverkauft ist, dann ist das halt so. Ich habe aber das Gefühl, sie wird uns noch überraschen. Die alte Dame ist noch ganz schön auf Zack.«

»Vielleicht hast du recht. Sie wirbelt in der Pension auch ordentlich herum.«

»Sage ich ja. Setzt du dich bitte noch einen Moment zu mir, Julia?«

Sie sah etwas erstaunt aus, ließ sich aber auf den Stuhl neben ihm sinken. Jasper schob ihr den Teller mit den Petit Fours zu.

»Ich bin sicher, Flora ist damit einverstanden, dass du auch mal kostest.«

»Später.« Sie rutschte auf ihrem Sitz hin und her und legte den Kopf schief. »Hast du etwas zu besprechen, Jasper?«

Er räusperte sich. »Eigentlich habe ich nur eine Frage. Wegen Leon.«

»Ja?« Sie drückte den Rücken durch, wie immer, wenn sie angespannt war.

»Der ist ja mit diesem Gast unterwegs …« Jasper hob die Brauen.

»Simon Lehnfeld, richtig.« Ein Lächeln huschte über Julias Gesicht, und ihre Miene hellte sich auf, als sie diesen Namen aussprach. Jaspers Kehle fühlte sich auf einmal eng an, und wieder räusperte er sich.

Julia schien zu ahnen, was ihm durch den Kopf ging, und beantwortete leise seufzend seine noch unausgesprochene Frage. »Es geht schon in Ordnung, dass die beiden gemeinsam unterwegs sind, Jasper. Du musst dir keine Gedanken machen. Simon ist ein völlig überarbeiteter Unternehmensberater. Er war selbst mehr als überrascht, als Leon ihn auf einmal zum Freund auserkoren hat. Er hat das nicht forciert oder so. Irgendwie mögen die beiden sich einfach und kommen gut klar.« Sie wollte noch etwas sagen, brach aber ab.

Jasper ahnte auch so, was es war, und senkte den Blick. Im Gespräch mit Flora war ihm längst klar geworden, was hinter dieser ungewöhnlichen Freundschaft stecken musste. Es ging darum, dass Leon auch mal Zeit mit einem Mann verbringen wollte.

»Mir ist schon bewusst, dass ich nicht immer der perfekte Vatertyp bin«, fing er an, doch sie fiel ihm ins Wort.

»Vatertyp! Was soll das denn heißen? Du bist kein Vatertyp für Leon, du bist *sein Vater,* Jasper.« Sie strich sich eine Haarsträhne aus der Stirn. »Doch darum geht es auch gar nicht.« Ihre Stimme wurde etwas versöhnlicher. »Leon weiß, dass du sein Papa bist und dass er sich immer bei dir melden kann, auch wenn ich wirklich finde, du könntest dir häufiger Zeit für ihn nehmen. Aber Simon und er, sie helfen sich anscheinend gegenseitig. Gestern war zum ersten Mal seit Muttis Tod wieder jemand zum Spielen hier! Das ist doch toll, oder?«

»Ja. Ja, das ist es. Ich mache mir nur Sorgen. Das kann ja keine Dauerlösung sein. Immerhin ist dieser Lehnfeld ja nur ein paar Tage hier, und wenn Leon sich nun zu sehr an ihn hängt …«

Julia beugte sich vor und legte ihre Hand auf seine. Ihre Finger fühlten sich warm und weich auf seiner Haut an. Irgendwie vertraut, immer noch.

»Ich weiß genau, was du meinst. Doch Leon fängt sich langsam wieder, glaube ich. Und Flora hat immerhin gerade gesagt, dass er ihr auch in der Küche helfen kann. Dann hat er Ablenkung.«

Jasper nickte. Für einen Moment sahen sie einander in die Augen, tauschten ein stummes Einverständnis. Als die Eltern, die sie waren und immer bleiben würden. Und wenn dieser Simon auch ein Quäntchen dazu beitrug, dass es ihrem Sohn endlich wieder besser ging, dann wollte Jasper der Letzte sein, der sich dagegen auflehnte.

»Ich habe aber auch noch etwas auf dem Herzen«, gestand Julia. »Oder einen Vorschlag, besser gesagt.«

»Dann spuck's mal aus.« Jasper griff sich noch ein Petit Four und steckte es in den Mund. Flora würde es ihm schon nicht übelnehmen. Ein leerer Teller war schließlich auch eine Art von Kompliment. Dieses Gebäckstück schmeckte nussig, nach Zimt und einem Hauch von bitterer Schokolade. Flora war einfach eine Künstlerin!

»Es geht mir auch um den Markt.« Sie stützte das Kinn in den Händen ab. »Und um einen Gast.«

Jasper lachte auf, während er sich einen Krümel aus dem Mundwinkel wischte. »Du scheinst im Moment ja sehr besondere Gäste zu haben.«

Julia stimmte nicht in sein Lachen ein; sie schürzte die Lippen und wirkte nachdenklich.

»Irgendwie schon, oder? Ob es an dem Wintereinbruch liegt? Auf einmal prasseln alle möglichen Herausforderungen auf jeden ein, der hier festhängt. Da lernt man sich wohl besser kennen.«

»Ihr hockt hier ja auch dicht aufeinander«, warf Jasper ein. »Da kommen wahrscheinlich Dinge ans Tageslicht, mit denen man im Urlaub sonst nicht gerade hausieren gehen würde.«

»Ja. Und wenn die Kommunikation nach außen quasi abgeschnitten ist, sucht man sich wohl andere Ansprechpartner«, erwiderte Julia nachdenklich und griff nun doch nach einem Konfekt. Sie schloss die Augen. »Flora ist die Beste, oder? Ist das köstlich.«

Jasper grinste, erwiderte aber nichts. Die anderen würden staunen, wenn sie Floras Meisterwerke probierten. Auf einmal kam ihm der Gedanke, dass der Sushi-Truck es womöglich nicht nach Borkum schaffen würde, viel weniger schlimm vor.

»Was ist denn jetzt mit deinem Gast und dem Markt?«

»Sie ist eine nette Frau von Mitte dreißig, die Sängerin werden möchte.«

Jasper seufzte. Er ahnte, in welche Richtung Julias Gedanken gingen. Nachweislich grandioses Konfekt von einem Profi anzubieten war das eine, aber der *Lüttje Markt* war keine Talentshow. »Ach, Juli. Du weißt doch, das wollen so viele. Und die meisten sind einfach nicht gut genug.«

»Nina hatte Studioaufnahmen geplant. Und jetzt ist ihr Manager, mit dem sie auch zusammen war, abgesprungen und hat sie auf ganzer Linie sitzen lassen.«

»Juli …«, sagte er leise, während sich in ihm etwas regte. Manager … konnte das wirklich sein? Er nagte an seiner Unterlippe.

»Ach, komm schon, Jasper. Hör sie dir wenigstens einmal an. Bitte!«

Er seufzte noch einmal. »Weiß diese Frau, dass du mit mir sprichst?«

»Nein, natürlich nicht. Sie ist ohnehin am Boden zerstört, und ich wollte keine falschen Hoffnungen in ihr wecken.«

Erwartungsvoll sah sie ihn an. So gespannt, dass er es nicht übers Herz brachte, ihre Hoffnungen wie eine Seifenblase zerplatzen zu lassen.

»Also gut. Sie kann ja mal in der Bar vorbeikommen und sich vorstellen. Aber wirklich nur unverbindlich. Selbst wenn sie gut ist, Juli – alleine kann ich das nicht entscheiden. Wir arbeiten im Team.«

»Ich weiß.« Ein breites Grinsen erschien auf Julias Gesicht. »Aber ich weiß auch, dass du der Musikexperte in diesem Team bist.«

Jasper hob abwehrend die Hände. »Sie kann sich vorstellen. Mehr verspreche ich nicht.«

Ob diese Nina wirklich die Frau war, die er an der Promenade getroffen hatte? Das wäre ein verrückter Zufall. Andererseits … wie viele junge Frauen, die einen frisch gebackenen Ex-Manager hatten, trieben sich derzeit wohl auf Borkum herum? Sicher nicht allzu viele! Kurz überlegte er, Julia einzuweihen, entschied sich dann aber dagegen. Die kurze Begegnung an der Promenade änderte nichts. Er hatte sie nicht singen gehört, und allein darauf würde es ankommen.

»Das reicht mir.« Julia beugte sich vor und gab ihm einen Kuss auf die Wange, dann stand sie auf. »Kannst du mir helfen, den Baum hinter den Schuppen zu bringen? Das Ding ist schwer!«

»Warum hast du denn keinen kleineren genommen?« Jasper stand auf.

Julia stemmte die Hände in die Hüften. Ihre Augen funkelten vergnügt. »Na, hör mal. Wenn ein Baum sechs Leuten ein fröhliches Fest bescheren soll, muss er schon bis in den Himmel reichen.«

Kapitel 13

»Da hinten ist die Seehundbank.« Leon deutete auf die Nordsee hinaus, wo sich eine Sandbank zwischen den Wellen abzeichnete. Simon und er saßen nebeneinander auf dem Schlitten am Strand. Leon hatte eine Thermoskanne mit heißem Kakao aus seinem Rucksack geholt, die Flora ihm gerichtet hatte, und jeder der beiden wärmte sich nun die Hände an einer Tasse.

Simon war froh über die kurze Verschnaufpause. Einen Sechsjährigen eine halbe Stunde lang gegen den Wind durch die Schneeverwehungen zu ziehen hatte sich als Hochleistungssport herausgestellt. Er war trotz der Kälte ins Schwitzen gekommen, und die Muskeln in seinen Armen zitterten von der Anstrengung.

»Ich sehe gar keine Tiere.« Simon kniff die Augen zusammen. Die Sandbank war nicht weit draußen, wirkte jedoch verlassen.

Leon schaute ihn an, als hätte Simon den Verstand verloren. »Es ist Winter, da sind die meisten doch viel weiter draußen«, erklärte er. »Außerdem hat sich die Sandbank verändert; die Robben können von hier nicht mehr so gut ins Wasser. Früher ging es einfach über eine steile Kante, und husch, weg waren sie.«

Simon schloss die Augen, als ein Windstoß ihn ins Gesicht traf. Sandkörner schnitten in seine Haut wie kleine Nadelstiche. Er stand auf und trank den letzten Schluck Kakao.

»Du kennst dich gut aus, Leon«, stellte er fest.

»Findest du?« Der Junge lächelte verlegen.

»Klar, ich habe den besten Reiseführer überhaupt bekommen, scheint mir.« Er zog ein Papiertaschentuch aus seiner Jackentasche und wischte die Tasse damit aus, dann reichte er es Leon. »Sonst wird dein Rucksack schmutzig. Sollen wir dann weiter? Der Wind wird stärker, glaube ich.«

Er sah nach oben. Tatsächlich, die dunklen Wolken rasten geradezu über den Himmel. Jetzt fielen nur ein paar Flocken aus ihnen, aber bestimmt würde es nachher noch mehr Schnee geben. Dann wollte er Leon sicher zurück in der Pension wissen. Und arbeiten sollte er tatsächlich auch noch.

Überrascht wurde Simon klar, dass er an diesem Morgen noch gar nicht an die Firma gedacht hatte. Er zog das Handy aus der Tasche seiner Jeans und warf einen Blick auf das Display. Kein Empfang. Er konnte sich regelrecht vorstellen, wie Weidemann durch sein Büro in Frankfurt tobte und Simon verfluchte. Weil er noch immer nicht durch die Nordsee geschwommen und wieder bei der Arbeit aufgetaucht war. Weil er seine Auszeit ausgerechnet auf einer Insel statt in einem Wellness-Resort für gestresste Geschäftsleute verbrachte.

Weidemann selbst wurde nicht müde zu betonen, dass er selbst so etwas dank seiner inneren Stabilität ohnehin nicht nötig hatte, aber seine Frau immer sehr von Yoga-Retreats und Detoxkuren schwärmte. Einfach ausgestattete Zimmer. Clean eating. Vor allem wenig von allem, war dann die Devise. Zurück zum einfachen Leben. Und dafür blätterte man als Gast dann fünfstellige Beträge hin. Simon schnaubte.

»Was ist los?«, fragte Leon.

»Ach, nichts. Ich habe nur an etwas gedacht.«

»Woran denn?«

»An die Arbeit.«

»Ich werde später Tierarzt«, erklärte Leon.

»Tatsächlich?« Simon machte sich daran, den Schlitten wieder in Bewegung zu setzen. »Ich dachte, Wattführer.« In diesem Moment nahm er ein Winken von der Promenade her wahr und kniff die Augen zusammen. »Ist das deine Mutter?«, fragte er.

Leon, der gerade seine Tasse in ein Geschirrtuch gewickelt und in seinem Rucksack verstaut hatte, sah auf. »Ja«, rief er erfreut und winkte. »Mama! Hast du den Weihnachtsbaum schon gekauft?«

Julia stand viel zu weit weg, und das Brausen des Windes tat sein Übriges.

»Sie kann dich nicht hören. Komm, wir gehen zu ihr.«

»Ich schiebe, und du ziehst, ja?«

Gemeinsam machten Simon und Leon sich daran, den Schlitten bis zu einer der Treppen, die zur Promenade hinaufführten, zu befördern. Leon stieg zuerst hinauf. Simon wusste selbst nicht, wie er es bewerkstelligte, schaffte es aber irgendwie, das Holzding auf den Schultern nach oben zu bugsieren, ohne die Treppe herunterzufallen. Außer Atem blieb er vor Julia stehen, die Leon schon an der Hand hielt.

»Hallo«, schnaufte er.

Julia schmunzelte. »Sportliche Leistung!«

»Ich weiß. Meine Güte. Ich fühle mich wie nach zwei Stunden Squash.« Er setzte den Schlitten ab und ließ sich darauf fallen. Mit den behandschuhten Fingern wischte er sich ein paar Schweißperlen von der Stirn.

»Darf ich schon vorlaufen?«, bat Leon und sah Julia fragend an.

»Na gut. Aber nur bis zum Neuen Leuchtturm.«

»Okay.« Leon sauste los, blieb jedoch immer wieder stehen, um mit den Spitzen seiner Winterstiefel Muster in die Schneedecke zu malen. Simon sah ihm nach, bis er bemerkte, dass Julia von einem Fuß auf den anderen trat. Um ihre Mundwinkel lag ein ernster Zug. Simon stand auf und klopfte sich ein wenig Schnee von der Jeans.

»Ist etwas passiert?«

»Deine Firma hat angerufen. Fünf Mal. Ein Herr Weidemann, glaube ich. Du sollst dich dringend melden.«

Julia konnte dabei zusehen, wie Simons Lächeln verblasste, seine Schultern herunterfielen und die Unbekümmertheit, die eben noch in seinen Augen gefunkelt hatte, langsam verschwand. Es war, als löste sie sich in einem Nebel auf, der ihn umhüllte und wieder zu dem Unternehmensberater machte, der nur ein Thema kannte: seine Arbeit.

»Er hat nichts weiter gesagt, nur, dass du schnellstmöglich zurückrufen sollst.«

»Mache ich gleich.«

Schweigend gingen die beiden nebeneinander her. Ein Stück weiter vorne hatte Leon sich auf den verschneiten Fahrradweg gelegt und machte einen Schneeengel.

Julia lachte. »Hast du ihm das gezeigt?«

»Ja, der ganze Strand vor der Sandbank ist mit Engeln übersät.«

»Sehr weihnachtlich«, lobte Julia.

»Funktioniert das Internet?« Simon zog seine Wollmütze tiefer in die Stirn und seufzte. »Ich weiß, ich weiß. Ich könnte mir diese Frage auf die Stirn tätowieren lassen, so oft stelle ich sie.«

Julia neigte den Kopf zur Seite. »Es funktioniert.«

Simon fuhr zusammen. »Echt?«

»Ja. Zumindest lief es, als ich losgegangen bin. Deshalb habe ich euch ja überhaupt nur gesucht. Eigentlich hatte ich Leon auf seiner Kidswatch angerufen, aber vor lauter Eifer überhört er sie ständig. Oder er hatte keinen Empfang. Jedenfalls … ich weiß ja nicht, wie lange wir Verbindung haben, immerhin ist schon der nächste Sturm angekündigt. Deshalb dachte ich, du solltest das schnell ausnutzen.«

»Danke, Julia. Wirklich. Ich weiß, wie nervig ich bin.«

»Das bist du nicht.« Sie meinte ihre Worte ernst. Simon nervte sie keineswegs mit seinem ständigen Drang, sich in Frankfurt zu melden. Jedenfalls nicht mehr. Vielmehr bereitete er ihr Sorgen. Wenn es um seine Stelle ging, wurde er sofort unruhig. Flatterig. Das konnte nicht gesund sein. Wieso brachte ihn dieser Weidemann so sehr aus der Fassung?

Simon schien ihre Gedanken zu erahnen. Er stieß mit der Spitze seiner Boots einen Kieselstein zur Seite. »Ich kann nicht kündigen«, sagte er und vergrub die Hände in den Taschen seiner Jacke.

»Wieso eigentlich nicht?« Julia musste etwas schneller gehen, um weiterhin mit ihm Schritt zu halten. Es war, als könnte er nun gar nicht rasch genug zurück zur Pension kommen, wo der Heilige Gral auf ihn wartete: eine WLAN-Verbindung. »Es geht mich nichts an, aber ich gebe zu, dass ich mir die Frage tatsächlich schon gestellt habe. Warum behältst du diesen Job, wenn er dich den letzten Nerv kostet?«

»Mache ich diesen Eindruck?« Simon blieb so abrupt stehen, dass Julia gegen ihn stieß. Sie taumelte und geriet mit der Schuhsohle auf eine vereiste Stelle. Mit einem leisen Aufschrei verlor sie das Gleichgewicht, als zwei Hände nach ihr griffen und sie festhielten.

»Hoppla.« Sie rappelte sich auf und zog ihre Mütze zurecht. Verlegen befreite sie sich aus Simons Griff, obwohl seine Hände sich gut auf ihren Armen anfühlten. Stark und warm, der Kälte zum Trotz.

Einen Moment standen sie still voreinander. Simon hielt Julias Blick fest, und sie wagte es kaum zu atmen. Um seine Mundwinkel zuckte es, als wäre er nicht sicher, ob er aussprechen sollte, was ihm durch den Kopf ging.

»Du musst meine Frage nicht beantworten«, sagte Julia leise, auch wenn sie sich das Gegenteil wünschte. »Aber ich beantworte deine. Den Eindruck machst du, ja.«

»Es war nicht immer so schlimm.« Simon zog die Schultern hoch und setzte sich wieder in Bewegung, diesmal jedoch langsamer.

Sie bogen in die Strandstraße ab, an deren Ende der Leuchtturm sich bis in die dunklen Wolken zu erstrecken schien. Leon war schon dort und saß vertieft in ein Gespräch mit einem Jungen, der in seinem Alter sein musste, auf einer Mauer. Julia beobachtete, wie die beiden die Köpfe zusammensteckten und sich gespannt über irgendetwas beugten, was der andere Junge in der Hand hielt. Bestimmt Sammelkarten oder Fußballsticker.

»Wie kommt man eigentlich darauf, Unternehmensberater zu werden?« Julia beschloss, es anders zu versuchen. »Das ist ja kein Job, den jeder Schuljunge auf seiner Wunschliste stehen hat, oder?«

»Wohl kaum.« Simon lachte. »Ich wollte früher Polizist werden. Mein Vater meinte immer, dafür sei ich nicht fit genug. Vermutlich hatte er recht. Du hast ja gesehen, wie ich den Schlitten auf die Promenade gehievt habe.«

»Das waren verschärfte Bedingungen, die Stufen sind vereist, und wenn einem dann noch der Wind ins Gesicht pfeift … das heißt nichts!«

Simon winkte ab. »Wie auch immer, die Polizeilaufbahn hat man mir weit vor dem Abi ausgeredet. Stattdessen habe ich BWL studiert, wie mein Vater auch. Danach habe ich aber erst mal bei uns auf dem Land gearbeitet. Ich komme aus dem Bergischen und war im Verkaufsinnendienst bei einem kleineren Maschinenbauunternehmen, das dann aber beträchtlich gewachsen ist. Und ich durfte quasi mitexpandieren und war irgendwann Prokurist. Da habe ich viel gesehen und gelernt und habe die ersten Dienstreisen unternommen. Nach New York, London und Prag.« Er rieb sich die Nase. »Ich war vor den ersten Reisen höllisch nervös, doch es war auch spannend.«

»Und dann?«

Simons Blick schien ins Leere zu gehen, als er offenbar die Vergangenheit innerlich Revue passieren ließ. »Dann ist meine Mutter gestorben.« Er blieb stehen.

Julia konnte nicht anders, als ihm eine Hand auf den Unterarm zu legen. »Das tut mir leid.«

»Danke. Es ist lange her. Aber ... es hat alles durcheinandergebracht. Mein Vater war zu der Zeit längst im Ruhestand, doch er war gesund und umtriebig. Er hat seine Arbeit vermisst. Die Bekannten, die er hatte, waren eigentlich eher Freunde meiner Mutter, und nach und nach bröckelte da einiges weg. Er hatte zu viel Zeit. Also habe ich zugelassen, dass er sich in mein Leben einmischt, weil ich Angst hatte, dass er sonst depressiv wird. Heute muss ich sagen, das war ein Fehler. Ich hätte versuchen sollen, ihm dabei zu helfen, einen neuen eigenen Weg zu finden. Ihn stattdessen auf meinen Weg zu lassen, in diesem Ausmaß, das war falsch.« Simon schüttelte den Kopf. »Er hatte immer schon eine dominante Art, und die hat er dann so richtig ausgelebt. Als wäre er mein persönlicher Karriere-Coach.«

»Also hat er dich dazu überredet, nach Frankfurt zu wechseln«, stellte Julia fest. Was wohl aus ihr selbst geworden wäre, wenn sie die Pension nicht übernommen hätte?

Das war nie eine Option gewesen. Ihre Eltern hatten jedoch keinen Druck auf sie ausgeübt. Julia war einfach von Kindesbeinen an in diese Aufgabe hineingewachsen, hatte sie als ihre eigene angenommen. Ob Leon auch einmal in ihre Fußstapfen treten würde? Oder würde er einen ganz anderen Weg einschlagen als Jasper und sie? Sie schwor sich, ihn seine eigenen Entscheidungen treffen zu lassen, wenn es so weit war.

»Er hat mich nicht nur überredet, er hat das alles quasi eingespult.« Simons dunkle Stimme holte sie zurück in die Gegenwart. »Er kennt meinen Chef noch von der Uni.«

»Oh.« Überrascht sah Julia zu Simon auf. »Ich hätte nicht vermutet, dass jemand, der so viel Wirbel macht, schon im Rentenalter ist.«

Simon lächelte, und um seine Augen bildeten sich kleine Falten. »Er ist ein paar Jahre jünger als mein Vater. Mein alter Herr war wissenschaftliche Hilfskraft an einem Lehrstuhl und hat meinen Chef kennengelernt, als der mit dem Studium angefangen hat. Aus irgendwelchen Gründen haben die beiden direkt große Stücke aufeinander gehalten, und ihre Wege haben sich im Lauf der Jahre immer wieder gekreuzt.«

»Und deshalb kündigst du nicht«, folgerte Julia. »Weil es deinen Vater enttäuschen würde?«

Simon schwieg. Sein Blick wanderte an dem Leuchtturm hoch, der sich vor ihnen erstreckte. Die dunklen Steine schienen an den grauen Wolken zu kratzen, aus denen es nun wieder stärker schneite. Ein einsamer Vogel umkreiste die Spitze des Turms. Hatte er vergessen, mit all den anderen die Reise in den Süden anzutreten?

Julia schob die Hände in die Manteltaschen. Ihr Atem bildete feine Wölkchen vor ihrem Mund. Als Simon schwieg, drückte sie kurz seinen Unterarm, dann stapfte sie durch den Schnee hinüber zu den Kindern, die noch immer in ihr Gespräch vertieft waren. Sie wollte Simon nicht drängen. Das stand ihr auch gar nicht zu. Dennoch fragte sie sich, ob er sich nicht womöglich vollkommen irrte, sich in etwas ganz und gar Abwegiges verrannt hatte. Welcher Vater würde wollen, dass sein Kind um so einen hohen Preis Karriere machte?

Simons Gedanken kreisten tagein, tagaus um die Arbeit, er stand am Rande eines Burn-outs. Er war so gefangen von dieser Frankfurter Bürowelt, dass es einen Sechsjährigen brauchte, um ihm wieder die Augen für das echte Leben zu öffnen. Nein, dachte Julia, das konnte doch nicht im Sinne seines Vaters sein. Aus welchem Grund auch? Offenbar hatte der alte

Herr Lehnfeld selbst eine Menge erreicht; er hatte es doch gar nicht nötig, sich auf den Lorbeeren seines Sohnes auszuruhen.

»Mama, schau mal!« Sie war froh, als Leon auf sie zurannte und sie aus ihren Gedanken riss. Simon war ihr Gast. Sie konnte ihm ein paar Tage lang zeigen, was die Welt außer Aktienkursen und Börsennachrichten noch zu bieten hatte, aber was er daraus machte, entzog sich ihrem Einfluss. So schwer die Vorstellung auch wog, dass er bald wieder in Frankfurt in einem sterilen Büro sitzen würde, mit hängenden Schultern und einem vermutlich viel zu hohen Blutdruck, und hektisch durch irgendwelche Unterlagen blätterte.

»Hallo, Leon. Ach, du bist es, Arne!« Sie winkte Leons Klassenkameraden zu, der auf der Mauer sitzen geblieben war und die Beine baumeln ließ. »Ihr wart ja ganz und gar vertieft.«

»Ja, Arne hat neue Sammelkarten.«

»Ist bei euch zu Hause alles in Ordnung, Arne? Habt ihr das Wetter bis jetzt gut überstanden?«

Der Junge hüpfte von der Mauer und nickte. »Ja, aber Oma tun die Knochen weh. Da kommt noch viel mehr Schnee, sagt sie.«

»Oje.« Julia rümpfte die Nase. »Wir haben doch schon genug davon, oder?«

»Nein, das finde ich nicht. Genug geht gar nicht.«

Leon nickte zustimmend, und Arne sah ihn fragend an. »Willst du morgen zu mir kommen? Meine Oma und ich bauen ein Lebkuchenhaus.«

Julia hielt den Atem an. Eine Mischung aus Hoffnung und Angst durchfuhr sie. Sie warf Leon einen Blick zu, sah, wie der kleine Körper auf einmal erstarrte, wie seine Unterlippe kaum merklich zu zittern begann, wie er um die Nase herum blass wurde. Es war zu viel, Arnes lieb gemeinter Vorschlag war zu viel. Eine Großmutter, die mit ihrem Enkel backte. Arne verstand offenbar nicht, was in seinem Freund vorging; er musterte Leon zunehmend skeptisch.

Julia suchte nach Worten, nach einem Weg, Leon aus der Situation zu befreien, doch hinter ihren Schläfen pochte es schmerzhaft. Sie konnte nicht verhindern, dass auch in ihr Erinnerungen aufstiegen. Thea und Leon, im Kerzenschein am Küchentisch, auf dem überall Zuckerguss und Plätzchenteig klebten. Mehlkleckse auf Leons Nase, leuchtende Augen und die alten Lieder, die durch das ganze Haus tönten. Theas Hände, die Leons kleinen Fingern alles gezeigt hatten, obwohl sie schon zittrig geworden waren. Julia zog Leon an sich. Noch immer fehlten ihr die Worte, und ein Kloß schnürte ihr den Hals zu.

»Das ist eine tolle Idee, Arne.« Julias Knie wurden weich, als sie Simons Stimme vernahm. »Aber leider haben Leon und ich uns für morgen schon etwas vorgenommen. Er hat versprochen, mir die Greune Stee zu zeigen. Und ich weiß leider nicht genau, wie lange ich noch hier bin, deshalb …« Er brach ab und zuckte mit den Schultern, wobei er Arne betont zerknirscht ansah.

»Das stimmt.« Leons Erleichterung war nicht zu überhören. »Tut mir leid, Arne.«

»Macht ja nichts.«

»Ihr könnt euch vielleicht an einem anderen Tag treffen«, schlug Julia vor. Sie warf Simon einen Blick zu. Ihre Lippen formten tonlos ein Dankeschön, doch Simon schüttelte kaum merklich den Kopf. Arne verabschiedete sich mit dem Versprechen, Leon anzurufen, und machte sich auf den Heimweg.

»Gehen wir wirklich morgen in die Greune Stee?« Leon sah Simon erwartungsvoll an.

»Ich weiß nicht«, mischte Julia sich ein, bevor dieser antworten konnte. »Es kann sein, dass Flora deine Hilfe braucht. Aber dann holt ihr das einfach nach, ja?«

Sie nahm Leon an der Hand und setzte sich mit ihm in

Bewegung, wobei sie ihm erzählte, was sein Vater mit der früheren Konditorin ausgeheckt hatte. Es gelang ihr tatsächlich, Leon von Simon abzulenken, der mit dem Schlitten hinter ihnen lief und so tat, als wäre er vollauf damit beschäftigt, die verschneite Landschaft zu bestaunen.

»Also hat Flora eine ganze Menge zu tun«, erklärte Julia schließlich. »Da wäre sie für deine Hilfe bestimmt dankbar.«

»Ja, das kann ich mir vorstellen.« Leon nickte ernst. »Dann darf ich sie nicht hängen lassen.« Er sah sich zu Simon um und hob entschuldigend die Hände. »Tut mir leid, aber das verstehst du doch, oder?«

»Natürlich.« Simon grinste. »Das hat Vorrang. Wir gehen ein anderes Mal, und ich arbeite dann morgen einfach auch mal ein bisschen.« Er hob die Hand zum High Five, und Leon klatschte ab.

»Mama, darf ich mir eine Zimtwecke holen?« Der Junge deutete auf die Bäckerei, die hinter den Gleisen der Inselbahn lag.

Julia kramte ein paar Münzen aus ihrer Manteltasche. »Na gut, hier. Simon, möchtest du auch etwas?«

»Nein, vielen Dank.«

Leon stob davon, und Julia rief ihm nach, dass sie auf ihn warten würden.

Simon ließ das Seil los, an dem der Schlitten hing, und nahm mit einem Seufzer Platz, nur um gleich darauf wieder aufzuspringen. »Entschuldige, das war jetzt nicht sehr gentlemanlike. Möchtest du dich setzen?«

»Rutsch einfach ein Stück«, schlug Julia vor. »Wir werden ja wohl zu zweit auf den Schlitten passen.« Tatsächlich taten ihr die Beine etwas weh. Durch den Schnee zu laufen war sie nicht gewohnt, und auch Simon sah aus, als könnte er eine Verschnaufpause vertragen. Er zögerte nicht, sondern ließ sich direkt wieder auf die hölzerne Sitzfläche fallen.

Als Julia sich vorsichtig neben ihn setzte, bereute sie ihren

Vorschlag umgehend. Es war zu eng auf dem Ding! Ihre Oberschenkel berührten sich, und ihre Ellbogen stießen leicht aneinander. Sie spürte seinen Atem auf ihrer Wange, sah die weißen Wölkchen, die von der Winterluft vor seinen fein geschwungenen Lippen gebildet wurden. Roch sein Aftershave. Herb, zugleich frisch. Der Duft passte hierher, an das raue Wintermeer. Einen Moment schwiegen sie. Es war Simon, der das Schweigen brach.

»Es hat Spaß gemacht heute.« Er wandte ihr das Gesicht zu, und als sie den Glanz in seinen Augen bemerkte, schien ihr Herz einen Purzelbaum zu schlagen. Seine Wangen waren gerötet, von der Kälte oder der Anstrengung, vielleicht auch von beidem. Auf jeden Fall sah er irgendwie anders aus, fand Julia. Selbst die Sorgenfalte, die sich sonst so oft zwischen seinen Augen abzeichnete, war kaum noch zu erkennen. »Leon ist ein richtig netter Kerl.«

»Ja, ich weiß.« Julia zupfte an ihrem Handschuh. »Er mag dich anscheinend sehr. Du musst mir nur bitte sagen, wenn es dir zu viel wird mit ihm.«

»Wird es schon nicht.« Simon schüttelte entschieden den Kopf. »Im Gegenteil, ich bin ja dankbar, dass er mit so einem alten Mann wie mir abhängt. So komme ich wenigstens noch mal dazu, Schlitten zu fahren und Schneeballschlachten zu machen.« Er grinste.

In diesem Moment kam Leon zurück. Er schwenkte eine Papiertüte in der Hand. Als er vor ihnen zum Stehen kam, rupfte er ein Stück von seinem Brötchen ab und hielt es Simon hin. »Magst du Zimt?«

»Im Winter schon. Danke.« Simon stopfte sich das Brötchenstück in den Mund.

»Wollen wir dann weiter?« Julia stand auf und zog ihren Mantel glatt. »Bevor wir hier festfrieren.«

»Na gut«, stimmte Leon zu. »Ich gehe dann gleich mal zu Flora und frage, ob ich ihr schon helfen kann.«

Sie machten sich auf den kurzen Weg zurück zur Pension. Julia spürte ihre Zehen kaum noch, sie hatte eine Gänsehaut auf den Armen und putzte sich verstohlen die Nase, die bei der Kälte zu laufen begonnen hatte. Sie sehnte sich nach der warmen Stube und danach, ihre Füße dicht an den Kachelofen zu halten und ihre Hände an einer Tasse Tee zu wärmen. Und dennoch wünschte sie sich, dieser Spaziergang durch das verschneite Borkum würde noch ewig dauern.

Kapitel 14

»Da kommt heute keiner mehr.« Der alte Hans sah sich in der Bar um, sein Bierglas in der Hand. »Kannst auch zumachen, mien Jung.«

Jasper fuhr sich durch die Haare und lehnte sich an die Theke. »Man weiß ja nie.«

»Ich fürchte, Hans hat recht.« Antjes Kopf tauchte auf, sie hatte gerade ein paar Flaschen in dem Kühlschrank unter der Theke deponiert. Mit dem Kinn deutete sie in Richtung Fenster. »Es schneit wie verrückt, und hört ihr den Wind heulen? Klingt wie in einem Gruselfilm, wenn ihr mich fragt. Wer vernünftig ist, bleibt schön im Haus.«

»Schade, dass wir alle so verrückt sind«, stellte Freddy trocken fest, während er einen Zapfhahn polierte, obwohl dieser ohnehin schon funkelte wie die Kronjuwelen. »Vor allem du, Hans. Oder arbeitest du jetzt auch hier?«

Der alte Herr gluckste und wischte sich ein paar Tropfen Bier aus dem grauen Vollbart. »Nee, beileibe nicht. Das wäre auch nicht mein Laden.«

Er sah sich mit einer Mischung aus Anerkennung und Widerwillen um. Hans war der Nachbar von Jaspers Eltern und hatte früher selbst eine Kneipe geführt. Eine urige Fischerkneipe, in der man sich um Jahrzehnte in der Zeit zurückversetzt gefühlt hatte. Er machte keinen Hehl daraus, dass ihm der Stil des *Jasper's* nicht besonders gut gefiel.

»Das ist hier so ordentlich, da kannste deinen Gästen ja direkt den Blinddarm rausnehmen, wenn du sie auf die Tische legst«, hatte er bei der Eröffnung verkündet. Trotzdem kam er regelmäßig her, allein schon Jasper und Antje zuliebe und weil er sich zu Hause langweilte. Er war nie verheiratet gewesen und fühlte sich in den letzten Jahren zunehmend einsam. Er hatte zwar Bekannte, aber die waren alle über achtzig, und die wenigsten waren noch imstande, mit dem rüstigen Hans um die Häuser zu ziehen. Also nahm er doch mit der unterkühlten Bar seines Nachbarsohns vorlieb, auch wenn er sich bei jedem Besuch über die Atmosphäre beschwerte.

»Wenigstens habt ihr mit mir einen zahlenden Gast, mehr kann man bei dem Schietwetter nicht erwarten«, sagte er nun und deutete auf sein Glas. »Machste mir noch eins, Freddy?«

»Klar.«

In diesem Moment wurde die Tür aufgestoßen, und alle Blicke gingen zum Eingang. Gleich vier Personen drängten herein. Jasper wollte sich schon freuen, dass doch ein paar Leute den Weg hierhergefunden hatten, dann jedoch erkannte er Flora, Julia, eine andere Frau, die sich einen Schal bis über die Nase gezogen hatte – das war bestimmt diese Möchtegernsängerin, von der sie erzählt hatte –, und seinen Sohn Leon. Flora hatte eine große Tasche dabei, und Leons Rucksack sah ebenfalls voll bepackt aus.

»Moin«, grüßte Hans. »Was macht ihr denn alle hier? Sippentreffen?«

Flora hängte ihren Mantel auf und half Leon dann aus seiner Jacke.

»Wir sind …« Sie warf Jasper einen fragenden Blick zu, doch er schüttelte kaum merklich den Kopf. Wenn sie Hans verrieten, was sie vorhatten, konnten sie ihre Pläne auch gleich in den sozialen Netzwerken verbreiten. Solange noch ein Hauch von Hoffnung bestand, dass Wilm mit seiner Ladung rechtzeitig eintraf, wollte Jasper die Pferde nicht scheu machen und die Gerüchteküche zum Brodeln bringen. Das Orgateam wusste Bescheid, das musste erst einmal reichen.

»Wir sind in geheimer Mission hier«, sagte Flora, zwinkerte Jasper zu und verschwand mit Leon an der Hand in Richtung Küche.

»Kommst du dann auch gleich, Jasper?«, rief sie über die Schulter zurück. »Es sieht ja so aus, als hättest du Zeit, uns etwas einzuweisen und zu helfen.«

»Äh … ja. Ja, klar.« Jasper fühlte sich wie vor den Kopf gestoßen. Helfen? Flora erwartete doch hoffentlich nicht von ihm, dass er irgendwelche Pralinen formte?

Hilflos wanderte sein Blick zu Julia, die ihren gelben Mantel aufhängte und sich offenbar nur mit Mühe ein Lachen verkniff. Er schluckte eine Bemerkung herunter, als sich die Fremde umdrehte. Jasper erstarrte. Von wegen fremd! Sie war es also tatsächlich! Vor ihm stand die Frau, die er vor *Imkes Strandhus* getroffen hatte. Wie ein Häufchen Elend hatte sie vor ihm gestanden und sich verzweifelt bemüht, nicht in Tränen auszubrechen. Kein Wunder, wenn man bedachte, welche Nachrichten sie da gerade erst bekommen hatte.

Sie schien ihn noch nicht erkannt zu haben. Die zierliche Frau stand etwas verloren wirkend neben Julia und spielte an ihren weinrot lackierten Fingernägeln herum. Sie trug kniehohe Stiefel über einer engen Jeans, dazu einen hüftlangen, smaragdgrünen Rollkragenpullover, der gut zu ihren langen, braunen Haaren passte. Sie schien sich Mühe mit ihrem Outfit gegeben zu haben, und Jasper musste zugeben, dass sie chic, aber nicht überkandidelt aussah. Julia legte ihr eine Hand in den Rücken und schob sie in seine Richtung. Erst jetzt hob sie den Blick, neigte kurz den Kopf zur Seite und lächelte dann.

»Sie sind das!« Sie hob eine Hand an die Brust.

»Jep.« Jasper machte einen Schritt auf sie zu und hielt ihr die Rechte hin. »Der zweite Anwärter auf den Scheißtag des Jahres. Ich bin Leons Vater.«

»Schön, Sie wiederzusehen.« Ihr Händedruck war überraschend fest.

»Nina ist Gast in der Pension«, ergänzte Julia, doch das

wusste Jasper natürlich längst. Sie stockte. »Ihr seid euch schon mal begegnet?«

»Ganz kurz nur«, antwortete Nina, ohne den Blick von Jasper zu wenden, der noch immer ihre Hand drückte.

»Vor *Imkes Strandhus.* Wir hatten beide ein unangenehmes Telefonat und haben dann ein paar Worte gewechselt«, erklärte Jasper.

»Aha.« Julia sah verwundert aus, hakte aber nicht nach. »Nun ja, als Flora und Leon erzählt haben, dass sie auf dem Weg zu dir sind, habe ich Nina jedenfalls spontan eingeladen, mitzukommen und sich deine Bar einmal anzusehen.«

»Und wir wollten auch noch einen Spaziergang machen«, warf Nina ein.

»Das stimmt. Wir gehen gleich noch durch die Stadt.«

Jasper hob die Brauen und reckte das Kinn in Richtung Fenster. »Das würde ich mir gut überlegen bei dem Wetter. Seid auf jeden Fall vorsichtig. Aber kommt, wir setzen uns erst mal.« Er führte die beiden zu einem Fenstertisch.

»Möchten Sie etwas trinken, Nina? Und du, Juli?«

»Du, bitte. Und ich weiß gar nicht …« Nina warf einen Blick zur Bar, hinter der Freddy schon auf ihre Bestellung zu lauern schien.

»Ich nehme einen Früchtetee«, rief Julia dem jungen Barkeeper zu, und Nina schloss sich an.

Jasper lehnte sich auf seinem Stuhl zurück. Also war Nina diese Sängerin, die Julia ihm an Herz gelegt hatte. Er hatte es doch geahnt. Jasper unterdrückte ein Seufzen. Nina hatte irgendetwas in ihm angerührt, als sie sich auf der Promenade getroffen hatten. Und da hatte sie noch nicht einmal gesungen! Es gab Menschen, die etwas in anderen zum Klingen bringen konnten, die sie anrührten, die ganze Säle etwas wärmer machen konnten, nur weil sie da waren, einzig durch ihre Anwesenheit. Und so kitschig es klang – er hatte den Verdacht, dass ein solcher Mensch gerade vor ihm saß.

Trotzdem, mahnte Jasper sich zur Vernunft, durfte er nichts überstürzen. Er hatte sie ja noch nicht einmal singen gehört! Allerdings war er beinahe sicher, dass sie eine großartige Singstimme hatte. Schon beim Sprechen klang Ninas Tonfall angenehm weich und sanft. Wenn auch viel tiefer, als man es bei ihrer Statur vermuten würde.

Er wartete, bis Antje ihnen die Getränke hingestellt hatte. Für Jasper hatte sie ungefragt einen Espresso mitgebracht. Seine Cousine kannte ihn einfach zu gut.

»Wie gefällt es dir eigentlich auf Borkum, Nina?«, fragte er. »Mal abgesehen von dem Telefonat und seinen Folgen, meine ich.«

Sie rührte etwas Zucker in ihren Tee und zuckte mit den Schultern.

»Dafür kann die Insel ja nichts. Eigentlich gefällt es mir sehr gut. Aber ich müsste wirklich dringend nach Hause.« Sie sah Jasper an. Ihre blauen Augen flackerten nervös.

»Ja, ich weiß.« Er dachte an seine Lieferungen. Er hatte noch immer nichts von Wilm gehört, aber was sollte der auch sagen? Im Moment wusste einfach niemand, wann die Lage sich wieder normalisieren würde. Er fuhr sich mit beiden Händen durch die Haare. »Dieser Wintereinbruch hat uns alle unangenehm überrascht, fürchte ich.«

Nina nickte, dann nippte sie an ihrem Tee.

»Vielleicht könnte ich noch irgendwas retten«, flüsterte sie. Ihr Blick ging ins Leere. »Wenn er mir zuhören würde …«

»Du bist also Sängerin.« Jasper räusperte sich. Er musste versuchen, Nina aus ihren offensichtlich traurigen Gedanken zu reißen.

Julia saß neben ihm und knabberte scheinbar unbeteiligt an einem Keks. Jasper kannte sie jedoch gut genug, um zu wissen, dass sie angespannt lauschte, das sah er schon daran, wie sie die Schultern hochzog.

Nina rutschte auf dem Stuhl hin und her, als wäre die ganze Situation ihr unangenehm, und Jasper verstand sie nur zu gut. Es kam ihr bestimmt so vor, als wäre Julia eine Art Kupplerin, dabei meinte sie es nur gut. So ähnlich mussten junge Leute sich auch in früheren Zeiten gefühlt haben, wenn ihnen eine Anstandsdame auf Schritt und Tritt gefolgt war. Wobei es bei ihnen natürlich nur um die Anbahnung einer rein geschäftlichen Beziehung ging, wenn überhaupt.

»Ja, ich bin Sängerin.« Nina schob ihre Tasse von sich. »Aber nur nebenbei, leider. Hör zu, Jasper. Ich weiß, dass du einen Engpass auf dem Markt hast, den ihr veranstaltet, und, Julia, es ist wirklich lieb, dass du an mich gedacht hast, doch … ich möchte keine Almosen. Ihr müsst mir nicht aus Mitleid irgendwelche Auftritte anbieten. Bestimmt gibt es hier jede Menge Talente, die ihr schon kennt und mit denen ihr längst zuverlässig zusammenarbeitet.«

Jasper winkte ab. »Das ist ja der Punkt. Wir suchen etwas Neues für den Markt. Und er geht über mehrere Tage, also kann ohnehin jeder seine Chance bekommen. Vieles ist ja schon fest eingeplant, aber ich habe noch Lücken im Programm.«

Das war nicht gelogen, auch wenn Jasper wusste, dass es ein Leichtes wäre, diese zu füllen. Doch irgendetwas in ihm brannte darauf, Nina aufzuheitern, ihr zu zeigen, dass nicht alles vorbei war. Und er wollte sie singen hören.

»Ich weiß ja gar nicht, ob ich dann wirklich noch hier bin«, warf sie zaghaft ein.

»Notfalls disponiere ich noch mal um. Glaub mir, darin bin ich Profi.«

Komm schon, Nina, feuerte er sie innerlich an. *Sag Ja!*

Sie zögerte noch einen Moment, dann führte sie die Tasse zum Mund und trank einen großen Schluck Tee.

»Also gut.« Nina drückte den Rücken durch und trommelte mit den Fingerspitzen auf die Tischkante. »Was wollt ihr hören?«

»Nicht so einen neumodischen Kram.« Jasper hatte gar nicht mitbekommen, dass Hans ihnen zugehört hatte. Der alte Herr drehte sich mühsam auf dem Barhocker um, um in ihre Richtung zu schauen. Erwartungsvoll rieb er sich die Hände.

»Ein schönes Shanty«, schlug er vor.

»Wirklich?« Nina schmunzelte und warf Jasper einen fragenden Blick zu, der die Nase krauszog.

»Etwas Weihnachtliches darf es schon sein.«

»Habt ihr einen Favoriten?«

»*Fairytale of New York*«, rief Freddy und gesellte sich, ein Glas Apfelschorle in der Hand, zu Hans. Auch Antje kam hinter der Bar hervor.

Sie taten ja alle so, als würde hier gleich eine Riesenshow stattfinden, dachte Jasper amüsiert. Aber gut, so würde er zumindest herausfinden, ob Nina cool genug war, um vor Publikum aufzutreten. Er hatte schließlich keine Ahnung, ob sie schon Erfahrung hatte.

Sie stand auf und stellte sich in die Mitte des Raumes. Direkt über ihr hing eine Lampe, und es wirkte tatsächlich so, als stünde sie im Rampenlicht.

Jasper beugte sich ein Stück vor. Hatte sie den Platz absichtlich gewählt? War ihr bewusst, dass ihre Haare von einem roten Schimmer überzogen wurden, wenn das Licht auf sie fiel? Als hätte jemand einen hauchdünnen Schleier aus Kupferperlen darübergelegt. Jasper schüttelte den Kopf. Was waren das für seltsame Gedanken? Er zwang sich, sich wieder zu konzentrieren.

Julia stand auf und setzte sich auf Ninas Platz, um besser sehen zu können.

»Brauchst du Musik?«, frage Jasper.

»Nein.« Nina schloss die Augen und faltete für einen Moment die Hände vor der Brust. Wie konzentriert sie wirkte. Es wurde still in der Bar, als wagte niemand mehr, sich zu rühren. Und dann sang sie.

Schon nach den ersten Zeilen lief Jasper ein wohliger Schauer über den Rücken. Auf seinen Unterarmen bildete sich eine Gänsehaut. Er schloss die Augen, wollte nichts mehr sehen, nur noch hören. Er hatte es geahnt. Flüssiger Honig, weiches Karamell. Sanft, fließend und warm. Genau so klang Nina. Großartig.

Er öffnete die Augen wieder und sah von einem Zuhörer zum anderen. Freddy schluckte sichtbar, Antje wischte sich verstohlen eine Träne aus dem Augenwinkel, und Hans wippte leicht mit dem Kopf. Julia hatte die Augen halb geschlossen, ein Lächeln umspielte ihre Lippen. Sie schien sich in eine ganz andere Welt geträumt zu haben, und plötzlich musste Jasper an diesen Simon denken. Nein, nicht jetzt. Schnell schob er den Gedanken beiseite und konzentrierte sich wieder auf Nina. Was für ein Volumen diese zierliche Person in ihrer Stimme hatte! Sie könnte zweifelsohne eine ganze Halle füllen. Und jeder, wirklich jeder, würde an ihren Lippen hängen. Was war dieser Ex-Freund oder Ex-Manager von ihr nur für ein Vollidiot! Wie konnte man eine solche Frau, eine solche Stimme einfach gehen lassen?

Nina endete auf einem tiefen Ton, der noch nachzuhallen schien. Einen Moment blieb es still, dann applaudierte Julia, und die anderen fielen ein. Freddy legte zwei Finger an den Mund und pfiff anerkennend. Ninas Wangen röteten sich. Sie strahlte und sah gleichzeitig aus, als würde sie gleich in Tränen ausbrechen.

Jasper stand auf und ging zu ihr. Einem Impuls folgend, zog er sie kurz an sich, um sie dann ein Stück von sich wegzuschieben. Er hielt sie an den Handgelenken fest und nickte anerkennend. »Das war gut, Nina. Das war verdammt gut.« Erst jetzt ließ er sie los.

»Deern!« Hans rieb sich den Vollbart. »Du bist ja eine Wucht!«

»Danke.« Nina lachte und deutete eine Verbeugung an.

Jasper verschränkte die Arme vor der Brust. »Ich habe ein spannendes Jobangebot für dich. Was sagst du? Willst auf dem *Lüttje Markt* auftreten und drei, vier Songs singen? Es gibt auch ein Honorar.«

Ninas Wangen liefen rot an. »Wirklich? Du willst mich engagieren?«

»Und ob.«

»Das freut mich, wirklich. Aber … wie gesagt, es kann ja sein, dass ich vorher doch schon weg bin.« Sie klang zögerlich, doch Jasper war sicher, dass Nina den kleinen Auftritt eindeutig genossen hatte.

Ahnte sie denn nicht, wie viel Applaus auf sie wartete, wenn sie blieb? Zu Hause hingegen wartete nur ein Ex auf sie, der sie einfach fallen gelassen hatte. So schwer ist die Entscheidung doch nicht, dachte er.

»Dann ist das so.« Jasper zuckte mit den Schultern. »Wie gesagt, ich bin richtig gut im Improvisieren.« Dass er beinahe sicher war, dass es nicht dazu kommen würde, erwähnte er nicht. Warum sollte Nina einen bezahlten Auftritt ablehnen, um sich zu Hause mit diesem Marc – so hieß doch der Mann, mit dem sie telefoniert hatte – auseinanderzusetzen?

Nina senkte den Blick. »Ich weiß das zu schätzen, wirklich. Aber … versteht mich nicht falsch. Ich möchte nicht, dass ihr mir aus Mitleid einen Job anbietet. Das habt ihr nicht nötig und ich hoffentlich auch nicht.«

»Darum geht es doch nicht.« Jasper sprang auf. Mit beiden Händen stützte er sich auf der Tischkante ab und sah ihr fest in die Augen. »Das hat nichts mit Mitleid zu tun. Ich will eine gute Show auf dem Markt. Und du kannst das stemmen, da bin ich mir sicher. Nur darum geht es.«

Julia mischte sich ein, sie legte eine Hand auf Ninas Unterarm. »Du kannst ihm glauben. Jasper macht so etwas nicht aus Mitleid. Da ist er Geschäftsmann durch und durch.« Sie hob die Brauen und wechselte einen Blick mit ihrem Ex.

»Es tut mir leid, das mit deinem Ex-Freund und Manager«, warf Jasper nun ein. »Der Kerl ist ein Idiot. Aber das hat mit meinem Angebot nichts zu tun.«

Nina nagte an ihrer Unterlippe.

»Ich weiß nicht«, sagte sie schließlich. »Ich … Ich muss darüber nachdenken.«

Noch bevor Jasper etwas erwidern konnte, steckte Flora den Kopf aus der Küchentür. »Jasper! Kommst du bitte? Wir brauchen einen Handfeger, fürchte ich!«

Flora schmunzelte, als Jasper sich mit einem entsetzten Gesichtsausdruck in der Küche umsah. Sie musste zugeben, dass Leon und sie nicht lange gebraucht hatten, um die Gastroküche mit ihren auf Hochglanz polierten Arbeitsflächen und Geräten in eine vorweihnachtliche Backstube zu verwandeln. Leon saß auf einem Barhocker neben der Spüle. Er trug eine rot-weiß karierte Schürze und hatte eine weiße Kochmütze aufgesetzt, die er auf der Suche nach einer Teigrolle in einer Schublade gefunden hatte.

»Du siehst aus wie ein Gespenst.« Jasper musste nun doch lachen, lupfte kurz die Mütze und wuschelte seinem Sohn durch die Haare, aus denen prompt Mehl rieselte.

»Aber wie ein zuckersüßes«, warf Flora ein, bevor sie auf den weiß gefliesten Boden deutete. »Es tut mir leid, uns ist ein Fläschchen mit Zuckerstreuseln umgekippt.«

Jasper machte einen Schritt vorwärts, und prompt knirschte es unter seinen Turnschuhen. »Ach je.« Er seufzte. »Das klebt bestimmt.«

»Deshalb auch meine Frage nach einem Handfeger«, erinnerte ihn Flora. »Bevor alle drauftreten.«

»Unter der Spüle. Warte, ich erledige das schnell.« Jasper holte das Putzzeug und kniete sich auf den Boden.

»Danke, Jasper. Wenn du in meinem Alter bist und deine Hüfte bei jeder Bewegung meckert, bist du froh, wenn du dich nicht zu oft bücken musst.«

»Kein Problem, Flora. Wo gehobelt wird, fallen Späne.«

»Oder Zuckerdeko.« Mit baumelnden Beinen beobachtete Leon seinen Vater von seinem hohen Hocker aus. »Du, Papa? Was kann ich denn jetzt statt der Zuckerstreusel auf meine Plätzchen machen?«

Er deutete auf ein Backblech, das zum Auskühlen auf dem Tisch am Fenster stand. Ausstechkekse aller Art lagen darauf. Tannenbäume, Sterne, Herzen und winzige Engel aus Mürbeteig warteten darauf, festlich dekoriert zu werden.

»Tja, ich weiß nicht.«

Flora spürte seinen hilflosen Blick im Rücken. Sie war gerade damit beschäftigt, etwas Marzipanrohmasse weich zu kneten, drehte sich aber zu ihm um. »Ich fürchte, ich habe nichts Passendes mehr hier. Aber in der Pension ist noch etliches. Ich gehe gleich mal los und hole Nachschub. Ich muss ohnehin einmal nach Gerd sehen, nicht, dass er immer noch in den Federn liegt. Wenn ich ihm nicht manchmal Beine mache, lungert er den ganzen Tag herum und liest Zeitung.«

Sie warf einen Blick auf ihre Tasche, die sie neben dem Herd abgestellt hatte. Dass darin noch mindestens drei Sets mit Zuckerdekoration waren, brauchte Jasper nicht zu erfahren.

»Er hat ja auch Urlaub«, sagte dieser nun, doch Flora winkte ab.

»Das ewige Nichtstun ist nicht gesund. So.« Sie legte den Marzipanklumpen auf einen Teller und wusch sich rasch die Hände. »Mein Mantel hängt vorne … Ich beeile mich. Jasper, du achtest doch solange auf Leon, ja?«

»Ich kann Julia fragen, sie ist vorne.«

»Ich glaube nicht.« Flora öffnete die Küchentür und lugte

in den Gastraum der Bar. Tatsächlich waren Julias knallgelber Mantel und Ninas Winterjacke nicht mehr zu sehen.

»Sie und Nina wollten noch einen Spaziergang machen«, erinnerte Leon die Erwachsenen.

»Na dann.« Jasper zuckte mit den Schultern und machte eine undurchdringliche Miene. »Hast du Lust auf die Xbox, Leon? Wollen wir ein bisschen zocken?«

Die Augen des Jungen leuchteten auf, doch Flora musste ihn enttäuschen. Videospiele waren nun wirklich nicht das, was ihr für die beiden vorschwebte.

»Der Teig im Kühlschrank muss verarbeitet werden, Leon, sonst werden die Plätzchen nicht gut. Weißt du noch, wie es geht? Kannst du es deinem Vater zeigen? Und, Jasper, du bedienst dann den Backofen, ja? Nicht, dass der Kleine sich verbrennt.«

Leon sprang von seinem Hocker und griff nach Jaspers Hand. »Komm, Papa. Ich erkläre dir alles.« Er zog ihn hinter sich her in Richtung Kühlschrank.

Jasper warf Flora einen Blick zu, und sie meinte, einen Hauch von Misstrauen darin zu erkennen, vor allem, als er ihre vollgepackte Tasche beäugte. Sie bemühte sich um ein möglichst unschuldiges Lächeln. »Ich beeile mich«, flötete sie. »Bis nachher.«

Sie zog die Küchentür hinter sich ins Schloss und verließ wenig später das *Jasper's*. Langsam schlenderte sie die Straße entlang. Sie würde jetzt in ein Café gehen und dort in aller Ruhe einen Sanddorngrog trinken. Dann würde sie gemächlich, wie es einer Dame ihres Alters angemessen war, zu Jasper und Leon zurückkehren und wie von Zauberhand ein paar neue Fläschchen mit Zuckerdekor aus ihrer Handtasche zaubern. Flora schmunzelte in sich hinein. So eine kleine Schummelei war wohl auch zur Weihnachtszeit erlaubt, wenn sie einem guten Zweck diente!

Kapitel 15

»Das darf doch nicht wahr sein.« Julia rüttelte am Griff der Hintertür, die von der Pension in den Garten führte, und drückte mit aller Kraft dagegen. »Geh zu, du verdammtes Ding.«

Sie hielt eine Papiertüte mit Bioabfällen in der linken Hand, die sie zur Tonne hinter dem Haus bringen wollte. Nina und sie waren erst vor ein paar Minuten zurückgekommen, und die Sängerin hatte sich gleich zurückgezogen. Julia hatte ihr lächelnd nachgesehen, als sie leichtfüßig die Treppe hinaufgelaufen, ja geradezu geschwebt war. Es war so schön, dass sie direkt nach der riesigen Enttäuschung gute Nachrichten bekommen hatte, und Julia wünschte ihr inständig, dass die Aufregung über Jaspers Angebot ihr über die Enttäuschung hinweghalf. Sie stellte die Mülltüte vorsichtig an der Wand ab, damit sie nicht umkippte. Ein paar Mal rüttelte sie noch an der Tür, bevor sie seufzend aufgab und sich eine Strähne aus der Stirn strich.

»Was ist los?« Simon tauchte hinter ihr auf. Er hielt eine Tasse Kaffee in den Händen, und um seinen Hals hing ein Headset. Sie hatte ihn an diesem Tag noch gar nicht gesehen. Sicher arbeitete er seit Stunden in seinem Zimmer. Julia bemerkte, dass sich die kleine Sorgenfalte zwischen seinen Brauen schon wieder abzuzeichnen begann.

»Ich weiß nicht. Die Tür muss sich irgendwie verzogen haben. Sie geht nicht mehr richtig zu.«

»Lass mal sehen.« Simon drückte Julia seine Tasse in die Hand, ging in die Hocke und betrachtete den Riegel. Er drückte an ein paar Stellen, zog an dem Türgriff, machte sich am Rahmen zu schaffen. Schließlich stand er seufzend auf.

»Ich schätze, das liegt an der Kälte. Türschlösser können ganz schön temperaturempfindlich sein.« Er ließ die Klinke los. »Hier geht es jedenfalls gerade weder vor noch zurück. Hast du Werkzeug?«

Julia deutete auf sein Headset. »Du arbeitest. Ich will dich nicht stören. Ich rufe einen Handwerker an.«

Sie gab sich Mühe, nicht resigniert zu klingen. Aber sie konnte einem Gast nicht zumuten, in der Pension Reparaturarbeiten durchzuführen. Jasper hatte zwei linke Hände, was solche Dinge anging, und sonst fiel ihr niemand ein. Allerdings war eine Handwerkerrechnung das Letzte, was sie im Moment gebrauchen konnte.

Simon neigte den Kopf zur Seite. »Bis der kommt …«, murmelte er. »Du kannst die Tür nachts nicht auflassen. Dagegen kann kein Mensch anheizen, und auf Mäuse im Haus hat auch niemand Lust, schätze ich.«

Julia überlegte, doch Simon verschränkte die Arme vor der Brust und grinste sie an.

»Gib's zu, du traust mir nicht. Du denkst, dass so ein Schreibtischtäter wie ich nur mit Zahlen umgehen kann und nicht mit einem Akkuschrauber!«

Julias Wangen wurden heiß. »Nein. Nein, natürlich nicht …« Sie zuckte mit den Schultern. »Aber ich kann doch nicht von dir verlangen, dass du hier arbeitest. Du sollst Urlaub machen!«

Nun deutete Simon seinerseits auf sein Headset. »Ich arbeite sowieso, und da mache ich doch zur Abwechslung gerne mal was Handfestes. Also, wie sieht es aus? Hast du Werkzeug?«

Julia gab sich geschlagen. »Ja, von meinem Vater ist noch so einiges auf dem Dachboden. Sollen wir mal nachsehen, ob etwas Brauchbares dabei ist?«

»Klar.« Simon schob die Tür so weit zu, wie es ging, dann rieb er sich die Hände und lief hinter Julia her, als sie die Treppe hinaufstieg.

Sie war sich seiner Anwesenheit in ihrem Rücken seltsam bewusst, während sie Stufe um Stufe erklomm. Sein warmer Atem streifte ihren Nacken und ließ einen wohligen Schauer über ihren Rücken laufen. Rasch ermahnte sie sich zur Vernunft. Er ist dein Gast, Julia, und schon so gut wie weg! Er kann es doch kaum erwarten, wieder in seinem Glaspalast in Frankfurt zu sitzen. Tu dir das nicht an!

Sie zog die Luke zum Dachboden auf, und Simon half ihr, die schmale Leiter herunterzuziehen. Sie knarzte und ächzte und schien sich gegen die plötzliche Bewegung zu sträuben.

»Ich war ewig nicht dort oben«, flüsterte sie, als ein paar Staubkörner auf sie herabrieselten. Sie zögerte. Irgendetwas in ihr weigerte sich, den Fuß auf die erste Stufe zu setzen. Da oben waren so viele Erinnerungen. Ihr ganzes altes Leben. Leons Babysachen. Theas Kleider und ihre geliebte Plattensammlung. Die alte Standuhr aus dem Schlafzimmer ihrer Eltern, vor der sie als Kind so oft gestanden und fasziniert das schwingende Pendel beobachtet hatte.

»Ist alles in Ordnung?«, fragte Simon und blickte sie aufmerksam an. Er hatte bereits eine Hand auf das Geländer der Leiter gelegt und wartete offenbar darauf, dass sie vorausging.

Julia schluckte. »Ich …« Sie sah nach oben. Gedämpftes Licht drang aus der Luke. Es gab auf dem Dachboden ein kleines Fenster, und obwohl es lange nicht geputzt worden war, ließ es offenbar ein wenig von der Wintersonne hindurch. Sie saugte kurz an ihrer Unterlippe. »Es fühlt sich seltsam an, da hochzugehen.«

»Ich kann das Werkzeug auch alleine holen«, schlug Simon vor. »Wenn du mir ungefähr sagen kannst, wo es liegt.«

»Nein.« Julia schüttelte den Kopf und richtete sich auf. Sie legte eine Hand auf das Geländer, wobei ihre Finger Simons streiften. »Ist schon gut. Man kann seiner Vergangenheit nicht ewig aus dem Weg gehen, oder?«

Simon legte seine Hand auf ihre, und Julia blickte ihn fragend an.

»Das kommt darauf an«, antwortete er ernst. »Ich glaube, es gibt Erinnerungen, die sowieso immer bei einem sind. Egal, ob man sie mit Objekten verbindet oder nicht. Und es gibt welche, die zu Recht in einer Schublade stecken. Manchmal ist es besser, man macht diese Schubladen fest zu.« Ein Lächeln huschte über sein Gesicht, erreichte aber seine Augen nicht.

Julia nickte und hielt seinem Blick stand. »Sie sind schmerzhaft, aber es sind gute Erinnerungen. Zumindest die meisten«, sagte sie leise.

»Dann schaffst du jede einzelne dieser Stufen.«

Er ließ ihre Hand los, und Julia widerstand dem Drang, direkt wieder nach seinen Fingern zu greifen. Stattdessen atmete sie einmal tief durch und machte sich dann daran, die Leiter zu erklimmen. Simon folgte ihr auf dem Fuße.

Oben angekommen, sah Julia sich um. Alles war unverändert. Ein Ort, an dem die Zeit stillzustehen schien. Als Erstes entdeckte sie die Wanduhr, und ihr Herz schien für einen Moment auszusetzen, als irgendwo in ihren Erinnerungen das Schlagen des Pendels und der Glockenschlag der Uhr echoten. Zögernden Schrittes ging sie darauf zu und berührte mit der Spitze ihres Zeigefingers das messingfarbene Zifferblatt.

»Ein schönes Stück.« Wieder stand Simon direkt hinter ihr. Wenn sie fiel, würde er sie auffangen. Dieser Gedanke gab ihr den Mut, ihm von der Uhr zu erzählen.

»Ja, sie hat meinen Eltern gehört. Und davor meinen Großeltern. Ich weiß gar nicht, seit wie vielen Generationen die Uhr im Besitz meiner Familie ist. Sie stand zuletzt im Schlafzimmer meiner Eltern. Bis mein Vater gestorben ist. Danach konnte meine Mutter den Anblick nicht mehr ertragen.« Sie räusperte sich leise, als ihre Stimme zu brechen drohte.

Sie spürte Simons Blick auf sich wie eine sanfte Umarmung. Für einen Moment schoss ihr durch den Kopf, dass sie schleunigst Abstand gewinnen musste. Eigentlich sollten sie nur das Werkzeug suchen und ganz schnell wieder von diesem Dachboden verschwinden, der mit seinem Dämmerlicht und den alten Geschichten, die in jeder Ecke lauerten, wie eine ganz andere Welt war. Eine Welt, in der es kein Borkum und kein Frankfurt gab. Kein ganzes Meer, das dazwischenlag.

»Was macht der Anblick mit dir?«

Julia wandte den Blick nicht vom Zifferblatt ab, als sie über Simons Frage nachdachte. »Ich weiß es selbst nicht. Die Uhr erinnert mich an meine Eltern. Aber an schöne Situationen. Ihr Glockenschlag stand ganz oft für etwas. Für den Beginn der Vorlesezeit vor dem Schlafengehen. Für eine Runde Kuscheln im Bett mit meiner Mutter.« Sie lächelte, spürte aber gleichzeitig, wie ihre Augen feucht wurden. »Oder für den Moment am ersten Dezember, wenn ich aufstehen und endlich das erste Türchen von meinem Adventskalender öffnen durfte.«

»Das sind gute Erinnerungen.« Simon zögerte merklich, sprach dann jedoch weiter. »Hast du schon einmal überlegt, die Uhr wieder aufzustellen? Unten, meine ich?«

Julia drehte sich zu ihm um. Sie standen so dicht voreinander, dass sie im dämmrigen Licht hinter seinen Brillengläsern kleine braune Sprenkel in seinen Augen erkennen konnte.

»Ja, schon. Aber noch habe ich es nicht geschafft. Außerdem ist sie kaputt; das Pendel klemmt seit Ewigkeiten.« Sie hauchte auf ihre Hände. Erst jetzt fiel ihr auf, wie kalt es hier auf dem Speicher war. Sie war beinahe dankbar für das leichte Frösteln, das sie auf einmal übermannte und zurück in die Gegenwart holte.

»Komm«, sagte sie, schob sich an Simon vorbei und steuerte eine Truhe am andere Ende des Spitzbodens an. »Da müsste das Werkzeug sein.«

Sie öffnete den Deckel der Truhe und förderte eine Bohrmaschine zutage. Dann deutete sie auf ein Regal, auf dem mehrere Werkzeugkisten standen.

Simon ging in die Hocke. Sein Gesicht hellte sich auf, als er ein Werkzeug nach dem anderen in die Hand nahm und begutachtete. »Das ist eine ganz schön beachtliche Sammlung!«, stellte er fest. »Dein Vater war ein passionierter Handwerker, oder?«

»Und vor allem auch gelernter Elektroniker. Aber ja, er hat sich eigentlich um alles gekümmert, was in der Pension so anfiel.« Sie hockte sich neben Simon und nahm einen Schraubenzieher in die Hand. »Vielleicht sogar zu intensiv. Meine Mutter und ich haben uns jedenfalls immer so auf ihn verlassen, dass wir selbst uns mit Reparaturen quasi gar nicht beschäftigt haben. Ich fürchte, das rächt sich jetzt. Stichwort ›Hintertür‹.«

»Ich mache das schon, keine Sorge. Bei dieser Vollausstattung kann das gar nicht schiefgehen.«

»Aber woher kannst du das denn? Bist du Hobbyhandwerker?«

»Ja, das könnte man sagen.« Simon öffnete einen Kasten mit diversen Dübeln, Haken, Nägeln und Schrauben, beäugte den Inhalt und legte den Kasten dann mit einem zufriedenen Nicken beiseite. »Wie du dir wahrscheinlich vorstellen kannst, hält mein Vater nicht besonders viel von Dingen, die man mit den Händen schafft. Aber sein Bruder, mein Onkel Klaus, ist Tischler. Der hat mir immer eine Menge beigebracht. Ehrlich gesagt, am liebsten wäre ich nach der zehnten Klasse bei ihm in die Lehre gegangen, doch daran war natürlich nicht zu denken. Klaus und ich haben versucht, mit meinem Vater zu sprechen, aber es war schnell klar, dass wir die Familie sprengen, wenn wir darauf beharren, so wütend war mein alter Herr. Er hätte meinen Onkel fast aus dem Haus geworfen, weil er mir angeblich solche ›Flausen‹ in den Kopf gesetzt hat. Und ich war erst sechzehn, ich hatte gar keine Chance, mich durchzusetzen.«

Simon zuckte mit den Schultern. Er begutachtete einen Schraubenzieher, doch sein Blick ging ins Leere. Julia nagte an ihrer Unterlippe. Sie wusste nicht, was sie sagen sollte. Simons Vater musste ein schwieriger Mensch sein. Ob er auch darauf beharrt hätte, seinem minderjährigen Sohn die Laufbahn zu diktieren, wenn er um den hohen Preis dafür gewusst hätte? Wenn er geahnt hätte, dass Simon mit Anfang vierzig am Rande eines Burn-outs stehen würde?

»Kann ich den Karton dort nehmen?« Simon riss sie aus ihren Gedanken und deutete auf einen großen Pappkarton. »Da passt alles rein, was ich brauchen könnte.«

»Klar.« Julia stand auf, hob den leeren Karton hoch und reichte ihn Simon. Sie hielt inne, als sie dahinter den Weihnachtsschmuck entdeckte.

»Oh«, hauchte sie, aber so leise, dass Simon sie nicht hörte, während er seine Auswahl an Werkzeugen traf. Sie hatte ja nicht vorgehabt, dieses Jahr einen Baum aufzustellen, doch nun stand unten im Vorgarten diese mannshohe, dicht gewachsene Nordmanntanne. Sie bückte sich und griff nach einer Dose mit Kugeln. Ein Lächeln huschte über ihr Gesicht. Leon zuliebe war ihr Baum immer kunterbunt gewesen. Rote und rosafarbene, gelbe, blaue und grüne Kugeln. Dazwischen kleine Plüschbären und Wichtel mit langen, weißen Bärten. Erlaubt gewesen war alles, was Leon gefiel. Julia hatte gelegentlich halbherzig dagegen protestiert.

»Bei dem Anblick wird man ja blind«, hatte sie behauptet, doch Thea hatte keine Einwände gelten lassen.

Julia griff nach einer Figur aus Salzteig. Sie konnte sich daran erinnern, dass ihre Mutter und Leon diese gemeinsam gebastelt hatten. Es war ein kleiner Engel mit einem goldenen Kleid und himmelblauen Flügeln, auf die Leon bunte Tupfer gekleckst hatte. Durch den Heiligenschein, der kurioserweise grün war, hatten sie eine Kordel gezogen, damit der Engel im Weihnachtsbaum aufgehängt werden konnte. Sollte sie den Baum wieder so bunt schmücken? Sollte der Engel einen Platz finden?

Nachdenklich drehte sie die kleine Figur in den Händen. Durch das Dachfenster in ihrem Rücken fiel ein Sonnenstrahl auf eine Plastikpackung mit tannengrünen Kugeln und ließ sie sanft schimmern. Leon hatte vehement darauf bestanden, dass der Adventskranz aussah wie immer. Vermutlich waren ihm die Traditionen wichtig, aller Trauer zum Trotz. Ja, der Baum würde wieder bunt werden. Bunt, glänzend und beinahe zum Erblinden. So wie zu Theas Zeiten.

»So geht das nicht, Papa. Guck mal, ich zeige es dir!« Leon nahm seinem Vater die Gepäckpresse aus der Hand, ruckelte mit kritischem Blick an der sternförmigen Tülle und drückte dann kräftig auf den Hebel. Sofort bildete sich auf dem Backpapier ein perfekt geformtes Plätzchen.

»Siehst du!« Leon wirkte sehr zufrieden, und Jasper kratzte sich am Hinterkopf. Julia hatte immer schon gesagt, dass er zwei linke Hände hatte, und beim Backen schien sich das wieder einmal zu bestätigen.

»Gut, dass ich eine Bar habe und keine Bäckerei.« Er wuschelte Leon durch das Haar. Er würde seinem Sohn nicht auf die Nase binden, dass er Backen eigentlich für einen völlig sinnlosen Zeitvertrieb hielt. Es gab in den Geschäften doch genug Auswahl, und wem die Plätzchen aus dem Supermarkt nicht gut genug waren, der konnte ja auch in eine Konditorei gehen. Was Flora und ihr Berufsstand dort fabrizierten, war ohnehin unerreichbar.

»Vorsicht, Papa, deine Hände sind ganz mehlig. Gleich sehe ich aus wie ein Schneemann.« Leon kicherte, ließ sich aber nicht von der Arbeit ablenken. Die Zungenspitze lugte ihm aus dem Mundwinkel, so konzentriert war er bei der Sache.

»Möchtest du etwas trinken, Leon?«

»Nein. Aber können wir Musik anstellen?« Der Junge nickte in Richtung des Bluetooth-Lautsprechers, der auf der Fensterbank stand.

»Klar.« Jasper wischte sich die Hände an einem Geschirrtuch ab, bevor er sein Handy aus der Jeanstasche kramte. »Was möchtest du denn hören?«

Leons Mundwinkel verzogen sich zu einem Lächeln. Verschmitzt sah er seinen Vater an.

Jasper neigte den Kopf zur Seite, ihm entfuhr ein Seufzer. »Ernsthaft?« Er wusste genau, worauf der Junge hinauswollte.

»Bitte, Papa.« Er setzte diesen Welpenblick auf, den er schon als Kleinkind perfekt beherrscht hatte. Aus großen, hoffnungsvollen Augen sah er seinen Vater an.

Machte der Junge das eigentlich absichtlich? Jasper wusste es nicht zu sagen. Was er aber wusste, war, dass dieser Blick seine Wirkung noch nie verfehlt hatte. Wenn Leon ihn so anschaute, wollte er ihm jeden Wunsch von den Augen ablesen. Selbst, wenn es bedeutete, dass er in den nächsten Tagen einen schlimmen Ohrwurm haben würde.

»Kinderweihnachtslieder?«, vergewisserte er sich. Leon nickte strahlend, und Jasper suchte eine passende Playlist. Als die ersten Klänge ertönten, wandte Leon sich summend wieder den Plätzchen zu.

»Das Blech Nummer eins ist fertig, die können in den Ofen.«

»Okay, Chef.«

»Bei hundertachtzig Grad. Die Temperatur müsste schon passen. Flora hatte den Ofen schon angestellt.«

Jasper überprüfte kurz die Anzeige auf dem in Edelstahl eingelassenen Display, dann öffnete er die Tür und schob das Blech mittig hinein. »Und jetzt? Wie lange dauert das?«

Leon riss die Augenbrauchen hoch. »Keine Ahnung. Ich dachte, Erwachsene wissen so etwas.« Mit einer Mischung aus Hoffnung und Entsetzen sah er Jasper an.

»Schon gut«, murmelte er. »Das kann nicht lange dauern, ein paar Minuten, schätze ich. Hauptsache, sie werden nicht zu dunkel.« Kurz entschlossen zog er zwei Stühle vor den Ofen. »Komm, setz dich.«

»Was machen wir denn?«

»Wir schauen den Plätzchen beim Backen zu.«

Genau das taten sie. Unfassbar. Jaspers Blick wanderte zur Tür. Er hatte noch so viel zu tun. Nachhaken, wie der Stand der Dinge bei Wilm war. Mit dem Orgateam für den Markt sprechen. Überlegen, wie er Ninas Auftritt am besten einbinden konnte, wenn sie hoffentlich zusagte. Und was tat er stattdessen? Er saß vor seinem Backofen, spürte den warmen Luftzug auf den Wangen und sah zu, wie Spritzgebäck langsam bräunte. Er machte Anstalten, auf dem Stuhl herumzurutschen, da lehnte Leon sich an ihn und schmiegte sich an seine Schulter. Instinktiv legte er einen Arm um seinen Sohn.

Leon war so schmal geworden, der Weihnachtspulli mit dem rotnasigen Elch war ihm viel zu weit. Dabei war Jasper fast sicher, dass der Kleine ihn schon im letzten Jahr getragen hatte. War der Sweater nicht ein Geschenk von Thea gewesen?

Leon vergrub die Nase in Jaspers Pullover und rückte noch dichter an ihn heran. Leise sang er mit, als das nächste Lied startete und irgendein Kinderchor *Schneeflöckchen, Weißröckchen* schmetterte.

Jasper hätte am liebsten den Lautsprecher ausgeschaltet

und einfach nur dem sanften Gesang seines Sohnes gelauscht, der so viel schöner war als das Gedudel. Ehrlicher. Echter. Die Hektik, die vor der Küchentür auf ihn wartete, geriet in Vergessenheit. Er atmete tief ein und schloss für einen Moment die Augen, als der Duft nach frisch gebackenen Plätzchen ihm in die Nase stieg.

»Das macht Spaß, Papa«, flüsterte Leon, ohne aufzusehen.

Jasper drückte seinem Sohn einen Kuss auf den Scheitel. »Das finde ich auch«, flüsterte er. Wann hatten sie das letzte Mal so zusammengesessen? Leon in seinen Armen, die Welt irgendwo ganz weit weg. Er konnte sich nicht erinnern, gestand er sich ein, und sein Herz zog sich schmerzhaft zusammen.

»Meinst du, die Plätzchen sind fertig?«, fragte Leon schließlich.

»Wir sehen mal nach.« Jasper zog einen Ofenhandschuh über und öffnete vorsichtig den Ofen. »Die sehen doch gut aus.«

»An den Rändern müssen sie leicht gebräunt sein. Das hat Oma immer gesagt.«

»Passt. Vorsichtig, Leon, geh mal kurz zur Seite.« Jasper stellte das Blech auf die Arbeitsplatte und zog die Plätzchen auf dem Backpapier herunter, damit sie auskühlen konnten.

»Und jetzt?«

»Geht es weiter. Guck mal, wir haben noch ganz viel Teig. Wollen wir eine neue Tülle ausprobieren?«

»Au ja!«

Jasper trat neben Leon und half ihm, die Gebäckpresse für die nächste Runde vorzubereiten. Wie geschickt der Junge schon mit den Küchengeräten hantierte! Er war doch erst sechs. Nein, gestand er sich ein, Leon war nicht *erst* sechs. Er war *schon* sechs. Und er, Jasper, hatte viel zu wenig von ihm miterlebt. Seine erste Fahrradtour, bei der er sich so schlimm das Knie aufgeschlagen hatte, die erste Runde auf Inlineskates, seinen Schwimmkurs im *Gezeitenland.* Alles hatte Julia mit ihm gemacht. Nicht, weil sie ihn nicht hatte dabeihaben wollen, sondern um ihm den Rücken frei zu halten. Für die Bar. Damit diese in dem Glanz erstrahlen konnte, den sie nun erreicht hatte. Aber was war mit Julia, mit ihrer Pension? Hatte er damals wirklich nicht verstanden, dass sie auch gern Glanz in ihr Haus gebracht hatte? Oder war es ihm einfach nicht so wichtig gewesen?

Jaspers Miene musste sich verdüstert haben, denn plötzlich bemerkte er, dass Leon ihn besorgt musterte. »Was ist los, Papa?«

Als Jasper nicht sofort antwortete, zog der Kleine die falschen Schlüsse. Mit hängenden Schultern sah er zu ihm auf. »Hast du keine Zeit mehr? Das ist nicht schlimm, ich kann das Blech auch alleine fertig machen, und dann warte ich auf Flora. Sie ist …«

Jasper schluckte gegen den Kloß an, der ihm auf einmal den Hals abschnürte, dann zog er seinen Sohn an sich, ohne Rücksicht darauf, dass dieser noch die Gebäckpresse hielt und sich der weiche Teig auf ihren Pullovern verteilte. Jaspers war aus Kaschmir, und vermutlich würde er das klebrige Zeug nie mehr aus der Wolle herausbekommen. Es hätte ihm dennoch nicht gleichgültiger sein können.

»Ich habe Zeit, Leon. Ich habe Zeit für dich.«

»Wollen wir dann weitermachen? Flora wird sich freuen.«

Jasper nickte. »Klar. Wäre doch gelacht, wenn wir das nicht hinbekämen.«

Er steckte den Finger in den kleinen Hügel aus Mehl, den Flora auf dem Küchentisch zurückgelassen hatte, und tippte dann an Leons Nase.

»He«, sagte der Kleine lachend. »Papa! Wir brauchen das Mehl doch zum Backen.«

»Okay.« Jasper gab sich ernst. »Dann mal los.«

Leon rieb sich die Hände, dann strahlte er seinen Vater an. »Das ist so cool, Papa! Wir beide zusammen.«

Zum Glück drehte er sich nach diesen Worten um und wandte sich dem nächsten Backblech zu. Sonst hätte er womöglich gesehen, wie feucht die Augen seines Vaters auf einmal wurden.

Kapitel 16

Simon drückte noch einmal prüfend die Klinke herunter. »Das hätten wir«, stellte er zufrieden fest und verstaute das Werkzeug in dem Pappkarton neben ihm auf dem Boden.

»Vielen Dank, Simon. Das ging ja schnell.«

Julia stand etwas hilflos hinter ihm. In den letzten Minuten hatte sie ihm nur über die Schulter sehen können. Sie war sich ziemlich fehl am Platz vorgekommen, hatte ihn aber auch nicht alleine im Flur stehen lassen wollen. Zum einen war er immer noch ein Gast, zum anderen war es hier eiskalt, weil er die Tür auch während der Reparatur nicht hatte schließen können. Simon richtete sich auf und wischte die Handflächen an seiner Jeans ab.

»Komm, ich mache dir etwas Warmes zu trinken«, bot Julia an.

»Da sage ich nicht Nein.« Er folgte ihr in die Küche.

»Möchtest du Kaffee? Oder lieber einen Tee?«

»Tee ist prima, vielen Dank.«

Simon ließ sich auf die Küchenbank fallen, während Julia ein Stövchen, eine Kanne und Tassen bereitstellte und den Wasserkocher füllte. Sie stellte Kluntje und Sahne auf den Tisch und arrangierte noch schnell ein paar Plätzchen auf einem kleinen Teller. Dann holte sie das Feuerzeug und zündete die Kerzen auf dem Adventskranz an. Alle vier. Es dauerte nun wirklich nicht mehr lange bis Weihnachten. Als der Tee aufgegossen war, nahm sie Simon gegenüber Platz. Etwas verlegen lächelte sie ihn an. Das flackernde Licht der Kerzen spiegelte sich in seinen Brillengläsern.

»Danke noch mal. Ich bin wirklich froh, dass die Pension

nun nicht unfreiwillig zu einem Winterquartier für Mäuse wird.«

Simon lachte und rieb sich das Kinn. Auf seinen Wangen zeichneten sich helle Bartstoppeln ab, und Julia ertappte sich bei der Frage, wie es sich wohl anfühlen würde, mit den Fingerspitzen darüberzustreichen. Hastig senkte sie den Kopf, als sie spürte, wie ihre Wangen rot anliefen. Himmel, sie war Mitte dreißig, nicht vierzehn.

»Hör mal, Julia, mir ist da vorhin so ein Gedanke gekommen.«

Sie sah auf. Er klang zögerlich und spielte mit dem Teelöffel, als wäre er nicht sicher, ob er wirklich fortfahren sollte. Julias Neugier war geweckt. »Ja? Was denn?«

Simon legte den Löffel vorsichtig auf der Untertasse ab, dann beugte er sich ein Stück vor, als wäre er im Begriff, ihr ein Geheimnis anzuvertrauen. Julia bemerkte ein leichtes Zucken um seine Mundwinkel. War er nervös? Was wollte er ihr nur sagen?

»Ich … also, ich möchte dir nicht zu nahe treten, aber ich bin ja nun schon ein paar Tage hier.« Er räusperte sich. »Es … Es ist nur so, mir ist aufgefallen, dass die Pension an der ein oder anderen Stelle vielleicht ein ganz kleines bisschen aufgehübscht werden könnte. Nichts Wildes, versteh mich nicht falsch.«

Julia hob die Hände. Sie schmunzelte. »Schon gut, Simon. Das hast du wirklich sehr diplomatisch ausgedrückt, dafür danke ich dir. Aber mir ist schon klar, dass das Haus an manchen Stellen Renovierungsbedarf hat. Teilweise sogar dringenden. Du brauchst also nicht um den heißen Brei herumzureden, ich bin nicht beleidigt.« Sie zuckte mit den Schultern. »Ich sehe die Schwachstellen durchaus. Aber … es waren wirklich schwierige Zeiten. Die Pension ist nicht groß, und obwohl wir davon leben können, ist es nicht so leicht, Rücklagen zu bilden. Handwerker sind teuer, auf der Insel erst recht.

Dann kam der Tod meiner Mutter … Auf einmal wurde so vieles nebensächlich.«

»Ich verstehe das«, antwortete Simon. »Wirklich. Ich will dir auch eigentlich nur anbieten, dass ich ein paar Sachen instand setzen könnte, solange ich noch hier bin.«

»Wie bitte?« Julia lachte ungläubig, doch Simon sah sie ernst an.

»Wieso nicht? Ich hänge auf der Insel fest, ich mag Handwerkerarbeiten, und hier ist Bedarf.«

Julia senkte den Kopf und knibbelte mit dem Fingernagel an dem blauen Dekor ihrer Teetasse. »Ich kann dich nicht bezahlen.« Ihre Stimme war nur ein Flüstern.

Simon schüttelte den Kopf. »Darum geht es nicht.«

»Und was ist mit deiner Arbeit?«

Er kratzte sich am Hinterkopf und überlegte kurz. »Das lässt sich schon einrichten. Mein Urlaub ist offiziell zwar zu Ende, aber ganz ehrlich: Es ist kurz vor Weihnachten, und allmählich wird es sogar bei meinem Chef ruhiger, schätze ich. Auch wenn er natürlich ein Scrooge vor dem Herrn ist.«

Julia zwinkerte ungläubig. War das noch der Simon, für den ein Internet-Ausfall dem Ende der Welt gleichkam?

»Ich würde natürlich schon zusehen, dass ich mich weiterhin immer mal einlogge und arbeite, aber selbst wenn wir trotz der Wetterwarnungen durchgängig Internet hätten, wovon ich kaum ausgehe, würde mir noch Zeit genug bleiben.«

Julia trank einen Schluck Tee, um Zeit zu schinden. Das Angebot war verlockend, aber sollte sie es wirklich annehmen und einen Gast für sich arbeiten lassen? Noch dazu ohne Bezahlung? Andererseits hatten seine Augen regelrecht vor Freude gestrahlt, als er auf dem Dachboden auf die Werkzeuge ihres Vaters gestoßen war. Er schien wirklich etwas für das Handwerken übrigzuhaben.

Simon schien ihre Verunsicherung zu spüren. Er griff über

den Tisch, und auf einmal hielt er ihre Finger in seiner rechten Hand. Julias Herzschlag beschleunigte sich.

»Du musst dir keine Gedanken machen. Ich fordere wirklich nichts dafür. Es würde mir einfach Spaß machen, Julia. Und vielleicht hätte Leon sogar Lust, mir ein wenig zu helfen.«

Sie schüttelte den Kopf. Sie war froh darüber, dass Leon heute eine andere Beschäftigung gefunden hatte. Es war wichtig, dass er sich nicht zu eng an Simon band. »Er hat versprochen, Flora zu helfen. Sie wird Süßigkeiten auf dem *Lüttje Markt* verkaufen.«

»Tatsächlich? Das ist ja toll für sie.«

»Ja, das finde ich auch. Mein Ex, Jasper, hat sie gefragt, weil ein paar seiner Bestellungen wohl wegen des Wetters nicht rechtzeitig ankommen werden.«

»Sehr schön, das wird Leon Spaß machen.«

»Aber ich könnte dir helfen.« Julia lachte, als es Simon nicht gelang, seine Skepsis zu verbergen. »Ich gebe zu, ich bin da nicht bewandert, aber zum Anreichen von Werkzeugen und für kleine Handlangertätigkeiten wird es wohl reichen. Und du musst mir noch etwas versprechen.«

»Aha.« Simon ließ ihre Hand los, verschränkte die Arme vor der Brust und lehnte sich auf der Bank zurück. Ein amüsierter Zug lag um seinen Mund. »Was stellst du denn für Bedingungen für die Auftragsvergabe? Ich muss dich warnen, schriftliche Referenzen kann ich nicht beibringen.«

»Wie schade.« Sie lachte, wurde aber gleich wieder ernst. »Du bist zur Erholung hier, Simon. Und die letzten Tage haben schon deutlich gezeigt, dass das auch nötig ist, wenn ich das so sagen darf. Ich möchte nicht, dass du dir zu viel zumutest.«

»Julia, ich bin zweiundvierzig Jahre alt, und, ja, ich gebe es zu, möglicherweise etwas überarbeitet. Ich bin aber nicht achtzig und tatterig.«

»Das weiß ich, aber trotzdem. Ich meine das schon ernst. Das ist vielleicht auch in gewisser Weise meine Verantwortung als deine Gastgeberin. Ich kann den Leuten hier keinen Luxusaufenthalt bieten, aber schon eine erholsame Zeit, denke ich.«

Simon neigte den Kopf zur Seite. Undurchdringlich sah er Julia an. Irgendwo in ihrer Magengegend schien ein Schmetterling mit den Flügeln zu schlagen, und sie wünschte, sie könnte Simons Gedanken lesen. Abwartend hielt sie seinem Blick stand.

»Also gut«, sagte er schließlich. »Wir haben einen Deal. Ich kümmere mich um ein paar Dinge in der Pension; du kannst mir ja sagen, was für dich am dringlichsten ist. Und im Gegenzug darfst du mir über die Schulter schauen und dafür sorgen, dass ich mich nicht übernehme.«

Er angelte sich ein mit Schokolade überzogenes Plätzchen vom Teller und steckte es sich in den Mund.

»Dann bin ich also für dein seelisches und körperliches Wohlbefinden zuständig.« Julia hätte am liebsten die Hand vor den Mund geschlagen. Körperliches Wohlbefinden! Es kam ihr vor, als spürte sie erneut seine Finger auf ihrer Haut. Was war nur los mit ihr? Hoffentlich missverstand Simon sie nicht.

»Genau. Plätzchen und Kaffee gehen immer.«

Entweder bemerkte er ihre Verlegenheit wirklich nicht, oder er ging einfach darüber hinweg. Wie dem auch sei, sie war dankbar dafür.

»Weißt du, was ich gern machen würde?« Nachdenklich griff Julia nach der Teekanne und schenkte nach.

»Ich bin ganz Ohr.«

»Das alte Zimmer meiner Mutter … Es steht ja nun leer, und ich würde gern ein Wohnzimmer für Leon und mich daraus machen. Ein heller Anstrich wäre gut. Der Boden ist schön, er besteht aus alten Schiffsplanken, die müsste man nur mal gut aufarbeiten. Ein paar der Möbel könnten auch bleiben, und auf dem Dachboden steht noch ein Sofa, das müsste ich nur einmal gründlich sauber machen.«

Simon nickte. »Das klingt nach einer lösbaren Aufgabe.«

Julia trank einen Schluck Tee. »Mhm. Ich weiß nur nicht, was Leon dazu sagen wird. Bislang wollte er nicht, dass wir das Zimmer verändern. Aber wir könnten den Platz wirklich gebrauchen, und es muss ja auch irgendwie weitergehen.«

Simon rückte seine Brille zurecht. »Soll ich einmal mit ihm sprechen?«

Julia überlegte kurz. Simon hatte einen Draht zu dem Jungen, und sie selbst hatte schon so oft versucht, mit ihm über diesen Punkt zu reden – immer hatte er abgewehrt. Sie nickte. »Ja, das wäre nett. Bei mir mauert er leider immer sofort, wenn ich das Thema auch nur ankratze. Wenn sich die Gelegenheit ergibt, wäre ich dir dankbar. Ich muss dich aber warnen, er ist an diesem Punkt wirklich sensibel. Als würde es ihn noch weiter von seiner Großmutter wegbringen, wenn ihr Zimmer verändert wird.«

»Ich versuche es auf jeden Fall. Und wenn er einverstanden ist … wie hättest du das Zimmer dann gern?«

Gespannt sah er Julia an. Sie wollte ihm gerade von der cremefarbenen Wandfarbe erzählen, die sie kürzlich gesehen hatte, als sein Handy klingelte.

»Entschuldige!« Er angelte es aus seiner Hosentasche und warf einen Blick darauf. Julia beobachtete, wie sein Lächeln schmaler wurde, wie sich ein beinahe gehetzter Ausdruck in seine Augen schlich. Am liebsten hätte sie ihm das verdammte Ding aus der Hand gerissen.

»Geh ruhig dran«, sagte sie stattdessen und stand auf. »Wir sehen uns später.«

»Okay.« Er wirkte abgelenkt, als er eine Taste drückte. »Lehnfeld. Guten Abend, Herr Weidemann. Wie bitte? Ach, warum ich nicht online bin? Nun ... äh, genau. Das Internet ist nicht ganz stabil. Ich ...«

Julia schloss leise die Küchentür hinter sich. Sie schmunzelte in sich hinein, als sie durch die Stube in ihr Büro hinüberging. Sie stellte sich vor das Fenster und sah in den Garten hinaus. Das Internet lief heute schon den ganzen Tag über problemlos, Simons Worten zum Trotz. Doch das ist auch die einzig gute Entwicklung, dachte sie, als sie den Nachmittagshimmel betrachtete. Es schneite schon wieder, weiße Flocken erhellten die Dämmerung, die sich bereits über die Insel senkte. Wenn es so weiterging, würde sie die gerade reparierte Hintertür bald gar nicht mehr öffnen können, sofern sie nicht stündlich den Schnee davor wegfegte.

Julia konnte sich nicht erinnern, jemals solche Schneemassen auf Borkum gesehen zu haben. Hoffentlich brachte Jasper Leon und Flora nachher nach Hause, die Straßen waren bestimmt schon wieder spiegelglatt. Zumindest dort, wo sie nicht gänzlich unter dem Schnee versunken waren. Sie warf einen Blick auf das Thermometer. Es herrschten noch immer Minusgrade, und an den Häfen musste es noch schlimmer sein, jedenfalls fuhren noch immer keine Fähren.

Sie seufzte leise. In drei Tagen war Heiligabend, und sie hatte kaum noch Zweifel daran, dass die Rathmanns, Nina und auch Simon dann hier sein würden. Sie musste sich überlegen, wie sie die Feiertage gestalten wollte. Der Baum musste geschmückt werden. Und sollte sie vielleicht eine Kleinigkeit für ihre Gäste besorgen? Aber was? Die Rathmanns würden sich über eine gute Flasche Wein freuen, aber die anderen? Und was sollte sie nur servieren? Sie musste Flora um Hilfe bitten, die verstand sich nicht nur aufs Backen, sondern kochte auch hervorragend.

Julia rieb sich die Augen und unterdrückte ein Gähnen. Dann drehte sie sich um und setzte sich an den Schreibtisch. Eigentlich sollte sie den Computer starten und ein wenig Bürokram erledigen. Vielleicht gab es ja neue Reservierungsanfragen? Stattdessen stützte sie das Kinn auf den Händen ab, und ihr Blick glitt auf das Foto ihrer Eltern.

»Ich bin so müde«, flüsterte sie den beiden zu, die sie von ihrem Platz im Strandkorb aus unbekümmert anzulachen schienen. »Manchmal denke ich, dass ich das alles einfach nicht mehr schaffe. Ich möchte mich hinlegen, die Augen zumachen und stundenlang schlafen. Im Allgäu hätte ich das vielleicht einmal gekonnt.«

Sie fuhr erschrocken zusammen, als sie ein leises Klopfen am Türrahmen vernahm.

Simon stand dort und sah sie nachdenklich an. »Entschuldige, ich wollte nicht lauschen.«

»Ach.« Julia machte eine wegwerfende Handbewegung und versuchte, ihre Verlegenheit zu überspielen. »Schon gut. Du bist Zeuge der albernen Selbstgespräche einer Pensionswirtin geworden, fürchte ich.«

»Darf ich?« Simon deutete auf den freien Stuhl vor dem Schreibtisch. Manchmal machte Leon dort seine Hausaufgaben oder malte ein Bild, wenn Julia arbeiten musste. Dementsprechend war das abgenutzte Holz von Tinten- und Farbklecksen besprenkelt, wie ihr peinlich berührt bewusst wurde, als Simon sich daraufsetzte. In Frankfurt hatte er bestimmt Ledersessel in seinem Büro. Riesige Fenster, mit Blick auf die Skyline. Aber vermutlich auch keine Fotos auf dem Tisch, kein zerknülltes Schokoladenpapier und keine angenagten Buntstifte, die ein Erstklässler dort vergessen hatte.

Er beugte sich vor und stützte ebenfalls das Kinn in den Händen ab. So saßen sie sich in der gleichen Haltung gegenüber. Ein wenig, als spiegelten sie sich. Und vielleicht war das ja auch so?

»Es ist ganz schön lästig, wenn Gäste so unerwartet länger bleiben, oder?«, fragte Simon. »Und jetzt wink nicht gleich wieder professionell ab. Du weißt, wer vor dir sitzt. Und warum. Du kannst also ruhig ehrlich sein.«

»›Lästig‹ stimmt nicht«, antwortete Julia. Sie sah Simon in die Augen. Algengrün, unendlich tief. Wie das Meer.

»Aber?«, hakte er nach, ohne den Blickkontakt zu brechen.

»Ich habe gerade überlegt, wie ich die Feiertage gestalten soll. Wir werden ja nun wohl alle hier sein, also sollten wir es uns vielleicht etwas nett machen. Ich habe mich gefragt, ob ich noch Geschenke besorgen soll, aber ich weiß gar nicht so richtig, was. Und ob ich etwas Festliches kochen soll.«

Simon nahm den Kopf von den Händen, lehnte sich auf dem Stuhl zurück und blies die Wangen auf. »Genau diese Fragen sind es, die Weihnachtsstress auslösen, findest du nicht?«

»Aber Leon ist da und …«

»Das ist ja auch was anderes, klar bekommt der Kleine Geschenke.« Er warf einen kurzen Blick über die Schulter, als wollte er sichergehen, dass der Junge nicht in der Stube stand und die Ohren spitzte. »Ich habe auch schon was zum Spielen für ihn besorgt.«

»Das ist nett von dir.«

»Kein Problem. Aber ich glaube, das Essen wird Leon relativ egal sein. Hotdogs mag er doch so gern, hat er mir erzählt. Und Pommes mit Mayo.«

»Das kann ich Weihnachten nicht servieren.« Julia kräuselte die Nase.

»Wieso nicht? Wenn es alle mögen?«

»Ich weiß nicht. Kannst du dir Gerd und Flora mit Fast Food vorstellen?«

Simon verschränkte die Arme vor der Brust. »Wenn sie so etwas sonst nicht essen, ist es erst recht etwas Besonderes. Und das qualifiziert Würstchen als weihnachtlich, oder?«

Julia musste lachen. »Ich überlege es mir.«

»Das Wichtigste ist, dass Leon eine gute Zeit hat, nicht

wahr? Ich weiß ja, dass er es gerade nicht leicht hat. Aber wenn wir uns alle etwas Mühe geben, können wir ihm bestimmt trotzdem ein schönes Weihnachten bereiten. Funkeltage!«

Julia hob ruckartig den Kopf. Funkeltage! Tränen stiegen ihr in die Augen.

»Das hat meine Mutter immer gesagt«, flüsterte sie. »Dass Weihnachten aus lauter Funkeltagen bestehen soll. Für Leon.«

Simon sah kurz betreten aus, fing sich jedoch schnell wieder. Er drückte Julias Hand. »Das wusste ich nicht, aber sie hatte recht, finde ich. Auf jeden Fall kannst du uns alle ruhig helfen lassen. Flora und Gerd macht das nichts aus, mir ebenso wenig. Und ich bin sicher, auch Nina nimmt es, wie es kommt.«

Julia zögerte. Simon und Nina wohnten aktuell unter einem Dach und würden sich in den nächsten Tagen zwangsläufig häufiger sehen. Sie sollte Simon einweihen, bevor er in ein Fettnäpfchen trat. Julia war sicher, dass sie trotz der guten Nachrichten von Jasper immer wieder bittere Tränen vergoss. Sie hoffte, dass sie Jaspers Angebot annehmen würde, das würde ihr vielleicht wieder Mut machen. Dennoch konnte sie nachvollziehen, was in Nina vorging. Trennungen waren schmerzhaft, immer.

»Nina geht es gerade nicht so gut«, weihte sie Simon ein. »Ihr Freund, der auch ihr Manager war und mit dem sie eigentlich nach den Feiertagen in ein Tonstudio wollte, hat sie verlassen. Das kam wohl ganz plötzlich, sie steht sehr unter Schock.«

»Oh.« Simon rieb sich das Kinn. »Verstehe. Das tut mir leid für sie. Die Aufnahmen waren ihr sehr wichtig, sie hat häufiger davon erzählt.«

»Ja.« Julia nickte. »Jasper hat ihr angeboten, auf dem *Lüttje Markt* aufzutreten, nachdem sie in seiner Bar eine absolut überzeugende Kostprobe ihres Könnens gegeben hat. Aber

Nina glaubt, dass er und ich unter einer Decke stecken und einfach Mitleid haben.«

»Stimmt das denn?«

Julia hob die Brauen. »Ich habe Mitleid mit ihr, Jasper sicher auch. Aber er würde nie jemanden für den Markt engagieren, an den er nicht glaubt. Dazu ist ihm der Erfolg viel zu wichtig.«

»Vielleicht überlegt sie es sich noch.«

»Das hoffe ich.«

»Und versprichst du mir etwas?«

Julia sah auf. Ihr lag eine flapsige Bemerkung auf der Zunge, doch sie schluckte die Worte herunter, als sie bemerkte, wie er sie ansah. Bildete sie es sich nur ein, oder war sein Blick wirklich … liebevoll? »Was denn?«, brachte sie heiser hervor.

»Stress dich nicht unseretwegen. Ganz ehrlich, wir können alle mit anpacken. Nimm dir kein Beispiel an mir. Es ist nicht gut, sich von der Arbeit auffressen zu lassen.«

Seine Hand wanderte langsam, unendlich langsam, über den Tisch, bis sie auf Julias Fingern lag. Sie schloss die Augen, spürte einen Moment lang nur seine Berührung. Haut an Haut. Und am liebsten hätte sie die Zeit angehalten.

Nina lag auf ihrem Bett und starrte an die Zimmerdecke, die Hände hinter dem Kopf verschränkt. Sie lauschte dem Wind, der um die Pension pfiff, und fröstelte, obwohl sie die Heizung auf die höchste Stufe gestellt hatte. Sie zog die Bettdecke enger um sich. Bildete sie es sich nur ein, oder war der Wind mit Einbruch der Dunkelheit wieder stärker geworden?

Nina horchte in die Dunkelheit. Ob sie jemals wieder von Borkum wegkommen würde? Das Wetter schien immer schlimmer zu werden. Aber es war auch egal. Den Job in der Boutique würde sie nicht verlieren, dazu war ihr Chef zu gutherzig. Zum Glück, denn diese Arbeit war offenbar alles, was ihr noch blieb.

Sie starrte auf das Display ihres Handys. Noch hatte sie es nicht geschafft, das Hintergrundfoto zu löschen. Ein Schnappschuss von Marc und ihr. Im Sommer, sie waren auf einem Open-Air-Festival gewesen und standen barfuß auf einer Wiese; das Gras reichte Nina bis weit über die Knöchel. Er trug ein eng anliegendes graues Shirt, sie ein weißes, trägerloses Baumwollkleid. Wie sie lachten, wie sie die Arme um ihn geschlungen hatte! Als hätten sie beide ihren Platz gefunden. Miteinander. Und wenige Monate später sollte alles vorbei sein?

Nina pfefferte das Handy auf den Nachttisch und drehte sich um, damit sie den Kopf im Kissen vergraben konnte. Dieser Mistkerl, hoffentlich erstickte er über die Feiertage an einem verdammten Gänsebraten!

Mit einem Ruck richtete sie sich auf und angelte ein Papiertaschentuch aus der Tasche ihrer Jeans. Sie schnäuzte sich, stand auf und schlenderte zum Fenster hinüber. Eisblumen hatten sich auf der Scheibe gebildet, Kondenswasser sammelte sich in den Ecken. Die Hindenburgstraße war komplett weiß, der Schnee so hoch, dass man nicht mehr erkennen konnte, wo der Bürgersteig war und wo die Straße. Es war dunkel, dabei war es bestimmt noch nicht einmal Abend.

Sie seufzte. Es war sicherlich noch immer eiskalt, aber es half alles nichts, sie musste vor die Tür. Das Zimmer war zu klein, es gab hier keine Ablenkung. Sie konnte nicht den ganzen Abend auf ihrem Bett liegen und an Marc denken, während der sich vermutlich mit Sandra in den Laken wälzte, dieser Schweinehund.

Sie schlüpfte in ihre Jacke und zog Schal, Mütze und Handschuhe an. Ihre Schuhe standen zum Trocknen an der Heizung neben der Haustür. Bestimmt waren sie noch feucht, aber das war Nina egal. Sie stapfte die Treppe hinunter, setzte sich auf die unterste Stufe und war gerade dabei, die nassen Schnürsenkel zu entwirren, als sie hörte, wie ein Schlüssel in der Haustür gedreht wurde. Rasch rückte sie ein Stück nach links, um nicht von der Tür getroffen zu werden. Leon trat ein, an der Hand seines Vaters. Nina hielt kurz die Luft an.

»Hallo«, grüßte sie dann und bemühte sich um einen gelassenen Tonfall. Hoffentlich sprach er sie nicht wieder wegen des Auftritts an. Nina wollte kein Mitleid und keine Almosen, sie wollte ihre Zukunft nie wieder in die Hände eines Mannes legen. Sie hatte ja gesehen, wie weit man damit kam. Nein, man konnte sich nur auf sich selbst verlassen. So einfach war das.

»Leon, ich dachte, du bist mit Flora im Kücheneinsatz?«

Der Junge gähnte, und Jasper nahm ihm lachend die Mütze ab.

»Er war auch sehr fleißig, aber jetzt wurde die Müdigkeit doch zu groß. Nicht wahr, Leon?«

Der Junge nickte und schlüpfte aus seiner Jacke. »Flora arbeitet immer noch«, erzählte er.

»Das stimmt.« Jasper zwinkerte Nina zu. »Sie ist nicht zu bremsen. In meiner Küche sind heute geschätzt zwei Millionen Kalorien entstanden. Und zwar extrem köstliche.«

Nina lachte.

»Ich bringe sie nachher rum«, sagte Jasper. »Es ist spiegelglatt, und ich kann nicht riskieren, dass meine Backfee sich etwas bricht.« Erst jetzt schien ihm aufzufallen, dass Nina dabei war, sich wetterfest anzuziehen. »Willst du etwa noch raus? Es ist eiskalt und, wie gesagt, die Straßen sind ganz schön rutschig.«

»Macht nichts. Ich bekomme hier drin einen Budenkoller.« Sie machte mit der Hand eine kreisende Bewegung vor ihrer Stirn. »Meine Gedanken fahren Achterbahn.«

»Mhm.« Jasper lehnte sich an den Türrahmen. »Weißt du was? Wir können zusammen eine kleine Runde gehen, wenn du nichts gegen Gesellschaft hast. Dann holen wir Flora ab, sie kann ja schließlich nicht die ganze Nacht backen, und ich bringe euch beide zurück. Was meinst du?«

Nina zögerte, und Jasper erriet, was sie umtrieb.

»Keine Sorge, ich werde nicht versuchen, dich wegen des *Lüttje Markt* zu bequatschen.« Grinsend zog er seine Mütze ein Stück tiefer in die Stirn. »Auch, wenn ich deine Entscheidung sehr schade finde. Ich sage nur, die Tür steht dir weiterhin offen. Und jetzt halte ich, was das angeht, auch schon die Klappe.«

Nina zog den zweiten Schnürsenkel fest und stand auf. »Na gut.«

Keine Auftritte aus Mitleid. Alles aus eigener Kraft schaffen. Das war jetzt die Devise. Es würde hart werden, vielleicht unmöglich. Aber vielleicht auch nicht. Und wenn sie den Durchbruch schaffte, wenn sie irgendwann auf großen Bühnen stehen würde, dann würde sie wissen, wem sie zu danken hatte. Sich selbst. Nina Vogt. Sonst niemandem.

»Ich gehe mal zu Mama«, sagte Leon nun und gab Jasper zum Abschied einen Kuss auf die Wange. »Machen wir morgen weiter, Papa?«

»Aber klar doch. Wir wollen uns an selbst gemachter Schokolade versuchen, oder?«

»Genau.« Leon nickte und wandte sich erklärend an Nina. »Mit Rentiergesichtern, die sind ganz toll.«

»Klingt cool.« Sie neigte den Kopf zur Seite und betrachtete den Jungen. Seine Wangen waren gerötet, und das Funkeln in seinen Augen verriet, dass dafür vermutlich nicht nur die Kälte verantwortlich war. Als er davon erzählte, wie sie die Rentiere aus roten Smarties, Zuckeraugen und Salzbrezelstückchen herstellen würden, hüpfte er auf und ab vor Vorfreude. Die Zeit mit seinem Vater schien ihm gutgetan zu haben, so lebhaft und aufgekratzt hatte Nina Leon jedenfalls noch nie erlebt. Einem Impuls folgend, legte sie ihm eine Hand auf die Schulter.

»Ich bin nicht so gut im Backen, aber ich kann richtig schöne Papiersterne basteln. Wenn du Lust hast, können wir das morgen mal zusammen machen. Wenn du bei deinem Papa fertig bist, meine ich.«

»Wirklich?« Leon klatschte in die Hände. »Das wäre toll, Nina. Für die Stube!«

»Genau.«

»Das klingt doch nach einem guten Plan.« Jasper wuschelte Leon noch einmal durchs Haar. »Bis morgen, Großer. Ich hole Flora und dich um neun ab, okay?«

»Alles klar, Papa. Bis morgen!«

Leon schloss die Tür hinter ihnen, und schweigend liefen Nina und Jasper nebeneinander her die Hindenburgstraße entlang. Der Schnee kam von hinten, und Nina schlug den Kragen ihrer Jacke um, damit ihr Nacken nicht nass wurde.

Der Wind in ihrem Rücken peitschte sie voran, sodass sie beide etwas vornübergebeugt liefen. Es war schon dunkel, der Himmel wolkenverhangen, und nur die Straßenlaternen und die Lichterketten, mit denen die Leute ihre Häuser dekoriert hatten, spendeten Licht.

»Wir sollten lieber zwischen den Häusern bleiben«, schlug Jasper vor. »Da ist es etwas heller und zumindest ein wenig windgeschützter.«

Nina stimmte zu. Sie war nun doch froh, dass sie nicht alleine losgegangen war. Ein Schauer lief ihr über den Rücken, als sie etwas später am Alten Leuchtturm mit dem Walfängerfriedhof vorbeikamen. Die Grabmäler aus längst vergangenen Zeiten zeichneten sich in der Dunkelheit ab wie bedrohliche Schatten.

»Unheimlich«, murmelte sie, als ihr Blick über den Friedhof wanderte.

Jasper zuckte mit den Schultern. »Die Toten richten nichts an. Die Lebenden sind viel gefährlicher, oder?«

Nina lachte leise. »Da hast du wohl recht.«

Der Ärmel seiner Daunenjacke berührte den ihren, doch Nina zuckte nicht zurück, wie sie es im Hellen vielleicht getan hätte. Seine Nähe hatte in diesem Moment etwas Beruhigendes. Jasper war groß, kräftig. Ganz anders als Marc. Er war schmal gebaut, mit filigranen Fingen, die mit unglaublicher Finesse und Agilität über die Tasten eines Klaviers tanzen konnten. Und über ihren Körper. Sie spürte noch immer, wie es sich angefühlt hatte, wenn er sie gestreichelt hatte, mit diesen zarten Berührungen, oft genug nur ein Hauch, wie der Flügelschlag eines Schmetterlings und dennoch stark genug, um ihr wohlige Schauer zu bereiten. Wie mochte es sich wohl anfühlen, von Jasper berührt zu werden?

Erschrocken senkte sie den Kopf. Was war das denn für ein abwegiger Gedanke? Sie wurde noch verrückt! Von allen Seiten strömte etwas auf sie ein. Sie saß hier fest, eingeschneit, in einer winzigen Pension. Frisch verlassen, mit zerplatzten Träumen. Das war einfach nur der Inselkoller. Ach, sie musste endlich zurück nach Hause!

Sie wollte ein Stück zur Seite ausweichen, Abstand zwischen Jasper und sich bringen. Als sie den Fuß nach rechts setzte, rutschte er ihr jedoch weg. Einfach so, blitzschnell. Sie hatte keine Chance, sich zu halten, die Straße war an dieser Stelle spiegelglatt. Sie wäre direkt auf die Hüfte geprallt, wenn Jasper nicht zugegriffen und sie unter den Achseln gepackt hätte. Auf dem Hosenboden landete sie dennoch.

»Autsch. Verdammt.« Nina stöhnte und bewegte vorsichtig den Fuß. Ein schmerzhaftes Stechen schoss durch ihren Knöchel, und sie verzog das Gesicht.

»Oje.« Jasper ging vor ihr in die Hocke. Mit der rechten Hand umfasste er ihren Ellbogen. »Ist dir etwas passiert?«

»Ich glaube nicht. Der Knöchel tut weh, aber ich schätze, da ist nur was überdehnt.«

»Kannst du den Fuß normal bewegen?«

Probeweise machte Nina kreisende Bewegungen, so gut es die hohen Winterschuhe eben zuließen. »Ja, es geht. Es zieht etwas, aber ist nicht so schlimm.«

»Meinst du, dass du weiterlaufen kannst?« Jasper warf einen Blick über die Schulter. »Ein Kumpel von mir wohnt in der Nähe, er könnte dich sonst fahren.« Er machte schon Anstalten, sein Handy aus der Tasche zu nesteln, doch Nina winkte ab.

»Ich muss jetzt keinen kilometerlangen Spaziergang mehr machen, doch es geht schon. Lass uns einfach Flora abholen, es ist ja nicht mehr weit bis zur Bar.«

Jasper rieb sich die Nase und musterte Nina skeptisch.

Sie verdrehte die Augen. »Ich bin nur ausgerutscht. Es ist alles okay, wirklich.« Sie versuchte, sich aufzusetzen, und war froh, als Jasper ihr half aufzustehen.

Auch er geriet ins Wanken, als sie untergehakt den ersten Schritt wagten. Das hatte sie nun von ihrem kleinen Ausweichmanöver. Sie standen noch viel näher zusammen als vorher. Sein warmer Atem streifte ihre Wange.

»Verdammt, das ist echt eine Rutschbahn hier.«

»Das Wichtigste ist, langsam zu gehen. Ganz bewusst und Schritt für Schritt«, erwiderte er.

Waren das nicht genau die Worte, die sie selbst sich auch immer wieder sagte? Natürlich bezogen auf eine Karriere im Showbiz, nicht auf einen Spaziergang über das winterliche Borkum.

»Der reinste Eiertanz ist das.« Jasper hielt sich mit der freien Hand an der nächsten Laterne fest wie an einem Rettungsanker und atmete tief durch. »Ich habe keine Ahnung, wie ich Flora gleich sicher in die Pension manövrieren soll. Und ein Auto ist auch keine gute Alternative bei dem Wetter.«

»Wir nehmen sie in die Mitte, dann klappt das schon«, sagte Nina. »Vielleicht können wir uns bei dir in der Bar noch irgendwas um die Schuhe wickeln. Ich habe mal gehört, dass Gummibänder helfen sollen, wenn man keine Spikes hat.«

Jasper brummte etwas Unverständliches vor sich hin und machte den nächsten zögerlichen Schritt.

Nina musste lachen. »Du watschelst wie ein Pinguin!«

Er warf ihr einen gespielt beleidigten Blick zu. »Das kommt ja von der Richtigen! Du bist auch nicht gerade wie eine Eisprinzessin auf den Allerwertesten gefallen, wenn ich das so sagen darf.«

»Frechheit.« Nina bückte sich, ruderte mit den Armen, um das Gleichgewicht zu halten, und formte schnell einen Schneeball.

»Wag es ja nicht«, warnte Jasper und lehnte sich an eine Hausmauer. Auch er bückte sich und griff eine Handvoll frischen Schnee, doch bevor er seinen Ball fertig geformt hatte, traf Ninas ihn schon mitten im Gesicht. Jasper ließ seinen Schneeball fallen, verzog die Nase und begann, sich mit den behandschuhten Händen durch das nasse Gesicht zu wischen. »Igitt. Ist das kalt. Okay, Nina, du hast gewonnen. Ich nehme alles zurück, du bist äußerst grazil gefallen.«

Sie lachten, und Nina fragte sich, wo auf einmal dieser Moment der Unbeschwertheit herkam. Hier stand sie, mitten im vereisten, verschneiten, dunklen Borkum. Frisch verlassen, verloren und hoffnungslos. Und sie lachte! Sie warf Schneebälle, wie sie es wohl zuletzt als Kind getan hatte. Und es war gleichermaßen verwunderlich wie selbstverständlich, dass sie zugriff, als Jasper nun seine Hand nach ihr ausstreckte, damit sie auch den Rest des Weges, der noch vor ihnen lag, gemeinsam bewältigen konnten.

Kapitel 17

Am nächsten Morgen stand Simon besonders früh auf. Er hatte sich vorgenommen, einen passenden Moment zu finden, um mit Leon wegen der Renovierung zu sprechen, und hoffte, den Jungen vielleicht noch vor dem Frühstück zu erwischen. Für ihn stand fest, dass es eine gute Idee war, Theas Schlafzimmer etwas zu verändern. Das musste ja nicht bedeuten, dass man jede Erinnerung an sie beiseiteschob. Im Gegenteil, insbesondere diese Standuhr spukte ihm immer wieder durch den Kopf, und er würde nachher auf jeden Fall einmal im Internet recherchieren, wie man so ein Ding instand setzen könnte. Vielleicht könnte er auch einmal seinen Cousin Matze anrufen, der war immerhin Goldschmied und kannte sich damit vielleicht aus.

Grübelnd lief er die Treppe hinab. Er war die halbe Nacht lang wach gewesen, doch diesmal hatte die Schlaflosigkeit nicht an Bilanzen, Zahlen und Abschlüssen gelegen.

Als er die Stube betrat, stellte er fest, dass Gerd und Flora bereits am Tisch saßen.

»Guten Morgen«, grüßte er und schluckte seine Enttäuschung herunter. Vor den Rathmanns wollte er eigentlich kein Gespräch mit Leon führen.

»Guten Morgen, Simon. Setz dich doch zu uns«, lud Flora ihn ein, während sie Gerd einen Blick zuwarf. Inzwischen siezte sich in der Pension niemand mehr; dazu waren sie viel zu sehr zusammengewachsen. Folgsam faltete Gerd die Zeitung zusammen, in der er gerade geblättert hatte.

»Danke.« Simon nahm Platz und griff nach einem Brötchen, als Flora ihm den Korb mit dem Gebäck hinhielt. »Steht etwas Spannendes in der Zeitung, Gerd?«

Der Rentner tippte auf einen Artikel. »Man wartet jetzt wohl auf einen Eisbrecher, der aber noch irgendwo bei Schottland herumschippert. Hier steht jedoch relativ deutlich, dass es wohl bis nach den Feiertagen dauern wird, bevor man wieder nach Borkum oder von hier weg kommt.«

Simon zuckte mit den Schultern und staunte über sich selbst. Warum ließ ihn diese Nachricht so kalt? Noch vor ein paar Tagen wäre sein Blutdruck in die Höhe geschossen, und er hätte die Knöpfe an seinem Hemdkragen öffnen müssen, weil er mit Sicherheit das Gefühl gehabt hätte, dass ihm etwas den Hals zuschnürte. Lag es nur daran, dass er im Grunde schon mit dieser Botschaft gerechnet hatte? Oder steckte noch etwas anderes dahinter?

Er spürte Floras fragenden Blick auf sich, als er nach der Kaffeekanne griff. Da die Tassen der Eheleute noch voll waren, goss er nur sich selbst etwas ein.

»Mir ist das inzwischen ganz recht«, sagte Flora nun und legte eine Scheibe Käse auf ihre Brötchenhälfte.

»Das kann ich mir vorstellen.« Gerd lachte und wandte sich an Simon. »Weißt du schon, dass meine Frau neuerdings quasi für Jasper Berends arbeitet? Für Leons Vater?«

»Julia hat es mir erzählt. Ich finde das toll. Es sieht ja wirklich so aus, als kämen keine Lieferungen mehr durch, und bis zu dem Markt ist nicht mehr viel Zeit. Leon hilft dir, oder?«

»Ja. Auch.« Die alte Dame tupfte sich mit einer Serviette etwas Butter aus dem Mundwinkel. Sie schmunzelte so vielsagend, dass Simon neugierig wurde, doch bevor er sie fragen konnte, ob mehr hinter ihrem Einsatz steckte, schob Leons dunkler Schopf sich durch die Tür.

»Flora, wann wollen wir los?« Erst jetzt bemerkte er Simon und begrüßte ihn strahlend.

»Setz dich doch einen Moment zu uns«, bat Flora und

zeigte auf den Brötchenkorb. »Sieh mal, es gibt noch ein Zimtbrötchen. Die magst du doch so gern.«

Leon trat von einem Fuß auf den anderen. »Mama mag es nicht so, wenn ich mit den Gästen frühstücke. Ich gehöre doch eigentlich eher zum Personal.«

Floras Augen leuchteten warm, und auch Simons Herz wollte überquellen, als er diesen kleinen Jungen ansah, der so verunsichert vor ihnen stand. Er hatte nie viel Kontakt zu Kindern gehabt. Als Leon auf einmal begonnen hatte, seine Nähe zu suchen, hatte er zunächst befürchtet, dass er gar nicht wissen würde, wie er mit ihm sprechen, was er mit ihm unternehmen könnte. Aber der Junge hatte ihn schnell eines Besseren belehrt: Ihn musste man einfach mögen. Genau wie seine Mutter, schoss es ihm durch den Kopf, und schnell senkte er den Blick.

»Schätzchen, du bist doch kein Personal. Und deine Mama auch nicht. Ihr seid Familie!« Entschlossen stand Flora auf, schloss Leon in ihre Arme und bugsierte ihn auf den freien Platz neben sich.

Während Leon noch immer etwas zögerlich das Zimtbrötchen nahm und zuließ, dass Gerd ihm Milch einschenkte, grübelte Simon, wie er Leon am besten abpassen könnte. Über die Feiertage waren die Geschäfte geschlossen, wenn er noch Material benötigte, musste er es bald kaufen. Er wollte aber nicht riskieren, dass Leon förmlich über Farbeimer stolperte, ohne vorbereitet zu sein. Wenn er nicht einverstanden war, würde aus dem kleinen Vorhaben ohnehin nichts werden. Simon rieb sich nachdenklich über das Kinn und hätte beinahe überhört, was Flora in diesem Augenblick sagte.

»Ich komme heute etwas später nach. Meine Nachbarin von zu Hause hat mich angerufen. Sie bekommt an den Feiertagen mehr Besuch als geplant, und da muss ich ihr schnell ein paar Tipps geben.«

»Ach so. Aber das dauert nicht lange, oder?«

Flora schüttelte den Kopf. »Nein. Aber denk dran, dass wir noch den Lebkuchenteig für die Häuschen im Kühlschrank haben. Dein Papa und du könnt schon einmal die Wände vorbereiten, wir haben doch die Schablonen schon bereitgelegt. Findest du sie?«

»Ja. Auf dem Regal mit den Kochbüchern.«

»Genau.«

Leon schluckte einen Bissen herunter und sah Flora besorgt an. »Und wenn Papa keine Zeit hat? Warte ich dann einfach auf dich?«

»Ja, aber du kannst ihm ruhig sagen, dass ihr besser loslegen solltet. Bei dem Wetter wird ja in der Bar nicht viel zu tun sein. Schon gar nicht morgens.«

»Na gut.« Leon wirkte ein wenig beruhigt und leerte schnell seine Tasse. »Dann ziehe ich mich an, sage Mama Bescheid und gehe schon mal zu Papa, oder?«

»Ich kann dich bringen.« Simon schob seinen Stuhl zurück und stand eilig auf. Er hatte noch nichts gegessen, aber das war ihm in diesem Moment gleichgültig. Keinesfalls wollte er die Gelegenheit für etwas Zeit mit Leon versäumen. »Mir ist sowieso nach einem Spaziergang zumute. Ich kann etwas frische Luft vertragen, denke ich.«

»Super.« Leon strahlte. »Dann los.«

Simon folgte dem Jungen in den Flur. Aus dem Augenwinkel sah er, wie Gerd sich mit einem amüsierten Funkeln in den Augen zu seiner Frau beugte.

»Ich mag mich irren«, hörte er ihn leise sagen, »aber ich zumindest habe dein Handy nicht klingeln gehört. Und welche Nachbarin soll das bitte gewesen sein?«

Simon warf einen verstohlenen Blick über die Schulter.

Flora legte einen Zeigefinger an die Lippen. »Psst. Das ist nur eine kleine Notlüge.« Ein Lächeln huschte über ihr Gesicht. »Die sind sogar Weihnachtsengeln erlaubt!«

Wenig später schlenderten Simon und Leon nebeneinander am Neuen Leuchtturm vorbei in Richtung Ortskern. Leon hatte seine Hand in Simons gelegt, nachdem er schon kurz vor der Haustür der Pension zweimal ausgerutscht war. Es war zwar gestreut worden, doch der Neuschnee in Kombination mit dem anhaltenden Frost hatte die Bemühungen schnell wieder zunichtegemacht.

»Macht es dir Spaß, die ganzen Sachen für den *Lüttje Markt* zu backen?«, fragte Simon.

»Ja, aber es ist alles zu lecker.« Der Junge grinste. »Am liebsten würde ich die ganze Zeit naschen. Das geht natürlich nicht.«

»Ach, wenn Flora mal wegschaut …«

»Ich darf zumindest fast immer die Schüsseln auskratzten. Außer, wenn was mit rohen Eiern drin ist.«

»Sehr vernünftig.« Sie näherten sich dem Inselbahnhof. Es war nicht mehr weit bis zur Bar. Simon musste endlich seinen Mut zusammennehmen!

»Hör mal, Leon. Ich wollte dich gern etwas fragen«, begann er vorsichtig.

»Was denn?« Unbekümmert bückte der Junge sich und hob eine Muschel auf. »Guck mal, mitten im Schnee. Die hat bestimmt jemand verloren.« Er pustete die Schneeschicht von der Schale und betrachtete die herzförmige, rosa gefärbte Muschel.

»Ich kann nicht gut backen und so, aber ich bin ganz gut im Handwerken.«

»Weiß ich.« Leon verstaute die Muschel in seiner Jackentasche. »Du hast ja auch die Tür zum Garten repariert.«

»Genau. Und ich bin ja jetzt wohl noch ein paar Tage hier und habe etwas Zeit. Da hat deine Mama mir erzählt, dass sie es eigentlich schön fände, wenn wir vielleicht das … nun ja, das alte Schlafzimmer deiner Großeltern etwas renovieren könnten.«

Leon ließ die Hände sinken und starrte Simon an. »Aber … aber das ist doch Omas Zimmer.« Tränen schossen ihm in die Augen. »Das ist ja, als würde man Oma vertreiben. Es ist doch nur noch ihr Zimmer da.« Die letzten Worte gingen fast in seinem Schluchzen unter.

Verdammt, dachte Simon. Ich habe alles falsch gemacht! Ich dämlicher Vollidiot. Es war doch klar, ich habe keine Ahnung von trauernden Kindern.

Fieberhaft überlegte er, was er als Nächstes sagen sollte, doch da näherten sich Schritte.

»Was ist denn hier los?«

Simon fuhr herum. Ausgerechnet Jasper Berends stand vor ihm und sah ihn finster an, während er sich neben seinen Sohn stellte und ihm einen Arm um die Schultern legte.

»Ist alles okay, Leon?«

»Ja.« Er schniefte.

»Wo ist denn Mama?«

»In der Pension«, sagte Leon.

»Und Flora? Ihr wolltet doch zusammen kommen?«

Simon mischte sich ein. »Flora ist aufgehalten worden, kommt aber in Kürze nach. Julia war damit einverstanden, dass ich Leon schnell zu Ihnen bringe.«

»So, war sie das.« Jaspers Miene schien sich noch mehr zu verfinstern. »Und warum weinst du, Leon?«

»Ich …« Der Junge schluckte sichtbar, und Simon seufzte innerlich. Sollte er es Jasper erklären?

»Mama möchte gern Omas Zimmer renovieren.« Er stolperte beinahe über das schwierige Wort, als erneut eine Träne über seine Wange rollte. Die Männer tauschten einen Blick, während Jasper ein Papiertaschentuch aus der Tasche seiner Jeans kramte und es seinem Sohn etwas unbeholfen unter die Nase hielt.

»Das stimmt«, ergänzte Simon leise. »Und die Idee war,

dass ich die Arbeiten zum Teil übernehmen könnte, solange ich noch da bin.«

»Ich dachte, Sie arbeiten als Börsenheini.«

Simon beschloss, die abfällige Bemerkung zu ignorieren. Jasper stand unter Druck, das war ihm klar, und vermutlich meinte er es nicht so.

»Unternehmensberater. Handwerken ist mein Hobby, würde ich sagen. Aber ich mache das schon ganz ordentlich, keine Sorge.«

Jasper murmelte etwas Unverständliches, dann ging er vor seinem Sohn in die Hocke und legte ihm die Hände auf die Schultern. »Meinst du nicht auch, dass das ganz cool werden könnte, Leon? Dann hättet ihr ein Wohnzimmer, Mama und du. Und wenn ich mal vorbeikomme, machen wir es uns da richtig gemütlich und zocken.«

Leon zupfte an seinen Handschuhen herum und sah weder seinem Vater noch Simon ins Gesicht.

»Es ist aber Omas Zimmer.« Seine Stimme war nur ein Flüstern. Tränenerstickt. Die Männer tauschten erneut einen Blick. Es war offensichtlich, dass Jasper sich genauso hilflos fühlte wie Simon.

»Das bleibt es doch auch«, versuchte dieser es nun und ging ebenfalls vor Leon in die Hocke. »Aber ist es nicht sogar schön, wenn ihr den Raum dann wieder nutzt? Vielleicht fühlt ihr euch deiner Oma dann sogar nahe. Jetzt steht er doch nur leer.«

»Da hat Simon recht«, sagte Jasper. »Und ich bin mir sicher, dass Thea das auch so sehen würde. Du könntest doch vielleicht ein oder zwei besonders schöne Erinnerungsstücke aussuchen, die ihr dort behaltet. Dann ist sie immer bei euch, wenn ihr es euch da gemütlich macht. So gemütlich, wie es bei Oma einfach immer war.«

»Deine Mutter zum Beispiel liebt diese Standuhr. Kennst du die noch?«

Leon nickte, ohne aufzusehen.

»Ich könnte versuchen, sie zu reparieren. Ich bin mir ziemlich sicher, dass ich das hinbekomme! Wäre das nicht ein schönes Erinnerungsstück?«

Leon antwortete nicht, stattdessen schlang er die Arme um den Hals seines Vaters. Das Beben der schmalen Schultern verriet, dass der Junge bitterlich weinte, es aber nicht zeigen wollte.

Simon trat von einem Fuß auf den anderen. In den letzten Minuten hatte er gar nicht mehr an die Kälte gedacht, doch nun spürte er, wie steif seine Zehen schon waren. »Wir sollten weitergehen«, sagte er leise zu Jasper. »Es ist eiskalt.«

Jasper nickte.

»Komm, Leon.« Er ließ seinen Sohn los, nahm ihn aber sofort an die Hand. »Wir gehen zur Bar. Flora kommt ja bestimmt gleich.«

»Wir sollen aber schon einmal anfangen, hat sie gesagt«, schniefte Leon und sah mit großen Augen zu seinem Vater auf. »Hilfst du mir wieder, Papa?«

Jasper schluckte merklich, und Simon ahnte, was ihm durch den Kopf ging. Termine, Verpflichtungen, die viele Arbeit, die auf ihn wartete. Der Barkeeper und der Börsenheini hatten womöglich mehr gemeinsam, als man vermuten würde.

»Klar.«

»Du, Papa? Vielleicht ist das mit dem Wohnzimmer wirklich eine ganz gute Idee.« Er drehte sich zu Simon um. »Du machst das aber richtig schön, oder?«

Simon lachte. »Ja, natürlich. Ich gebe mir alle Mühe. Und du kannst deiner Mama bestimmt beim Aussuchen helfen.« Nach kurzem Zögern fügte er noch etwas hinzu. »Vielleicht bekommen wir alles so hin, dass es auch deiner Oma gut gefallen hätte. Was meinst du?«

»Okay«, sagte er langsam. »Dann machen wir das so.« Er hielt ihm die Hand hin, und Simon schlug ein.

»Wir haben einen Deal«, sagte er.

»Ja.« Leon nickte ernst. »Bis später, Simon.«

»Bis später, Leon.«

Simon sah ihm nach, wie er an der Hand seines Vaters weiterlief. Julia hatte natürlich recht behalten; das Zimmer seiner Großmutter war Leon heilig. Und das war auch gut und richtig. Er legte den Kopf in den Nacken und zwinkerte den Wolken zu, als stummes Versprechen, dieses Zimmer perfekt zu machen. Für Leon, für Julia. Und für Thea Sterweg, die er leider nie hatte kennenlernen dürfen.

Jasper warf einen Blick auf die Küchenuhr. »Flora ist ganz schön spät dran«, stellte er fest, doch Leon hörte ihm gar nicht richtig zu. Er konzentrierte sich darauf, zwei quadratische Lebkuchenstücke mit Zuckerguss zusammenzukleben.

»Papa, meine Nase läuft. Ich kann sie nicht putzen, meine Hände kleben.« Er zog die Nase hoch, doch Jasper griff rasch nach einem Papiertuch.

»Ach je, hoffentlich hast du dich nicht erkältet.«

»Nein, mir geht's gut. Im Winter ist das fast normal bei Kindern, sagt Mama immer.«

Jasper hielt Leon das Tuch unter die Nase, und der Junge schnäuzte sich herzhaft. Obwohl es sicherlich Schöneres gab, als anderen Leuten die Nase zu putzen, lief ein warmes Gefühl durch Jaspers Magengegend, mischte sich aber sogleich mit einem tiefen Bedauern. Es tat ihm gut, sich um den Jungen zu kümmern. Leon war so ein liebenswerter kleiner Kerl, er hatte alle Fürsorge der Welt verdient. Und auch immer bekommen. Allerdings von Julia und Thea. Nicht von ihm.

»Was ist los, Papa?«

Jasper fuhr zusammen. »Nichts. Ich … Ich frage mich nur, wo Flora steckt.«

Stand ihm ins Gesicht geschrieben, wie sehr er sich wünschte, er wäre mehr für seinen Sohn da gewesen? Aber vielleicht war es noch nicht zu spät. Leon war sechs und immer noch ein Kind. In diesem Moment schwor Jasper sich, dass die Dinge von nun an anders laufen würden. Er würde ein richtiger Vater sein, keiner, der nur dann und wann mal eine Stunde seiner Zeit abknapste und bei diesen Gelegenheiten mehr mit seinem Handy als mit seinem Kind beschäftigt war.

Jasper brachte das Taschentuch zum Mülleimer, dann ging er zum Fenster hinüber und sah auf die Straße hinaus. Es hatte aufgehört zu schneien, doch die klirrende Kälte hatte die Straßen längst wieder in eine Eisbahn verwandelt. Allmählich machte er sich wirklich Sorgen um seine neue Küchenchefin. Er hätte nicht erlauben sollen, dass Flora sich alleine auf den Weg machte. Was, wenn sie gestürzt war? Jasper zog sein Handy aus der Hosentasche und war gerade dabei, die Nummer der Pension aus seinem Adressbuch auszuwählen, als die Küchentür aufgestoßen wurde und Flora hereinrauschte.

»Flora, endlich!« Leon seufzte tief. »Papa kriegt das nicht hin mit dem Lebkuchen.«

»Nun bin ich ja da. Entschuldigt meine Verspätung.« Mit von der Kälte geröteten Wangen begann sie, ihren Mantel aufzuknöpfen. »Das Telefonat hat etwas länger gedauert, und dann die Straßen. Hui, kann ich nur sagen. Ich bin gewatschelt wie eine Ente.«

»Gut, dass du da bist.« Jasper nahm ihr den Mantel ab und hängte ihn an einen Haken an der Küchentür. »Wärm dich erst mal auf. Ich habe mir schon Sorgen gemacht. Es ist ja kaum jemand unterwegs, wenn man da hinfällt …«

Er hob vielsagend die Brauen, doch Flora winkte ab und

deutete auf ihre Winterstiefel, über die sie ein Paar bunt gestreifte Wollsocken gezogen hatte.

»Das hilft«, behauptete sie, als sie Jaspers skeptischen Blick bemerkte. »Das ist ein alter Hausfrauentrick. Den kannte schon meine Großmutter, er steht quasi unter Denkmalschutz.«

Sie lachte, zog die Stiefel samt Wollsocken aus und schob sie zum Trocknen vor die Heizung. Dann wusch sie sich rasch die Hände an der Spüle und ging zu Leon hinüber, der auf einem Hocker an der Arbeitsplatte saß.

»Die Lebkuchenplatten habt ihr aber gut hinbekommen«, lobte Flora. »Das Zusammenkleben der Häuschen ist wirklich schwierig, da braucht man Übung und Fingerspitzengefühl.«

»Papa hat zwei linke Hände, sagt Mama. Aber jetzt renoviert Simon dafür Omas Zimmer.«

»Ach, ehrlich?« Flora drehte sich zu Jasper um. Der verdrehte die Augen.

»Nun guck nicht so«, mahnte Flora. »Das ist eine gute Idee. Und selbst wenn du handwerklich begabt wärst, du hast im Moment ja gar keine Zeit für so was. Da gibt es aktuell doch Wichtigeres.«

Jasper dachte an den *Lüttje Markt*, an all die Dinge, die noch zu organisieren waren, doch dann bemerkte er, dass Floras Blick bei ihren Worten auf Leon ruhte, der mit einem Schneebesen in der Schüssel mit Zuckerguss rührte. Sein Gewissen regte sich, und er schluckte schwer.

»Natürlich«, murmelte er und ließ den Jungen nun ebenfalls nicht aus den Augen. Da stand er, sein kleiner Sohn, in einer viel zu großen Schürze, mit schmalen Schultern. Jasper trat hinter ihn und hauchte ihm einen Kuss auf das mit Mehl bestäubte Haar. »Wichtigeres gibt es nicht.«

Er griff nach einem der Lebkuchen. Honigduft stieg ihm in die Nase. »Also dann, Flora. Zeigst du uns beiden Männern mal, wie eine Konditorin das macht?«

Kapitel 18

Es war schon Abend, als Jasper seinen Sohn und Flora zurück in die Pension brachte. Der Junge bestürmte Julia sofort, als sie die Tür öffnete.

»Mama, darf ich heute bei Papa schlafen?«

»Hallo erst mal, mein Schatz. Was möchtest du?«

»Bei Papa schlafen.« Leon hüpfte auf und ab. Schneematsch tropfte von seinen Stiefeln und hinterließ graue Pfützen auf den Dielen.

Julia suchte Jaspers Blick. Leon hatte noch nie bei seinem Vater in der neuen Wohnung übernachtet. Er hatte den Wunsch zwar einige Male geäußert, aber es war nie passiert. Immer war Jasper etwas dazwischengekommen. Eine späte Lieferung, eine wichtige Besprechung. Sie war beinahe überrascht, als er nickte.

»Das geht klar«, bestätigte er. »Leon und ich haben den ganzen Nachmittag über Lebkuchenhäuschen gebastelt. Wir brauchen eine Auszeit für Männer.«

»Das stimmt.« Flora, die schon auf der Treppe stand, drehte sich noch einmal um. »Das haben die beiden sehr gut gemacht.«

Sie legte die Hand vor den Mund und gähnte. »Ich bin jetzt aber hundemüde. Bitte entschuldigt mich, ich gehe duschen. Es hat Spaß gemacht, Männer.« Sie lächelte Jasper und Leon zu, dann stieg sie die Treppe hoch und verschwand im Gästeflur.

»Nun stehen wir aber auch kurz vor einem Zuckerschock, wir haben nämlich naschen dürfen.« Jasper zwinkerte Leon zu, der verschwörerisch kicherte.

»Genau. Deshalb wollen Papa und ich heute Abend zum Ausgleich eine Pizza essen. Wir brauchen was Salziges! Und dann wollen wir zocken.«

»Oder wir spielen Uno«, schlug Jasper vor.

»Ja!« Leon klatschte in die Hände, dann wandte er sich wieder an Julia. »Bitte, Mama, darf ich?«

»Das kommt etwas plötzlich.« Sie zögerte kurz, doch dann wurde ihr klar, dass sie die Gelegenheit nicht ungenutzt verstreichen lassen durfte. Leon brannte darauf, Zeit mit seinem Vater zu verbringen, und wenn der endlich einmal verfügbar war, sollte sie diesem Männerabend nicht im Weg stehen.

»Ich habe das Sofa und die Bettwäsche schon bezogen«, merkte Jasper eifrig an.

»Na gut.« Julia seufzte.

»Juchhu. Ich hole schnell meinen Schlafanzug und mein Buch.«

»Vergiss deine Zahnbürste nicht«, rief Julia ihm nach, als Leon bereits die Treppe hinaufstürmte.

Jasper blieb ihm Türrahmen stehen.

»Komm rein und mach die Tür zu«, schlug Julia vor. »Es wird sonst zu kalt hier drinnen.«

»Okay.« Jasper stellte sich mit dem Rücken an die Heizung.

Julia sah ihn etwas verlegen an. »Ist das wirklich okay mit dem Übernachten?«, fragte sie. »Ich weiß ja, wie viel du gerade um die Ohren hast.«

»Klar.« Irgendetwas flackerte in seinen grünen Augen.

»Was ist los?« Sie neigte den Kopf zur Seite.

»Gar nichts. Es ist nur …« Jasper hüstelte. »Ich würde gern mehr mit Leon unternehmen.«

Julia verschränkte die Arme vor der Brust. Worauf wollte ihr Ex-Freund hinaus? »Ich habe nie etwas dagegen gehabt, würde ich meinen. Im Gegenteil, oder?«

»Nein, schon klar. Das wollte ich damit auch gar nicht andeuten.« Jasper hob beschwichtigend die Hände. »Das lag allein an mir. Aber … du wärst damit einverstanden, oder?«

Julia sah ihm fest in die Augen. Warum fiel Jasper erst jetzt auf, dass sein Sohn ihn brauchte? Genau, wie er seinen Sohn brauchte? Leon erdete einen, liebte so bedingungslos, vertraute aus vollem Herzen. Er war ein Schatz, im wahrsten Sinne des Wortes. Und sie wusste, dass er das auch für Jasper sein würde. Es war zu spät für sie beide als Paar. Wahrscheinlich hätte es mit ihnen ohnehin nie auf Dauer funktioniert, zu verschieden waren ihre Träume immer gewesen. Leon jedoch würde für alle Zeit ein Bindeglied zwischen ihnen sein, und wenn Jasper endlich begriff, wie wertvoll ihr Sohn war, welch ein großes Geschenk, dann sollte sie dankbar dafür sein. Ein Lächeln breitete sich auf ihrem Gesicht aus.

»Ich bin damit mehr als einverstanden, Jasper. Leon hat oft Sehnsucht nach dir. Ich finde es wirklich toll, wenn ihr Zeit miteinander verbringt, das steht doch außer Frage.«

Jasper schien ein Stein vom Herzen zu fallen. »Danke, Juli. Das bedeutet mir echt viel.« Er streckte die Arme nach ihr aus und zog sie an sich. Julia legte den Kopf an seine Schulter, und einen Moment standen sie einfach so da. Ganz vertraut.

Da wurde die Küchentür aufgestoßen. »Oh.«

Die beiden fuhren auseinander, als wären sie bei etwas Verbotenem ertappt worden. Nina stand im Türrahmen. Sie sah klein und mager aus in dem Oversize-Pulli und den dunklen Leggings. In den Händen hielt sie eine dampfende Tasse, aus der es nach Kakao duftete. »Entschuldigung. Ich wollte mir nur eine Serviette holen.«

»Nina. Hallo.« Jasper machte einen Schritt zur Seite, ohne den Blick von der Sängerin zu nehmen. Deren Augen schienen sich verdunkelt zu haben, ihre Schultern waren heruntergefallen.

Julia sah zwischen den beiden hin und her, und die Spannung, die plötzlich in der Luft lag, entging ihr keineswegs.

Hatte sie etwas verpasst? Gut, schon in der Bar hatte Julia das Gefühl gehabt, dass ein paar Funken zwischen den beiden flogen, aber sie hatte dem keine Bedeutung beigemessen. Womöglich hatte sie sich geirrt. Kurz horchte sie in sich hinein. Würde es ihr etwas ausmachen, wenn Jasper mit Nina anbändelte? Nein, stellte sie fest und war erleichtert. Sie waren Leons Eltern. Sie waren sogar Freunde, aber alles andere war vorbei.

Julia konnte nicht verhindern, dass ihre Gedanken zu Simon wanderten. Sie hätte es nie erwartet, aber ausgerechnet dieser Mann, der zunächst so steif, so besessen von seiner Arbeit und so unterkühlt gewirkt hatte, rührte etwas in ihr an. Seine feingliedrigen Finger, wenn sie mit dem Werkzeug ihres Vaters hantierten. Seine grünen Augen, die immer, wenn er lachte, hinter den Brillengläsern leuchteten wie das Meer, wenn die Sonne darauf schien. Diese Geste, mit der er sich die dunkelblonden Haare aus der Stirn strich, wenn er nach Worten suchte. Hör auf, Julia, ermahnte sie sich. Stürz dich nicht direkt ins nächste Unglück!

Es würde nicht mehr lange dauern, und er reiste zurück nach Frankfurt. Sie durfte sich nicht in etwas verrennen, was keine Zukunft hatte. Im Moment schien die Zeit auf Borkum regelrecht stillzustehen. Es war beinahe, als wären sie alle miteinander in einer Seifenblase gefangen, aber die würde irgendwann platzen, das taten Seifenblasen immer.

»Julia?« Sie hatte gar nicht bemerkt, dass Nina zu ihr getreten war. Besorgt fasste sie nach ihrem Unterarm. »Geht es dir gut?«

Der Blick, den Nina mit Jasper tauschte, ließ Julia ahnen, dass die beiden völlig falsche Schlüsse zogen. Sie pustete sich eine Haarsträhne aus der Stirn und dachte fieberhaft nach. Was sollte sie sagen? Sie hatte keine Ahnung, ob oder was zwischen Nina und Jasper vorgefallen war. Wenn sie jetzt einfach beschwor, dass sie nur noch freundschaftliche Gefühle für ihren Ex-Freund hegte, tappte sie damit womöglich direkt in ein Fettnäpfchen. Zum Glück kam in diesem Moment Leon zurück. Er schleifte eine prall gefüllte Reisetasche hinter sich her.

Jasper lachte, offenbar ebenfalls froh über die Unterbrechung. »Ich wusste nicht, dass du direkt bei mir einziehst.«

»Das ist wegen Nilo. Der ist ganz schön groß.«

»Sein Plüschnilpferd«, erklärte Julia mit einem Blick auf Nina.

»Ach so.« Jasper nickte ernst und nahm seinem Sohn die Tasche ab.

»Tschüss, Mama.« Leon schlang die Arme um den Bauch seiner Mutter, und Julia vergrub die Nase in seinem nach Kindershampoo duftenden Haar.

»Viel Spaß, mein Schatz.«

»Danke, Mama. Wir sehen uns morgen früh.« Er hielt kurz inne. »Meinst du, dass du ohne mich schlafen kannst?«

Julia legte eine Hand auf ihre Brust. »Ich glaube, ja. Weil ich weiß, dass du ganz viel Spaß hast. Und du wirst bei Papa auch wunderbar schlafen.«

Sie gab Leon einen Kuss und winkte den beiden dann nach, als sie über den vereisten Bürgersteig schlitterten. Erst als sie die Tür hinter ihnen schloss, fiel ihr auf, dass Nina noch immer im Flur stand. Julia befeuchtete mit der Zungenspitze ihre Lippen und überlegte, ob sie aussprechen sollte, was in der Luft lag.

Nina kam ihr zuvor. »Ich … Jasper und ich sind neulich abends zusammen spazieren gegangen.« Ihre Wangen liefen rot an. »Das war aber nur Zufall. Er hatte gerade Leon gebracht, und ich musste einfach unbedingt mal vor die Tür und …« Sie brach ab und sah Julia hilflos an.

Diese machte einen Schritt auf Nina zu und nahm sie in den Arm. »Du musst mir nichts erklären. Jasper und ich verstehen uns gut. Wenn er jemanden findet, freue ich mich für ihn.«

»Ich weiß nicht so recht.« Nina zog sich ein Stück zurück, und zu Julias Überraschung glänzten Tränen in ihren Augen.

»Komm mal mit, Nina«, sagte sie. »Wir setzen uns in die Stube, da ist niemand.«

Julia schob in dem behaglichen Wohnraum zwei Stühle vor den Ofen. Sie hatte erst vorhin ein paar Holzscheite nachgelegt. Das Feuer knisterte, als sie davor Platz nahmen. Für einen Moment starrten beide Frauen in die tanzenden Flammen.

»Ich weiß gar nicht, was mit mir los ist«, flüsterte Nina schließlich. Noch immer hielt sie die Tasse mit Kakao in den Händen, obwohl sie noch nicht einmal daran genippt hatte. Bestimmt war er längst kalt geworden.

»Wie meinst du das?«, fragte Julia leise, obwohl sie es ahnte. Bestimmt spürte auch Nina diese Seifenblase. Sie schloss aus, was außen war, gaukelte einem eine ganz andere Welt vor.

Nina zog die Beine an und lehnte sich auf dem Stuhl zurück. Nun nahm sie doch einen Schluck von ihrer heißen Schokolade. »Ich bin gerade erst verlassen worden. Auf eine richtig fiese Art und Weise.« Ihre Stimme drohte zu brechen, und Julia legte ihr eine Hand auf das Knie.

»Und mehr noch. Als hätte es nicht gereicht, dass meine Beziehung in die Brüche geht, ist gleichzeitig auch noch mein Lebenstraum zerplatzt. Weil Marc mein Schlüssel zur Musikwelt war.« Sie lachte, doch es klang bitter. »Ich habe komplett auf ihn gesetzt, Julia. Ich war sicher, wir bleiben ewig zusammen, gründen eine Familie, starten zusammen im Musikbusiness groß durch. Ich hatte mir eine richtig schöne, rosafarbene Traumwelt zusammenfantasiert. So blöd muss man erst einmal sein.«

»Nicht blöd. Verliebt. Vertrauensvoll«, warf Julia rasch ein, doch Nina schüttelte den Kopf.

»Das ist nett, aber es stimmt schon. Ich war richtig naiv. Und ich habe die Dinge nicht selbst in die Hand genommen. Das muss man aber. Es kommt kein Prinz auf einem Schimmel, der einem alle Steine aus dem Weg räumt. Ich weiß einfach nicht, wie es weitergehen soll.«

»Das ging mir auch schon einmal so.«

»Ich weiß. Mit Jasper, nicht wahr?«

Julia nickte, dann nahm sie ihren Mut zusammen. »Glaubst du … ich meine, ist da etwas zwischen euch? Du musst nicht antworten, wenn du nicht möchtest.«

»Darf ich … Darf ich dich denn etwas fragen? Etwas Persönliches?«

»Natürlich.« Julia nickte entschlossen. Schließlich hatte auch sie Nina gerade etwas äußerst Persönliches gefragt. Und es fühlte sich gut an, obwohl es um etwas Heikles ging. Es war fast, als säße sie mit Katrin vor dem Kamin.

»Wieso seid ihr nicht mehr zusammen?«

Julia lehnte sich zurück. Sie zog die Beine an, schlang die Arme um die Knie, und ihr Blick wanderte wieder zum Ofen. Die Flammen züngelten vor sich hin, als wollten sie sie ermutigen weiterzusprechen. »Ich glaube, wir hatten ein schlechtes Timing. Ich bin schwanger geworden, als Jasper so richtig durchstarten wollte. Eine eigene Bar, das war immer sein Traum. Er war überfordert, ich auch. Ich hatte Existenzängste, und Leon war als Baby auch anstrengend. Er hat viel geweint, ich war ständig ausgelaugt, kam mir vor wie ein ausgewrungenes Handtuch.«

»Hast du dich von Jasper vernachlässigt gefühlt?«

»Ja, ich denke schon.« Julia drehte sich so, dass sie Nina in die Augen sehen konnte. »Aber das ist schon ein paar Jahre her. Er hat sich weiterentwickelt, gerade in der letzten Zeit.

Auf einmal kümmert er sich viel mehr um Leon, das sagt ja schon einiges.«

Nina nickte nachdenklich. »Vermisst du ihn?«

»Nicht wirklich. Er ist ja immer noch da. Als Leons Papa, als guter Freund. Und ansonsten gönne ich ihm alles Glück, wie er mir bestimmt auch.« Sie lächelte Nina an, die noch immer verunsichert wirkte. »Wenn du dich für ihn interessierst, machst du keinen schlechten Fang, und du musst auch nicht befürchten, dass eine böse Ex dir das Leben zur Hölle macht.«

»Ach, Julia.« Nina lachte, wurde aber gleich wieder ernst. »Ich weiß gar nicht, was das ist. Ich weine noch ständig wegen Marc. Alles ist so frisch! Da kann man doch keine Gefühle für einen anderen entwickeln, oder? Noch dazu, wenn man ihn kaum kennt.« Sie leerte ihre Tasse und stellte sie neben sich auf den Boden. »Ich bin mir nicht sicher, aber vielleicht habe ich einfach einen richtigen Inselkoller. Alles fühlt sich so unwirklich an.«

Julia sah überrascht auf. Die letzten Worte hätten von ihr selbst stammen können. »Ich weiß«, flüsterte sie. Ihr Blick glitt zum Fenster. Es schneite nicht mehr; der Himmel war wolkenlos, und das Funkeln unzähliger Sterne erhellte die Nacht. Julia zuckte mit den Schultern. »Aber es ist nicht alles unwirklich, was so zu sein scheint, glaube ich. Wir müssen einfach abwarten.«

»Immerhin ist Weihnachten«, ergänzte Nina. Sie verdrehte die Augen. »Hör nur, was ich für einen Kitsch erzähle. Das also macht eine verschneite Nordseeinsel aus mir. Nächstes Mal fahre ich in die Karibik, glaube ich.«

»Ach was.« Julia winkte ab und stand auf. »Es geht nichts über die Nordsee im Winter. Wir brauchen nur mal einen entspannten Abend. Was hältst du von selbst gemachtem Punsch, ein paar von Floras Plätzchen und einem guten Film?«

Nina nickte. »Das ist genau das, was ich brauche.« Arm in

Arm schlenderten die Frauen, aus denen dieses Gespräch endgültig Freundinnen gemacht hatte, in die Küche.

Der dreiundzwanzigste Dezember begann mit erneutem Schneefall, und die Temperaturen waren noch weiter gesunken. Von den Dächern hingen Eiszapfen herunter, die in der Morgensonne glitzerten, die sich ganz zaghaft am Himmel zeigte. Julia hatte, nachdem sie in aller Frühe Brötchen für ihre Gäste besorgt hatte, einen Umweg über den Strand genommen. Beklommen hatte sie gesehen, dass ein paar Eisschollen auf den Wellen schaukelten. In den Nachrichten hatte es dennoch geheißen, dass spätestens nach den Feiertagen wieder mit normalem Fährverkehr zu rechnen sei. Wenn Jasper Glück hatte, kam seine Lieferung vom Festland doch noch in letzter Minute an, aber er hatte schon bekräftigt, dass es Floras Stand auf jeden Fall geben würde. Zum einen hatte sie schon viel Zeit und Mühe investiert, zum anderen waren ihre Köstlichkeiten auch viel zu gelungen, als dass er sie den Leuten vorenthalten würde.

Als er Leon nach der Übernachtung zurückgebracht hatte, hatte er bei Julia nachgefragt, ob sie noch Chancen für einen Auftritt von Nina sah, doch sie hatte nur mit den Schultern gezuckt. Wenn die Sängerin ahnte, dass Jasper Gefühle für sie entwickelte, bestärkte es sie vermutlich noch in der Ansicht, dass er sein Angebot nur aus Mitleid ausgesprochen hatte.

Julia machte sich nachdenklich daran, die Brötchen in ein Körbchen zu legen. Die Kaffeemaschine brodelte vor sich hin, der herbe Duft frisch gemahlener Bohnen strömte durch die Küche. Sie gähnte, als Simon im Türrahmen auftauchte. Julias Herz machte einen Satz, und schnell legte sie eine Hand vor den Mund, doch er hatte ihr wenig damenhaftes Gähnen schon gesehen.

»Ich bin auch müde«, sagte er lachend und trat neben sie. »Guten Morgen.«

»Guten Morgen. Hast du nicht gut geschlafen?«

»Doch, eigentlich schon. Aber die Mischung aus Winter- und Inselluft schafft mich. Kann ich dir helfen?«

Julia schüttelte den Kopf. »Ich bin schon fertig. Du kannst dich in die Stube setzen und dein Frühstück genießen. Ich habe wieder dort eingedeckt, irgendwas stimmt aber auch mit dem Heizkörper im Frühstücksraum nicht, glaube ich.«

»Sehe ich mir nachher an.«

Julia lächelte dankbar. »Du bist heute der Erste, selbst Flora und Gerd scheinen noch zu schlafen. Und Leon wacht bestimmt erst gegen Mittag auf. Er hat mir erzählt, dass er bei Jasper bis nach Mitternacht aufbleiben durfte.« Sie grinste schief.

»Ich habe die Farbe gekauft, von der du mir erzählt hast«, sagte Simon und sah sie erwartungsvoll an. »Und ein wenig Öl für den Boden. Wenn du Lust hast, könnten wir heute mit eurem Wohnzimmer starten. Oder ich zumindest, du hast ja bestimmt viel zu tun.«

Julia überlegte kurz. Am dreiundzwanzigsten Dezember mit einer Renovierung starten? Direkt vor Weihnachten? Andererseits war Simon vermutlich nur noch bis zum Jahreswechsel auf Borkum, und ohne seine Hilfe würde sie es nicht schaffen. In der Küche helfen durfte sie auch nicht. Flora war mit den Vorbereitungen für den *Lüttje Markt* fast fertig und wollte gleich die Hotdog-Sauce vorbereiten. Mit gekauften Zutaten gab sie sich natürlich nicht zufrieden. Sie wolle zumindest die Röstzwiebeln selbst machen und die Saucen frisch anrühren, hatte sie verkündet.

»Ich habe Leon versprochen, dass wir den Baum zusammen schmücken«, fiel Julia ein. »Und ich muss mich natürlich erst um die Zimmer kümmern. Aber so ab dem Mittag habe ich Zeit.«

Simon hielt eine Hand hoch, und sie schlug ein. »Ich starte nach dem Frühstück schon mal mit den groben Sachen, okay?«

»Das ist wirklich nett von dir. Musst du denn heute gar nicht mehr arbeiten?«

Simon schüttelte den Kopf. »Ich war gestern noch bis spät am Abend online. Nach den Feiertagen geht es weiter. Ich habe mir auch fest vorgenommen, bis dahin keine Mails zu lesen und etwaige Anrufe aus Frankfurt zu ignorieren.« Seine Nase kräuselte sich, als überlegte er, ob er seinen Vorsatz durchhalten würde.

Julia lehnte sich an die Arbeitsplatte und schaute ihn nachdenklich an.

»Was ist los?« Er lachte verunsichert. »Habe ich Farbe an der Nase? Ich habe doch noch gar nicht mit dem Streichen angefangen.«

Julia neigte den Kopf zur Seite und blieb ernst. »Du hast dich verändert, Simon«, flüsterte sie.

Er senkte den Blick. »Ich weiß«, antwortete er, dann sah er wieder auf. Direkt in Julias Augen. »Ist das gut oder schlecht?«

»Das kommt darauf an, wen du fragst, schätze ich.« Ihre Stimme war heiser, ihr wurde warm.

Er trat einen Schritt näher und stand nun direkt vor ihr. Sie spürte seinen Atem an ihrer Wange, roch eine Mischung aus einem herben, aber frischen Aftershave und dem Pfefferminzaroma seiner Zahnpasta. Er stützte sich mit beiden Händen an der Arbeitsplatte ab, sodass sie ihm nicht ausweichen konnte. Seine Augen funkelten halb belustigt, halb gespannt. Julia hielt die Luft an.

»Ich frage dich!«

Sie hob die Brauen. »Dann ja. Für mich ist es etwas Gutes.«

Mit halb geöffnetem Mund blickte sie ihn an. Er beugte sich vor, Zentimeter für Zentimeter näherten sich seine Lippen den ihren. Julia drehte den Kopf zur Seite. Sie musste sich schleunigst am Riemen reißen.

»Dein Chef würde das vermutlich anders sehen«, erwiderte sie und bemühte sich dabei um einen heiteren Tonfall.

Simon zog den Kopf zurück, und für einen Moment glaubte sie, Enttäuschung in seinem Gesicht zu erkennen, doch er fing sich rasch wieder und fuhr sich mit den Händen durch die Haare.

»Ja, vermutlich. Aber weißt du was? Es ist mir erstaunlicherweise weitestgehend egal.«

»Wirklich?« Julia griff nach dem Brötchenkorb, und Simon folgte ihr in die Stube, wo sie bereits den Ofen angeheizt hatte. Eine wohlige Wärme empfing sie, als sie den Raum betraten.

»Ja, irgendwie schon. Vielleicht, weil alles so weit weg ist.« Simon zuckte mit den Schultern. »Wie es wird, wenn ich wieder in Frankfurt am Schreibtisch sitze, weiß ich auch nicht.«

»Ich wünsche dir, dass du dir etwas von deiner Entspannung bewahren kannst.« Sie zog einen Stuhl für ihn zurück, doch Simon machte keine Anstalten, sich zu setzen.

Er schlenderte, die Hände in den Taschen seiner Jeans vergraben, zum Fenster und schaute hinaus in den verschneiten Garten. »Ich hoffe auch.« Ihm entfuhr ein leises Seufzen. »Dafür müsste ich aber wohl ein Stück Borkum mit nach Hause nehmen. Ein wenig von der Insel, ein wenig von Leons Unbeschwertheit. Ein wenig von …«

Er brach ab, doch Julia wusste genau, was er hatte sagen wollen. *Ein wenig von dir.* Irgendetwas in ihr zog sich schmerzhaft zusammen.

»Ein wenig von diesen Funkeltagen«, brachte sie schließlich hervor. Ihre Mundwinkel zitterten, sie konnte nichts dagegen tun.

»Ja.« Er sah sich nicht nach ihr um, sondern starrte weiter in den Garten. »Ein wenig von diesen Funkeltagen.«

Er klang melancholisch, und Julia bereute, dass sie sich vorhin weggedreht hatte. Sie hatte ihn doch küssen wollen! Warum hatte sie es nicht zugelassen? Aus Selbstschutz. Aber das hatte offensichtlich nicht funktioniert, sonst würde ihr Herz sich nun nicht anfühlen wie eine offene Wunde.

Funkeltage. Was hätte ihre Mutter von Simon gehalten? Sie hätte ihn gemocht. Zumindest den Simon, den die Insel hervorgebracht hatte. Den humorvollen, kinderlieben und hilfsbereiten Mann, der hier in der warmen Stube stand. Sie trat einen Schritt näher, stellte sich hinter ihn, und für einen Moment legte sie vorsichtig ihre Stirn an seiner Schulter ab.

Simon erstarrte, rührte sich nicht.

»Ich …«, flüsterte Julia, und nun drehte er sich um. Sie glaubte, in seinen Augen zu versinken, und neigte den Kopf zur Seite.

»Guten Morgen«, ertönte es da von der Tür her, und die beiden fuhren auseinander. Julia hoffte, dass ihr Gesicht nicht so rot war, wie es sich anfühlte. Sie glühte ja förmlich.

Nina stand im Türrahmen. Sichtlich überrascht flackerte ihr Blick von Julia zu Simon und wieder zurück. »Störe ich?«

»Gar nicht. Moin, Nina.« Julia strich sich eine Haarsträhne hinter das Ohr und ging geschäftig zum Tisch. »Magst du Kaffee? Oder lieber Tee?«

»Kaffee wäre toll. Ich habe nicht besonders gut geschlafen.« Sie zog eine Grimasse, und Julia nickte verstehend. Nina ging viel im Kopf herum, das hatten sie wohl gemeinsam.

Simon setzte sich Nina gegenüber und griff nach der Tageszeitung. Auf der Titelseite wurde in großen Lettern das baldige Ende der *Winterkatastrophe an der Nordsee* angekündigt. Aus dem Augenwinkel nahm Julia wahr, wie Simon die Schlagzeile überflog und die Zeitung dann schnell umdrehte, als wollte er gar nichts davon wissen.

»Simon und ich haben eben besprochen, dass wir heute mit der Renovierung des Schlafzimmers meiner Mutter beginnen wollen«, erzählte Julia im Plauderton, um keine Verlegenheit aufkommen zu lassen.

Sie würde Nina später alles erzählen, von dem Beinahekuss bis zu den Funkeltagen, die Simon mit nach Frankfurt nehmen wollte. Immerhin waren sie Freundinnen geworden. Aber solche Gespräche mussten sie ja nicht unbedingt in Simons Anwesenheit führen.

»Oh, wie schön.« Nina warf Julia einen verschwörerischen Blick zu. »Und Leon? Ist er heute wieder mit Flora unterwegs?«

»Ich bin mir nicht sicher. Für den *Lüttje Markt* ist fast alles fertig, glaube ich. Aber vielleicht hilft er ihr trotzdem wieder. Flora besteht ja darauf, für uns alle das Weihnachtsessen zu kochen. Es gibt festliche Hotdogs!«

Nina stimmte in Julias Lachen ein und gab einen halben Teelöffel Zucker in ihren Kaffee. »Sag mal, Julia, darf ich Leon fragen, ob er mit mir den Weihnachtsbaum schmücken möchte? Ich hätte wirklich Lust dazu, und so könnte ich mich auch mal ein wenig nützlich machen.«

Julia stellte die Kaffeekanne ab und rieb sich die Nase. Eigentlich hatte sie sich fest vorgenommen, mit Leon den Baum zu schmücken. Andererseits war das etwas, was ihn wieder an seine Großmutter erinnern würde. Wie oft hatten sie zu dritt geflucht, wenn es gegolten hatte, die immer verknoteten Lichterketten für den Baum zu entwirren. Wie oft gelacht, wenn sie wieder einmal den buntesten Baum der ganzen Insel hatten. Alles war erlaubt gewesen, einmal hatte Leon sogar einen frisch ausgefallenen Milchzahn in die Zweige gehängt. Vielleicht war es ganz gut, wenn man diese Tradition etwas durchbrach. Vielleicht war es für den Jungen einfacher, wenn er den Baum dieses Jahr mit jemand anders schmückte. Leon mochte Nina, die beiden kamen gut miteinander aus.

»Frag ihn gern«, entschied sie daher. »Er wird sich bestimmt freuen. So, jetzt lasse ich euch einmal in Ruhe frühstücken und sehe derweil nach euren Zimmern.«

Simon klappte die Zeitung zu. »Bei mir musst du nichts machen, Julia«, sagte er, und auch Nina beteuerte, dass ihr Zimmer in bester Ordnung sei und sie ihr Bett durchaus selbst machen könne, doch Julia winkte lachend ab.

»Jetzt lasst es mal gut sein. Ihr seid immer noch meine Gäste und dürft mir nicht die ganze Arbeit abnehmen.«

Damit sie nicht mehr protestieren konnten, ging Julia eilig aus der Stube. Im Flur begegneten ihr Gerd und Flora, die sich nun ebenfalls zu der Frühstücksrunde gesellten. Ein Blick auf die Armbanduhr verriet Julia, dass es fast acht war. Sie überlegte noch, ob sie Leon wecken sollte, als sie das leise Knarren seiner Zimmertür hörte. Schnell lief sie die letzten Stufen hinauf.

»Moin, mein Schatz«, rief sie.

Leon kam, im Schlafanzug und mit seinem Plüschnilpferd im Arm, zu ihr gelaufen und fiel ihr um den Hals. Sein Haar war noch ganz zerzaust und sein Körper warm, offenbar war er gerade erst unter der Bettdecke hervorgekrabbelt.

»Hast du gut geschlafen?«

»Ja.« Leon nickte. »Was machen wir heute, Mama?«

»Nina hat mich gefragt, ob du mit ihr den Weihnachtsbaum schmücken möchtest«, erzählte Julia. »Wenn es dir lieber ist, können wir beide das aber auch zusammen machen.«

Leon zögerte, und in seine Augen schlich sich dieser altbekannte, traurige Ausdruck. Julia hatte sich so gefreut, dass er in den letzten Tagen seltener geworden war, dass Leon sein Lachen wiedergefunden hatte. Sie spürte einen Kloß im Hals. Es war noch nicht vorbei. Vielleicht hätte sie doch ganz auf einen Baum verzichten sollen. Wegen der Gäste hatte sie sich unter Zugzwang gefühlt, aber am Ende des Tages waren sie erwachsen, und sie wusste inzwischen mit Sicherheit, dass alle Leons Wohl über eine geschmückte Tanne gestellt hätten.

»Leon, wenn es dir zu viel wird mit dem Baum … wegen Oma, meine ich. Wir müssen keinen aufstellen!«

Ihre Stimme war sanft, und sie legte die Hände an die Wangen ihres Sohnes, damit er ihrem Blick nicht ausweichen konnte. Zu ihrer Überraschung schüttelte Leon jedoch den Kopf.

»Ich mache das gern mit Nina, sie ist nett.« Er überlegte und pustete die Wangen auf. »Wir können den Baum ja ganz anders schmücken als sonst. Vielleicht hat Nina eine Idee.«

»Das hat sie ganz bestimmt. Sie frühstückt aber noch. Du kannst dich in aller Ruhe anziehen. Vergiss nicht, die Zähne zu putzen!«

»Nee, vergesse ich nicht.« Leon flitzte zurück in sein Zimmer, lugte dann jedoch noch einmal um die Ecke. »Mama, der Baum wird eine Überraschung, ja? Du darfst ihn erst morgen bei der Bescherung sehen.«

Julia zögerte. Der Baum sollte doch in die gute Stube, dort ging sie ständig ein und aus.

Leon schien zu ahnen, was seine Mutter bewegte. »Du kannst den Computer doch aus dem Büro holen«, schlug er vor. »Und den Tisch decken Flora und ich.« Er wippte auf den nackten Füßen auf und ab und hielt das Nilpferd in die Höhe, als wollte das Stofftier auch etwas dazu sagen. »Bitte, Mama!«

Julia gab nach. »Dann essen wir eben alle in der Küche. Wenn niemand etwas dagegen hat.«

»Ich hole gleich unseren Weihnachtsschmuck vom Dachboden. Und vielleicht bastelt Nina ja sogar noch etwas mit mir!« Leon zog wahllos eine Jeans und ein Sweatshirt aus dem Schrank, dann verschwand er im Badezimmer.

»Vergiss die Strümpfe nicht«, rief Julia ihm nach. Ihre Schritte schienen leichter geworden zu sein, als sie zurück in den Gästetrakt ging. Das war besser gelaufen als erwartet. Neue Traditionen schaffen, ohne die alten zu vergessen. Womöglich war das der richtige Weg für sie alle?

Kapitel 19

»Was wollen wir auf die Spitze stecken? Einen Stern?« Nina hockte auf dem fadenscheinigen Teppich in der Stube und wühlte in einem der vier Kartons, die Leon und sie vom Dachboden geholt hatten.

»Lieber die rote Schleife«, schlug der Junge vor und reichte sie ihr.

Nina stand auf, stellte sich auf die Zehenspitzen und befestigte das aus Samt gefertigte Stück ganz oben am Baum. »So?«

»Ja, das sieht schön aus.« Leon saß zwischen ein paar Kartons mit Weihnachtskugeln. »Ich kann mich nicht entscheiden. Welche Farben findest du am schönsten, Nina?«

Ihre Wangen leuchteten vor Aufregung, als sie sich wieder zu dem Jungen setzte. Wann hatte sie zuletzt einen Weihnachtsbaum geschmückt? Vermutlich noch nie, gestand sie sich ein. In Ninas Elternhaus oblag diese Aufgabe bis heute ihrem Vater, und er nahm sie sehr ernst. Dreißig elektrische Kerzen, mattgoldene Kugeln. Mehr durfte auf keinen Fall an den Zweigen hängen. Umso mehr Spaß bereitete es Nina, den Baum mit Leon kunterbunt zu schmücken, ohne jegliche Regeln.

»Wir können von jeder Farbe zwei nehmen«, schlug Nina vor, und als Leon nickte, griff sie gleich nach den Kugeln aus blau glänzendem Glas. Dann erst bemerkte sie, dass diese mit weißen, schön geschwungenen Buchstaben bemalt waren. Mit Namen. *Julia, Jasper, Leon, Thea.* Sie wollte die Kugeln heimlich zurücklegen, doch es war zu spät. Leon stand schon neben ihr.

»Die hat meine Oma gemacht«, flüsterte er und schluckte

sichtbar. Tränen schossen dem kleinen Kerl in die Augen, doch er wischte sie energisch mit dem Handrücken fort.

Nina sah ihn an. »Sollen wir die lieber weglegen?«

Leon nickte, und Nina beeilte sich, die Kugeln zurück in den passenden Karton zu packen. Stattdessen griff sie nach einem Schächtelchen, in dem ein paar kleine Engel lagen, und zeigte sie Leon. Die sahen auf jeden Fall nach industrieller Fertigung aus und waren hoffentlich sicheres Terrain.

»Und was ist mit denen?«

»Ja, die können wir nehmen«, antwortete Leon zu ihrer Erleichterung. Er angelte vorsichtig einen der Engel aus der Schachtel. Mit Daumen und Zeigefinger hielt er ihn hoch, sodass er vor seiner Nase hin und her baumelte. Die goldenen Flügelchen funkelten im Schein der Lichterkette, die sie bereits zwischen die Zweige der Tanne gehängt hatten.

»Was meinst du, Nina«, fragte er, ohne sie anzusehen. »Ob meine Oma jetzt auch ein Engel ist? Flora sagt das immer, aber ich weiß nicht, ob sie mich nur trösten will.« Er zuckte mit den Schultern, als wäre es gar nicht so wichtig für ihn, aber das leise Seufzen verriet, wie sehr ihn der Gedanke umtrieb.

Nina streckte die Beine auf dem Teppich aus, stützte sich auf den Händen ab und betrachtete den Engel ebenfalls. Sie gab sich Mühe, ruhig zu wirken, doch innerlich wand sie sich und hätte am liebsten Hilfe geholt. So sah es also aus. Sie war noch nicht einmal imstande, mit einem kleinen Kind einen Weihnachtsbaum zu schmücken; selbst da fehlten ihr schon die Worte.

Sie kaute an ihrer Unterlippe. Sie wollte Leon auf keinen Fall traurig machen, nicht heute. Morgen war Weihnachten, und sie wusste, wie wichtig es Julia war, dass er dieses Fest nicht bis in alle Zeit mit der Trauer um seine geliebte Großmutter verband.

»Nina?«, drängte er. »Sag doch. Glaubst du an Engel?«

Nein, gestand Nina sich ein, das tat sie nicht. Nach den letzten Tagen glaubte sie nicht einmal mehr an die Menschen. Wohl aber an Enttäuschung, an Neid und Verrat. Sie zog die Knie an und stützte das Kinn darauf ab. Obwohl – nein, das stimmte nicht. Nicht nur. Julia fiel ihr ein, die sie mit offenen Armen zu ihrer Freundin erklärt hatte. Flora, die sich um alle kümmerte wie eine Mutter. Und Jasper. Jasper, der ihr ein verlockendes Angebot gemacht hatte, als sie in ihrer Traurigkeit und Hoffnungslosigkeit zu ertrinken drohte. Was, wenn er sie nicht nur aus Mitleid gefragt hatte?

»Nina!« Leon stupste sie mit dem Ellbogen an, und sie wandte sich zu ihm um.

Sie musste jetzt etwas sagen. Aber was? Sie durfte so einen traurigen, kleinen Kerl nicht aller Hoffnung berauben. Es war Weihnachten. War das nicht die Zeit der wundersamen Begebenheiten?

»Weißt du, dass meine Mutter mir früher immer ein Märchen erzählt hat, wenn ich traurig war?«, fragte sie.

»Eines über Engel?«

Nina schmunzelte. Natürlich hatte Leon nicht vergessen, wonach er gefragt hatte. Aber darauf war sie vorbereitet. Und was sie ihm erzählte, stimmte. Als Nina in Leons Alter gewesen war, war ihr Großonkel gestorben. Onkel Karl, dieser gutherzige, immer lustige Mann, der stets ein paar Gummibärchen für sie in der Tasche gehabt hatte, wenn er zu Besuch gekommen war. Das war kurz vor Weihnachten gewesen, und als Nina vor dem Adventskranz gesessen und bittere Tränen geweint hatte, hatte ihre Mutter ihr zum ersten Mal von den Engeln erzählt.

»Ja, genau. Und über Weihnachten. Pass auf.« Sie setzte sich aufrecht hin. Leon rutschte näher an sie heran, sodass sie ihm den Arm um die Schulter legte. Gespannt sah er sie an. Das Feuer knisterte im Ofen, vor dem Fenster tanzten Schneeflocken, und der Weihnachtsbaum erstrahlte im Schein der

Lichterketten. Kitschig, würde Marc sagen. Aber wen kümmerte das?

Nina senkte die Stimme, als sie zu erzählen begann. »Vor langer Zeit lebte einmal eine kleine Prinzessin. Sie wohnte in einem großen Schloss, und es mangelte ihr an nichts.«

»Muss das sein?«, unterbrach Leon sie und zog die Nase kraus.

»Was meinst du?«

»Das mit der Prinzessin. Immer dreht sich alles um die Mädchen. Mein Freund Carlo sagt das auch. Er hat eine große Schwester, er kennt sich da aus.«

»Ach so.« Nina unterdrückte ein Lachen. »Na ja, es könnte auch ein Prinz gewesen sein. So genau weiß man das sicher nicht mehr, es ist ja schon ewig lange her, dass sich diese Geschichte ereignet hat.«

»Dann erzähl sie lieber so, dass ein Prinz vorkommt.« Leon schmiegte sich an Ninas Schulter. Noch immer hielt er den kleinen Engel fest in der Hand.

»Also gut. Es war einmal ein junger Prinz, der mit seinen Eltern in einem großen Schloss lebte. Er hatte alles, was man sich nur wünschen könnte. Die schönsten Spielzeuge, das größte Zimmer, das weichste Bett. Doch das Liebste auf der Welt war ihm die Tochter des Stallmeisters, und wann immer es ging, stahl er sich aus den Gemächern und traf sich mit ihr. Im Sommer ritten sie heimlich durch die Wälder und über die Wiesen, in den Wintermonaten trafen sie sich in den Scheunen und Ställen und tollten durch das Stroh. Als sie älter wurden, wurde dem Prinzen klar, dass er sie liebte, und er wollte sie gern zur Frau nehmen.«

»Igitt.«

Nun musste Nina doch lachen. »Wieso? Wenn man sich liebt, gibt es nichts Schöneres, glaube ich.«

Wenn man sich liebt. Dazu gehörten zwei. Sonst war gar

nichts schön, im Gegenteil. Sie schluckte schwer und schob den Gedanken beiseite.

»Na, egal. Erzähl weiter.«

»Da geschah es aber, an dem Tag, als er um ihre Hand anhalten wollte, dass sie bei einem Ausritt in ein fürchterliches Gewitter gerieten. Es blitzte und donnerte, es hagelte und stürmte. Die junge Frau schrie und weinte vor Angst, und auch der Prinz fürchtete, dass das Ende der Welt gekommen war. Endlich erreichten sie einen Berg und suchten Unterschlupf in einer Felsspalte. Doch dann ereignete sich das Unglück. Ein Stein löste sich und traf die junge Frau. Sie starb in den Armen des Prinzen, und er verfluchte in seiner Trauer und seinem Schmerz Gott und die ganze Welt.«

Sie warf Leon einen Seitenblick zu, und er schmiegte sich noch enger an sie.

»Der arme Prinz.«

»Ja, niemand vermochte ihn zu trösten. Aber dann kam der nächste Winter und mit ihm mehr Schnee, als das Königreich jemals gesehen hatte. Tagaus, tagein fielen Flocken vom Himmel, vergruben die Wiesen, Straßen und Häuser unter einer Schicht aus Eis.«

»Wie bei uns«, flüsterte Leon, und Nina streichelte ihm über die Wange.

»Ja, ein wenig wie bei uns. Nur, dass es im Königreich des Prinzen noch viel, viel mehr Schnee und Eis gab. Der Prinz stapfte also durch die Schneemassen in den Pferdestall, um die Schimmelstute zu besuchen, die seiner Liebsten gehört hatte. Als er in ihre Mähne weinte, wurde es auf einmal dunkel um ihn herum, das Dach der Scheune verschwand, und er stand unter dem freien Himmel, der über und über mit Sternen bedeckt war, die um die Wette strahlten und funkelten. Und dann senkte sich ein Wesen aus der Dunkelheit in den Stall. Kannst du raten, wer das war?«

»Seine Liebste«, flüsterte Leon. »War sie ein Engel geworden?«

»Genau, es war seine Liebste. Er erkannte sie gleich, obwohl sie durchscheinend wirkte, ein wenig wie die zarte Flamme einer Kerze. Sie leuchtete von innen heraus und lächelte ihn so liebevoll an, dass der Prinz gleich wusste, dass es ihr gut ging, wo immer sie nun war. Und genau das hat sie zu ihm gesagt. Sie blieb, bis der Himmel sich allmählich lichtete und der neue Morgen anbrach.«

»Haben sie sich danach wiedergesehen?«

»Ja, auf den Tag genau ein Jahr später. Und dann wieder ein Jahr später. Denn es gab nur eine Nacht, in der sie, die doch nun ein Engel war, auf die Erde zurückkonnte. Kannst du dir denken, welche Nacht das war?«

»Die Weihnachtsnacht.«

»Genau.« Nina lächelte. »Das Märchen hat mir meine Mutter ganz oft erzählt. Seitdem glaube ich, dass es vielleicht doch eine kleine Leiter zum Himmel gibt, die aus unseren Herzen kommt und die dafür sorgt, dass die Leute, die wir lieben, uns immer nahe sind.«

Sie sah Leon an. War es richtig gewesen, ihm diese kleine Geschichte zu erzählen? Nina selbst hatte sie als Kind immer tröstlich gefunden. Erleichtert stellte sie fest, dass auch Leon nicht traurig aussah, sondern eher nachdenklich. Ein ernster Zug lag um seine blassen Lippen, und er starrte auf die tiefgrünen Zweige des Weihnachtsbaums, während er nachdenklich den Engel zwischen seinen Fingern hin und her drehte.

Einen Moment schwiegen sie, dann räusperte Nina sich. »Was meinst du, schmücken wir weiter?«

»Ja.« Leon stand auf. »Und als Erstes hängen wir jetzt die Engel auf, okay?«

»Einverstanden.«

Sie machten sich wieder an die Arbeit, und Nina begann, ein Weihnachtslied vor sich hin zu summen. Leon stimmte ein, und bald sangen sie lauthals zusammen *O Tannenbaum*. Nina ahnte nicht einmal, was ihre Geschichte in Leon ausgelöst hatte.

»Das war's.« Simon verschloss den Farbeimer mit einem Deckel und faltete die Plane zusammen, mit der er den Boden abgedeckt hatte. Julia drehte sich einmal um die eigene Achse. Sie hatte Farbkleckse auf dem Pullover, und auch ihre Schuhe hatten ein paar Spritzer abbekommen, aber das war ihr egal. Die Wände leuchteten in einem frischen Cremeton, und obwohl es draußen bereits dunkel war, ahnte sie, dass der ganze Raum mit diesem Anstrich heller wirken würde. Den Boden hatte Simon ebenfalls bearbeitet, die vielen kleinen Kratzer waren kaum noch zu sehen.

»Wahnsinn«, rief sie und klatschte in die Hände. »Das ist richtig schön geworden.«

Simon stand auf und ließ den Blick ebenfalls durch den Raum schweifen. Er nickte sichtlich zufrieden.

»Jetzt lassen wir über Nacht alles trocknen, und dann können wir morgen früh schon mit dem Einrichten starten, wenn du an Heiligabend Lust dazu hast.«

»Da ich nicht in der Küche helfen darf, sehr gern.« Julia wippte auf den Füßen, sie musste sich bewegen, so aufgeregt war sie, auch wenn sie die stundenlange Malerei deutlich in den Armen und Schultern spürte. »Das wäre das perfekte Weihnachtsgeschenk.«

Sie lachte, doch Simon neigte den Kopf zur Seite. »Dann sollst du es auch bekommen«, flüsterte er, und bei seinen Worten lief Julia ein warmer Schauer über den Rücken.

»Ich weiß gar nicht, wie ich dir danken soll«, sagte sie.

Simon legte die Hände in den Rücken und stöhnte. »Für den Anfang könntest du mich auf einen kurzen Spaziergang begleiten, wenn du magst. Ich weiß, es ist schon stockdunkel, aber ich brauche Luft und ein wenig Bewegung in vernünftiger Körperhaltung. Man ist halt leider keine zwanzig mehr.«

Julia nickte. »Das geht mir auch so. Ich ziehe mir kurz andere Sachen an, dann treffen wir uns unten.«

»Möchte Leon mitkommen, was meinst du?«

Julia schüttelte den Kopf. »Er und Nina schmücken noch die Stube, und danach will er den Tisch für das Festessen eindecken, hat er mir erzählt. Er ist ganz eifrig bei der Sache, glaube ich.«

Sie ging in ihr Schlafzimmer und zog eilig den schmutzigen Pullover und die Jeans aus, die nach Farbe roch. Beides stopfte sie in den Wäschekorb. Nur in Unterwäsche stand sie dann zitternd vor dem Kleiderschrank. Ein graues Wollkleid in einer schmeichelhaften A-Linie fiel ihr ins Auge. Das hatte sie ewig nicht angehabt. Vielleicht wäre das ein Outfit für das Weihnachtsessen. Jetzt aber brauchte sie etwas Wärmeres.

Sie schlüpfte in eine frische Jeans und einen Rollkragenpullover, dann bürstete sie mit energischen Strichen ihre Haare und legte einen Hauch von Lippenstift auf, bevor sie die Treppe hinuntereilte, um ihre Stiefel und den Mantel anzuziehen.

Simon wartete schon an der Tür. »Nur eine kleine Runde«, sagte er. »Ich habe eben aufs Thermometer geschaut, es sind fast minus zehn Grad.«

Julia wickelte den Schal fester um ihren Hals. »Hauptsache, etwas frische Luft. Ich rieche die Farbe immer noch.«

»Ja, das geht mir auch so.« Simon lachte und streckte ihr die Hand hin. »Wollen wir los?«

Einen winzigen Moment lang zögerte Julia. Was, wenn jemand sie sah? Wenn Leon in diesem Moment aus der Stube kam? Dann jedoch griff sie zu, und sobald sie ihre Hand in Simons legte, ihre Finger sich durch die Handschuhe fanden und miteinander verschlangen, schien ihr Herz einen Schlag auszusetzen. Die Kälte konnte ihr nichts anhaben, als sie an seiner Seite aus dem Haus trat und der schneidende Wind ihr Schneeflocken ins Gesicht pustete.

Schweigend gingen sie nebeneinander in Richtung des Neuen Leuchtturms. Julia horchte in sich hinein. Sie genoss Simons Nähe, den Duft seines Aftershaves, der sich hier draußen mit der salzigen Meeresluft mischte. Ein tiefes Sehnen zog durch ihren Körper. Wenn er doch den Arm um sie legen, sie an sich ziehen würde! Schon einmal hatte er sie beinahe geküsst. Wie seine Lippen sich wohl anfühlten? Sie waren so fein geschwungen, sahen so weich aus. Wenn er sie nur küssen würde! Aber was dann?, gab eine besorgte Stimme in ihrem Inneren zu bedenken. Wozu sollte das führen? Nach Weihnachten würde ihre Seifenblase platzen. Niemand wusste, wann genau die Fähren wieder fahren würden, doch es war eine Frage von Tagen.

Simon hatte Verpflichtungen. Er hatte einen Job in Frankfurt, man wartete dort auf ihn. Sein Vater fiel ihr ein. Allein schon seinetwegen würde Simon die Stelle nicht einfach aufgeben, erst recht nicht für eine ungewisse Zukunft mit einer alleinerziehenden Mutter, die eine mehr schlecht als recht laufende Pension auf Borkum betrieb. Natürlich würde seine Familie denken, dass sie nur einen Versorger suchte.

Sie liefen durch den Lichtschein einer Straßenlaterne, und erst jetzt bemerkte Julia, dass Simon sie prüfend musterte.

»Was ist los?«, fragte sie leise. Bestimmt wusste er es längst. Er sah sie an, als könnte er direkt auf den Grund ihres Herzens schauen.

»Du siehst unglücklich aus.«

»Ich? Nein.« Sie zwang sich zu einem Lachen. »Das macht die Kälte.«

Er blieb stehen und legte die Hände an ihre Wangen. Sein Blick hielt den ihren ganz fest, und wieder einmal wäre Julia am liebsten in seinen Augen versunken. In diesen meergrünen

Augen, in denen goldene Sprenkel tanzten wie die Gischt auf den Wellen. Was, wenn er gar nicht in die Stadt gehörte? Vielleicht würde er sich hier viel wohler fühlen. Auf ihrer Insel, wo der Seewind wehte, wo man in den Dünen die Arme ausstrecken und sich unendlich frei fühlen konnte? Sie schluckte schwer und kämpfte gegen die Tränen an.

»Hey.« Simon legte die Hände um ihre Taille und zog sie ganz dicht zu sich heran. »Juli, was ist mit dir? Habe ich etwas falsch gemacht? Wenn ich …«

Sie legte einen Zeigefinger an seine Lippen und schüttelte den Kopf, als ein Geräusch sie aufschrecken ließ. Es klingt wie ein Donnergrollen, fuhr es ihr durch den Kopf, nur leiser. Auch Simon hatte es gehört und drehte sich um.

Eine Familie schlitterte über den Bürgersteig in ihre Richtung. Der Vater zog zwei wuchtige Koffer hinter sich her und stieß einen Fluch aus, als er damit in einem Schneehaufen stecken blieb. Die Frau, die ihm folgte, hielt an jeder Hand ein Kind. Das Mädchen mit der rosafarbenen Pudelmütze musste in Leons Alter sein, der Junge, der in einem unförmigen Schneeanzug über den rutschigen Weg tapste wie ein Michelin-Männchen, war ein paar Jahre jünger. Er hielt eine Stoffente in der Hand und brummelte vor sich hin.

Julias Gedanken rasten. Sie machte einen Schritt vor, als der Mann sich an ihr vorbeidrängen wollte.

»Entschuldigen Sie«, sagte sie und deutete auf die Koffer.

Der Mann blieb stehen, offenbar nicht böse über die Verschnaufpause, und schob sich die Mütze aus der Stirn. Ein paar Schweißperlen glänzten der Kälte zum Trotz auf seiner Haut. Das Gepäck durch den Schnee zu manövrieren war gewiss anstrengend. Julia musste die Frage, die ihr auf der Zunge lag, gar nicht stellen. Der Fremde hatte schon begriffen, was sie umtrieb, und nickte mit grimmiger Zufriedenheit.

»Es geht nach Hause. Gerade noch rechtzeitig.«

»Mit der Fähre?« Julia warf Simon einen Blick zu, doch

seine Miene war unergründlich. Sie schlang die Arme um ihren Oberkörper, als ein Schauer über ihren Rücken lief. Wenn eine Fähre ging, würde Simon bestimmt sofort abreisen. Aber … warum wusste er davon nichts? Julia hatte die Nachrichtenlage nicht mehr länger verfolgt, die Rathmanns ebenso wenig, sie waren ja froh, noch ein paar Tage länger auf ihrer geliebten Insel verbringen zu dürfen. Nina hatte sich vermutlich auch nicht darum gekümmert, sie hatte die Hoffnung auf eine Versöhnung mit diesem Marc und damit auch auf zeitnahe Aufnahmen im Tonstudio aufgegeben. Aber Simon?

Julia musterte ihn stirnrunzelnd. Unter ihrem Blick senkte er den Kopf und starrte auf seine schneebedeckten Schuhspitzen, als hätte er nie etwas Interessanteres gesehen. Erst jetzt fiel Julia auf, dass sie ihn in den letzten Tagen gar nicht mehr mit dem Handy am Ohr gesehen hatte. Wo war das Ding? Sollte er wirklich nicht mitbekommen haben, dass eine Fähre fuhr? Oder hatte er es nicht mitbekommen wollen? Bei diesem Gedanken machte ihr Herz einen kleinen Satz.

Der Familienvater brachte etwas Licht ins Dunkle. »Hat sich erst vor ein paar Stunden ergeben, wie es scheint«, sagte er, und seine Frau mischte sich ein. »Ich habe es zufällig im Internet gesehen. Ein Eisbrecher, der gar nicht eingeplant war, hat eine Schneise geschlagen. Die Reederei will das nutzen, deshalb fährt noch heute Abend eine Fähre.«

»Dem Himmel sei Dank. Sie können sich gar nicht vorstellen, was meine Schwiegermutter mit mir macht, wenn ich ihr nicht pünktlich die Enkelkinder unter den Baum setze.«

»Martin!« Seine Frau schnalzte mit der Zunge, doch er winkte ab. »Natürlich haben alle versucht, sofort ein Ticket zu ergattern.«

»Das kann ich mir vorstellen«, erwiderte Julia, noch immer überrascht von dieser unerwarteten Entwicklung.

»Wir sind extra früh los, die Inselbahn fährt erst in über einer Stunde. Aber dann wimmelt es hier bestimmt vor Leuten, da wollten wir uns lieber früh auf den Weg machen«, erklärte Martin. »Also dann, Ihnen ein frohes Fest.«

»Danke, Ihnen auch. Und gute Reise.«

Nachdenklich sah Julia der Familie nach, als sie, vom Vater zur Eile angetrieben, weiter in Richtung Inselbahnhof lief. Die Kinder winkten noch einmal, dann stolperten sie hinter ihrer Mutter her.

»Simon?«

Endlich hob er den Blick.

»Wusstest du von dieser Fähre?«

Er schluckte sichtbar. Sein Blick glitt zur Spitze des Leuchtturms. Das Leuchtfeuer drehte sich im Kreis, gänzlich unbeeindruckt von der Dunkelheit, dem Schnee und allem, was auf der Insel vor sich ging. »Ja.« Seine Stimme war nur ein Flüstern, und noch immer vermied er es, Julia anzusehen.

»Simon, ich … ich verstehe es nicht. Warum bist du dann noch hier?« Sie lachte und schüttelte gleichzeitig den Kopf. Irgendwo tief in ihr regte sich ein Hauch von Hoffnung, ganz zart nur, wie das Flackern einer Kerze im Sturm. Sie wagte nicht, daran zu glauben. Bestimmt gab es eine andere Erklärung. Vielleicht hatte dieser Weidemann, sein Chef, spontan Konkurs anmelden müssen. Vielleicht hatte das Internet gestreikt, als Simon ein Ticket hatte buchen wollen. Vielleicht …

»Ich glaube, das weißt du genau, Julia.« Nun sah er ihr doch in die Augen.

Die klirrende Kälte verwandelte seinen Atem in weiße Wölkchen, die sich wie ein hauchdünner Nebel auf Julias Wangen legten. Unendlich langsam neigte er den Kopf zur Seite, und Julia schloss die Augen. Dann spürte sie seinen Mund auf dem ihren. Die eisige Luft hatte seine Lippen etwas rau werden lassen, dennoch fühlten sie sich zart an, als er sie küsste. Wie ein warmer Sommerwind. Julia erwiderte den Kuss und spürte, wie Simon sie näher an sich zog. Irgendwo in der Ferne hörte sie ein Schiffshorn. Aber es würde kein

Schiff kommen, um ihr Simon wegzunehmen. Noch nicht! Und das war alles, was in diesem Moment zählte.

Sie nahm seine Hand. »Gehen wir zurück?«

Leon schob die Bettdecke beiseite. Er stand auf und schlich zum Kleiderschrank hinüber. Erst, als er den Schlafanzug gegen eine Thermohose und seinen wärmsten Pullover getauscht hatte – Oma hatte ihn ihm letztes Jahr gestrickt –, warf er einen Blick aus dem Fenster. Der Junge schluckte. Er musste jetzt mutig sein! Es war nach Mitternacht, also wirklich Heiligabend. Nun galt es, er durfte diese Chance nicht verpassen. Leon horchte in die Dunkelheit. Es war still im Haus, vermutlich schliefen alle tief und fest. Er drückte die Klinke seiner Zimmertür herunter und schlich auf den Flur. Unter der Tür von Mamas Zimmer drang kein Lichtschein hervor, stellte er erleichtert fest. Sie las oft noch lange, aber die Renovierung hatte sie bestimmt müde gemacht. Umso besser!

Leon schlich auf Zehenspitzen die Treppe hinunter. Er wusste genau, welchen Stufen er ausweichen musste, damit kein Knarren ihn verriet. An der Haustür angekommen, nahm er seine Jacke vom Haken, zog Mütze, Schal und Handschuhe an und schlüpfte in die gefütterten Stiefel. Er tastete nach der Taschenlampe, die er vor dem Schlafengehen in seinen Turnschuhen versteckt hatte. Zum Glück war sie noch da! Hoffentlich schaffte er es, den Schlüssel in der Haustür umzudrehen, das alte Schloss klemmte oft, und dann musste man feste an der Tür rütteln. Krach wollte Leon aber unbedingt vermeiden, und durch die Hintertür konnte er sich auch nicht rausschleichen. Da gab es einen Bewegungsmelder, und der hatte seine Mama schon einmal geweckt, als irgendein Tier daran vorbeigesaust war. Auf keinen Fall durfte ihn jemand erwischen.

Er hatte zwar gestern Abend kurz überlegt, Nina oder vielleicht sogar Mama zu fragen, ob sie mit ihm gingen, aber er war sich sicher, dass sie gesagt hätten, er solle im Bett bleiben. Das jedoch kam nicht infrage, nicht, wenn er vielleicht endlich seine Oma wiedersehen würde. Er drehte den Schlüssel nach links. Er bewegte sich!

Vorsichtig stieß Leon die Tür einen Spalt auf. Der kalte Nachtwind blies ihm direkt ins Gesicht. Leon fröstelte. Aus Angst oder vor Kälte? Das wusste er selbst nicht. Sein Herz pochte auf einmal, und am liebsten wäre er umgekehrt, hätte sich wieder zu Nilo, seinem Stofftier, unter die Decke gekuschelt. Aber was, wenn Ninas Geschichte stimmte?

Es ist doch nur ein Märchen, meldete sich eine Stimme in seinem Kopf, doch Leon kniff die Lippen fest zusammen. Na und? Märchen konnten auch wahr werden. Und sogar Nina hatte gesagt, dass sie daran glaubte.

Leon nahm all seinen Mut zusammen, trat aus dem Haus und zog leise die Tür hinter sich ins Schloss. Er knipste die Taschenlampe an und sah sich um. Die Straßenlaternen leuchteten, und an einigen Häusern sorgte die Weihnachtsbeleuchtung für etwas Licht, trotzdem war es stockdunkel. Fast schwarz. Sein Atem ging rasselnd. Sollte er es wirklich wagen? Was, wenn nicht nur das Märchen von den Engeln stimmte? Mama sagte zwar immer, dass es keine Gespenster gab, aber wie konnte sie sich da überhaupt sicher sein? Sie lief ja nicht nachts, wenn sie rauskamen, über die Insel.

Leon zog die Schultern hoch. Er musste einfach an Oma denken, ganz fest. Energisch wischte er sich mit dem Handrücken über die Augen, als eine Träne über seine Wange kullerte.

»Du kennst ja unseren Treffpunkt. Ich komme zu dir, Oma«, flüsterte er in die Dunkelheit, dann machte er sich auf den Weg.

Kapitel 20

Nina strampelte die Bettdecke weg und setzte sich auf. Sie bekam einfach kein Auge zu! Sie schlüpfte in die Hausschuhe, die vor dem Bett standen, und zog die Sweatjacke über, die über der Stuhllehne hing. Die Heizung hatte sie vor dem Schlafengehen heruntergedreht, es war kühl im Zimmer geworden. Um niemanden zu wecken, öffnete Nina leise die Tür und ging auf Zehenspitzen die Treppe hinunter in die Küche.

Sie würde sich eine warme Milch zubereiten, entschied sie, vielleicht half ihr das beim Einschlafen. Seufzend wanderte ihr Blick zum Fenster. Die Straße und der kleine Vorgarten waren noch immer weiß. Der wolkenlose Himmel zeigte sich in dieser Nacht tiefschwarz, sie konnte einige Sterne entdecken.

Was Marc in diesem Moment wohl machte? Saß er auch irgendwo, konnte nicht schlafen und betrachtete den Sternenhimmel? Dachte er womöglich an sie, an all das, was er aufgegeben hatte? Tat es ihm leid, zumindest ein wenig? Es waren doch nicht nur ihre Träume gewesen …

Ninas Nase kräuselte sich, als sie die Kühlschranktür öffnete und eine Packung Milch herausnahm. Sie schnupperte kurz daran, dann goss sie eine großzügige Portion in einen Kaffeebecher und stellte ihn in die Mikrowolle. Wem machte sie etwas vor? Marc dachte bestimmt nicht an sie. Im Gegenteil. Vermutlich amüsierte er sich gerade mit Sandra. Wälzte sich mit ihr in den Kissen mit den blauen Seidenbezügen, die Nina ihm gekauft hatte.

Sie ließ sich auf einen Stuhl fallen und starrte in den Garten, während sie darauf wartete, dass die Milch warm wurde. Gähnend stützte sie das Kinn in die Handflächen. Eigentlich fühlte sie sich vollkommen erschöpft, ihre Lider waren schwer, und doch war sie innerlich aufgewühlt, fand einfach keine Ruhe. Die Mikrowelle meldete sich mit einem leisen Klingeln. Nina holte die Tasse heraus, rührte einen Löffel Honig in die heiße Milch und setzte sich wieder, bevor sie an dem Getränk nippte.

Noch wenige Tage, dann stand sie wieder in dem Klamottenladen. Wie sollte es dann weitergehen? Sollte sie etwa den Rest ihres Lebens damit verbringen, anderen Frauen irgendwelche Blusen anzudrehen? Sie zog die Nase hoch. Vielleicht hatte sie sich doch erkältet, als sie mit Julia den Weihnachtsbaum gekauft hatte. Sie musste an den Verkäufer denken und an das, was dieser Piet ihr gesagt hatte. Froh sollte sie sein. Ein Stück weit hatte er damit bestimmt recht, trotzdem lag nun eine ungewisse Zukunft vor ihr. Nina rutschte auf dem Stuhl hin und her.

Ich habe es dir ja gleich gesagt, Träume sind Schäume. Genau das würde ihr Vater ihr sagen. Sie konnte förmlich vor sich sehen, wie er sie mit schlecht verhohlener Selbstzufriedenheit ansah, wenn er von der Trennung erfuhr. Weil er natürlich recht behalten hatte. Sie drehte die Tasse in den Händen. Und wenn sie Jaspers Angebot doch annahm? Wenn sie wirklich auf diesem *Lüttje Markt* auftrat? Wer weiß, vielleicht ergab sich daraus etwas, ein kleiner Neuanfang? Nina rieb sich die Augen. Aber wie oft sollte man neu anfangen, bis man sich selbst eingestand, dass ein Traum gescheitert war?

Sie leerte die Tasse nun so schnell, dass sie sich an der heißen Milch beinahe die Kehle verbrannte, dann stellte sie sie in die Spülmaschine und verließ die Küche. Sie war schon an der Treppe, als ihr etwas ins Auge stach. Ein kalter Hauch streifte ihre Beine, ließ sie durch die dünne Pyjamahose frösteln. Nina runzelte die Stirn. Die Haustür war nicht richtig geschlossen. Einen winzigen Spaltbreit stand sie offen. Eilig drückte sie sie ins Schloss und drehte den Schlüssel um. Kurz hielt sie inne.

Zu dieser Zeit war doch hoffentlich niemand vor die Tür gegangen? Es war längst nach zwölf. Sie lugte durch die kleine, in die Tür eingelassene Scheibe nach draußen. Nein, natürlich war niemand zu sehen. Jemand hatte an diesem Abend einfach nicht richtig aufgepasst.

Sie wandte sich um und war gerade im Begriff, die Treppe hinaufzusteigen, als ihr Blick noch einmal auf die Garderobe fiel. Sie stockte. Leons Jacke fehlte – und seine Stiefel! Nina durchsuchte die Hutablage. Auch von seiner Mütze, dem Schal und den Handschuhen war nichts zu sehen. Ihr Herzschlag beschleunigte sich. Das Märchen! Der Junge hatte es doch hoffentlich nicht für bare Münze genommen? Sie unterdrückte einen leisen Aufschrei und schlug eine Hand vor den Mund. Was, wenn der Kleine sich aus dem Haus geschlichen hatte?

Nina stürmte die Treppe hinauf. Ihr Atem ging stoßweise, sie schnappte nach Luft, als sie vor Julias Zimmertür zum Stehen kam. Beinahe hätte sie sie einfach aufgerissen, doch im letzten Moment zwang sie sich zu klopfen. Sie legte ein Ohr an das Türblatt, hörte aber nichts. Wieder klopfte sie, diesmal energischer, bis sie schließlich mit der ganzen Faust gegen das Holz hämmerte.

»Julia«, zischte sie halblaut. »Julia, bist du da? Mach auf!«

Endlich hörte sie Schritte, die sich der Tür näherten. Einen Moment später wurde sie aufgerissen, und Nina sah sich Julia gegenüber, die einen dünnen Morgenmantel übergeworfen hatte. Ihre Haare waren zerzaust, und stirnrunzelnd stellte Nina fest, dass ihre Lippen geschwollen wirkten. Geküsst.

»Ist etwas passiert?« Julias Augen flackerten, sie wirkte besorgt.

»Ich fürchte schon.« Nina fuhr sich durch die Haare. Ihre Finger zitterten. »Es geht um Leon, er …«

»Was ist mit ihm?« Eine zweite Stimme, eine männliche!

Nina reckte sich und erstarrte beinahe, als Simon neben

Julia auftauchte, noch im Begriff, sich ein T-Shirt über den nackten Oberkörper zu ziehen. Aller Angst um Leon zum Trotz lief Nina rot an. Doch selbst, wenn sie geahnt hätte, in was sie hier offenbar hineinplatzte, hätte sie Alarm geschlagen, gestand sie sich ein. Ein kleiner Junge, ganz allein unterwegs da draußen. Bei dieser Kälte! Ein Schauer lief ihr über den Rücken, und ihre Zähne begannen zu klappern.

»Um Himmels willen, Nina! Was ist denn los? Was ist mit Leon?«

Julias braune Augen weiteten sich und wirkten auf einmal riesig in ihrem schmalen Gesicht. Simon streckte die Arme aus, und Julia ließ zu, dass er sie an sich zog, nahm den Blick jedoch nicht von Nina.

Die rang die Hände.

»Ich konnte nicht schlafen und war gerade unten. Seine Sachen sind weg. Die Jacke, die Stiefel – und die Haustür stand ein wenig offen.«

Simon runzelte die Stirn. Seine eben noch geröteten Wangen wurden blass. »Warum sollte Leon nachts einfach rauslaufen? Es ist doch nichts Besonderes gewesen. Oder?« Er suchte Julias Blick.

»Wir … ich meine, ich habe noch nach ihm gesehen, er hat ganz friedlich geschlafen.« Julias Augen schimmerten feucht. Sie löste sich aus Simons Umarmung und strich sich mit zitternden Händen durch das Gesicht. Nina hatte sie noch nie so hilflos gesehen. Julia war zwar schmal, aber nun wirkte sie regelrecht zerbrechlich.

»Ich muss ihn suchen.« Sie lief zu ihrem Kleiderschrank und begann, wahllos etwas herauszuziehen.

»Ich komme mit.« Simon drehte sich um und sammelte seine Jeans und einen dunkelblauen Pullover vom Fußboden auf.

»Es gibt da etwas, was ihr wissen solltet.« Nina schloss die Augen, sie konnte Julia in diesem Moment nicht ins Gesicht sehen. Ihre Stimme drohte zu brechen, als sie fortfuhr. »Ich fürchte, es ist meine Schuld. Heute Nachmittag habe ich ihm eine Geschichte erzählt, ein Märchen.« Eine Träne rollte über Ninas Wange, doch sie wischte sie nicht weg. »Er hat das ernst genommen, glaube ich.«

In knappen Worten wiederholte sie, was sie Leon erzählt hatte. Julia hörte ihr schweigend zu, während sie sich rasch anzog. Sie nickte ernst, als Nina endete. Dann trat sie zu ihr und legte eine Hand auf ihren Unterarm.

»Es ist nicht deine Schuld, Nina. Du konntest ja nicht ahnen, dass Leon solche Schlüsse ziehen würde.«

»Es tut mir so leid«, flüsterte sie und schüttelte den Kopf. »Ich habe ganz offensichtlich keine Ahnung von Kindern. Ich wollte ihn nur trösten, wirklich.«

»Wir müssen ihn finden, das ist jetzt das Wichtigste«, mischte Simon sich ein.

»Ich komme natürlich auch mit«, sagte Nina. Sie atmete tief durch. »Ich ziehe mich nur schnell an.«

»Wir sollten uns aufteilen«, schlug Simon vor.

»Ich muss Jasper anrufen.« Julia lief zu ihrem Nachttisch, auf dem ihr Handy lag, und begann sogleich, ein paar Tasten zu drücken. »Vielleicht kann er dich begleiten, Nina. Keiner von uns sollte bei diesem Wetter und mitten in der Nacht alleine draußen herumlaufen.«

Jasper schien noch wach gewesen zu sein, er meldete sich zügig. Julia fasste kurz zusammen, was passiert war, dann legte sie auf. »Er ist unterwegs.«

»Wo könnte Leon denn hingegangen sein?«, überlegte Simon. Er ließ sich auf die Bettkante fallen und vergrub für einen Moment das Gesicht in den Händen. Als er wieder aufsah, wirkte er müde. Dunkle Schatten zeichneten sich unter seinen Augen ab. So erschöpft hat er nicht mehr ausgesehen, seit er angefangen hat, Zeit mit Leon zu verbringen, fuhr es Nina durch den Kopf. Und mit Julia.

»Hat er einen Lieblingsort auf Borkum? Einen, den er ohne Angst auch im Dunkeln aufsuchen würde?«

»Ich überlege …« Julia verschränkte die Arme vor der Brust und lief auf und ab.

Nina hob eine Hand. »Ich gehe mich ganz schnell anziehen und bin sofort wieder da. Was ist mit Flora und Gerd? Sollen wir sie wecken?«

Julia schüttelte entschieden den Kopf. »Nein, sie sollten auf jeden Fall hierbleiben. Jemand muss die Stellung halten. Und ich möchte sie auch nicht aufregen. Aber wir sollten ihnen eine Nachricht unter der Tür durchschieben.«

»Ich kümmere mich darum.« Nina verließ das Schlafzimmer.

»Was ist, wenn wir weg sind und Leon taucht gerade dann wieder auf?«, fragte Simon. »Wachen sie dann sicher auf?«

»Ich denke schon. Flora hat einen leichten Schlaf. Aber Leon weiß auch, wo der Schlüssel für die Hintertür liegt. Er kann sich im Zweifelsfall selbst reinlassen.«

Julia verschränkte die Arme vor der Brust und ging zum Fenster. Sie sah auf die Straße hinunter. Die Lichterketten, die in den Bäumen drapiert waren, flackerten im Wind. Es hatte inzwischen aufgehört zu schneien, der Himmel war sternenklar. Draußen musste es klirrend kalt sein. Ihr Hals schnürte sich zu. Irgendwo da draußen war ihr kleiner Junge. Hatte sich davongeschlichen, weil er bereit war, alles zu glauben, was ihn seiner Großmutter näherbrachte. Er war erst sechs. Ihre Schultern begannen zu beben. Sie hätte doch etwas merken müssen. Was war sie nur für eine Mutter? Warum hatte sie nichts geahnt, warum hatte sie nicht gehört, wie er auf nackten Füßen die Treppe hinuntergeschlichen war?

Sie spürte, wie sich zwei Arme von hinten um sie legten, und wusste nicht, ob sie sich fallen lassen oder ihn wegstoßen sollte. Sie hatte sich ablenken lassen. Es war so lange her, dass jemand sie zärtlich berührt, sie geküsst, sie sicher in den Armen gehalten hatte. Darüber hatte sie ihre wichtigste Aufgabe vergessen: für Leon zu sorgen. Das war unverzeihlich!

»Es ist nicht deine Schuld, Julia.«

»Ich hätte ihn hören müssen. Ich habe nicht richtig aufgepasst.« Ihre Stimme brach. Eine Träne lief über ihre Wange. »Und jetzt ist er ganz allein dort draußen. Weil ich … Weil wir …«

»Julia!« Er drehte sie zu sich herum und legte den Zeigefinger unter ihr Kinn. Die Angst um Leon mischte sich mit dem warmen Gefühl, das Simon in ihr auslöste. Offenbar schaffte er das immer, einfach nur durch seine Anwesenheit. Selbst in solchen Situationen, in denen sie in Tränen ausbrechen und gleichzeitig jeden Stein auf der Insel umdrehen wollte.

»Du kannst nicht vierundzwanzig Stunden am Tag deine Augen und Ohren bei Leon haben. Er geht doch auch allein in die Schule, und du weißt auch nicht, was er und die anderen Kinder sich erzählen, wenn sie sich zum Spielen treffen, oder?«

Sie schüttelte den Kopf und nahm das Papiertaschentuch, das Simon aus der Hosentasche zog und ihr reichte. Sie putzte sich leise die Nase. »Ninas Märchen hat irgendeinen Nerv in ihm getroffen.«

»Ja, du hättest ihm eine solche Geschichte bestimmt nicht erzählt, aber das konnte Nina nicht ahnen.«

»Ich weiß. Es ist …«

In diesem Moment hörten sie, wie unten die Haustür aufgestoßen wurde.

»Das ist Jasper.« Julia fasste sich an die Brust. »Er hat noch einen Schlüssel für Notfälle.«

»Okay, dann nichts wie los.«

Nina stand bereits bei Jasper im Flur, als Julia und Simon die Treppe hinuntergerannt kamen.

»Ich habe ihm schon alles erzählt. Und den Zettel für Gerd und Flora habe ich auch unter der Tür durchgeschoben«, sagte sie und stülpte sich eine Mütze über.

Julia suchte Jaspers Blick. »Es tut mir leid«, flüsterte sie.

»Und mir erst«, mischte Nina sich ein. Sie ließ die Schultern hängen. »Es ist meine Schuld.«

Jasper hob abwehrend die Hände. »Das bringt jetzt alles nichts. Niemand hat gewollt, dass Leon wegläuft. Aber nun zählt nur, dass wir ihn finden. Julia, lass uns nachdenken. Wo könnte er stecken?« Er rieb sich über das Kinn. »Verdammt, ich habe keine Ahnung, was aktuell seine Lieblingsplätze sind. Ich glaube nicht, dass er in die Stadt gelaufen ist. Er hat Angst vor dem Friedhof am Alten Leuchtturm, und zum Neuen traut er sich im Dunkeln auch nicht, da bin ich sicher. Vielleicht ist er auf einem Spielplatz?«

Simon meldete sich zu Wort. »Wir dürfen das Märchen nicht vergessen. Er sucht seine verstorbene Großmutter.«

Julia ließ sich auf die unterste Treppenstufe sinken. Sie fröstelte, und ihre Beine fühlten sich butterweich an. In ihren Ohren rauschte es, und sie versuchte, das Hämmern hinter ihren Schläfen auszublenden.

»Simon hat recht«, murmelte sie. Ihr Blick ging ins Leere, als sie angestrengt nachdachte. »Er wird irgendwo hingehen, wo er oft mit meiner Mutter war.«

Sie schluckte gegen den Schluchzer an, der sich in ihrer Kehle bilden wollte. Ach, Leon, dachte sie. Wenn es nur so einfach wäre. Wenn es so etwas gäbe, eine Leiter zwischen Himmel und Erde, ich hätte Thea längst selbst zurückgeholt.

Sie musste sich zusammenreißen. Leon brauchte sie jetzt. Simon setzte sich neben sie und legte ihr unauffällig eine Hand in den Rücken, als wollte er sie stützen. Am liebsten hätte sie den Kopf an seine Schulter sinken lassen, aber dies war nicht der richtige Moment. Fieberhaft dachte sie nach, während sie beobachtete, wie Jasper sich mit verschränkten Armen an die Wand lehnte, ebenfalls grübelnd.

»Ich halte das nicht aus«, murmelte er schließlich. »Ich gehe jetzt einfach raus und suche ihn. Er ist zu klein, er kann nicht alleine da draußen sein.« Sein Blick glitt zur Tür.

Nina legte ihm eine Hand auf den Unterarm. »Warte«, bat sie. »Es macht Sinn, strukturiert vorzugehen. Umso schneller finden wir ihn.«

»Vielleicht sollten wir besser die Polizei rufen«, raunte er.

Julia hob den Blick. »Das machen wir auch. Aber vorher sehen wir an einer Stelle nach.« Sie raufte sich die Haare. »Ich weiß es, glaube ich. Es kommt nur ein Ort infrage.«

Sie sprang mit neuer Entschlossenheit auf. Warum war sie nicht gleich darauf gekommen?

»Jasper«, rief sie eindringlich. »Der Pavillon! Er muss am Pavillon sein.«

Jasper runzelte die Stirn, dann nickte er langsam. »Du hast recht. Dort waren die beiden ständig. Haben mit einem Eis in der Sonne gesessen und der Musik zugehört.«

»Und im Winter waren sie oft abends dort«, flüsterte Julia. Ihr Blick ging ins Leere. »Eingemummelt und mit einer Thermoskanne Kakao. Zum Sternegucken.« Sie schlug die Hände vor das Gesicht. »Thea hat immer gesagt, nirgendwo glänzen die Sterne über Borkum heller als dort.«

Aus dem Augenwinkel sah sie, dass Jasper einen hilflosen Schritt auf sie zu machte, doch Simon war schneller. Er stand schon vor ihr und drückte sie an seine Brust. Für einen Moment vergrub sie die Nase in seinem Pullover und atmete seinen Duft ein. Sie spürte seine Lippen auf ihrer Stirn, und dieser hauchzarte Kuss schien ihr neuen Mut zu verleihen.

Jasper räusperte sich hörbar, seine Miene verriet jedoch nicht, was er dachte. »Dann gehen wir da jetzt hin.« Er griff nach der Türklinke.

Unterdessen holte Julia zwei Taschenlampen aus einer Kiste, die unter der Garderobe stand. Eine reichte sie Jasper, die andere Simon.

»Teilen wir uns doch nicht auf?«, fragte Nina.

»Nein, erst mal nicht«, antwortete Jasper. »Julia hat recht, Leon wird am Musikpavillon sein.«

»Und wenn nicht?« Ninas Stimme zitterte, und Jasper neigte den Kopf zur Seite.

»Dann rufen wir die Polizei.« Er zog die Tür auf.

Ein Windstoß wurde in den Flur getrieben und trug ein paar Schneeflocken hinein, die auf den Dielen zu einer kleinen Pfütze wurden. Also schneite es doch schon wieder.

»Los jetzt«, befahl Jasper. Nina beeilte sich, mit ihm Schritt zu halten. Simon und Julia folgten ihnen. Julia musste sich etwas vorbeugen, damit sie sich gegen den Wind stemmen konnte, der von der See her toste. Gnadenlos peitschten Schneeflocken in ihr Gesicht, schnitten wie Messerstiche in ihre Haut. Sie waren erst wenige Meter gelaufen, und schon spürte sie, wie ihre Zehen taub wurden.

Julia biss sich fest auf die Unterlippe, um nicht in Tränen auszubrechen. Es war so eine unbarmherzige Nacht, so voller Sturm und Kälte. Und irgendwo hier draußen war ihr kleiner Junge!

Simon fasste nach ihrem Unterarm. Er musste beinahe schreien, um den Wind zu übertönen, obwohl er direkt neben ihr lief. »Wir finden ihn!«

Sie nickte stumm. Hoffentlich behielt er recht. Hoffentlich behielt *sie* recht! Doch ihr fiel kein anderer Ort ein, an den Leon gehen würde, wenn er erwartete, dass seine Oma von den Sternen eine Leiter herabstieg. Ach, Leon. Du gutgläubiger, süßer, kleiner Junge.

Sie bogen in die Strandstraße ab, die zur Promenade führte. Der Wind nahm noch weiter zu. Julia wischte sich Schneeflocken aus den Augen und sah, dass Jasper ein paar Schritte vor ihnen den Arm um Nina legte, ihr half, sich gegen den Sturm zu stemmen. Für einen Moment fragte sie sich, ob ihr diese Geste etwas ausmachte. Dann jedoch spürte sie wieder Simons Hand. Er hielt noch immer ihren Ellbogen. Ganz fest, als hätte er Angst, dass sie gleich umfallen würde. Nein, sie war nicht eifersüchtig. Sie wollte einfach nur die Uhr um wenige Stunden zurückdrehen. In Simons Armen liegen, warm und geborgen. Wohl wissend, dass Leon im Nachbarzimmer lag und tief und fest schlief, den Kopf auf das Stoffnilpferd Nilo gelegt.

Endlich machte Julia vor dem Nachthimmel die gelben Wände des Pavillons aus. Irgendwo darunter schlugen die Wellen tosend an den Strand. Sie schauderte. Hoffentlich war Leon nicht ans Wasser gegangen! Eigentlich wusste er es besser. Er war Insulaner, er wusste von klein auf um die tückischen Gefahren der Nordsee. Doch wenn er darauf hoffte, Thea zu sehen, würde er jedes Risiko ausblenden … Julia zog ihre Mütze tiefer in die Stirn und mobilisierte ihre letzten Kräfte.

»Los, lauft vor«, ermunterte Simon sie laut. Er musste bemerkt haben, dass auch Jasper unruhig geworden war. Simon stellte sich neben Nina. »Wir kommen nach!«

Julia nickte ihm dankbar zu und griff nach Jaspers Hand. Tief vornübergebeugt rannten sie, so schnell sie es eben vermochten, die letzten Meter bis zum Pavillon.

»Er ist nicht hier! Er ist nicht hier!« Julia sackten die Knie weg, als sie die Bänke vor dem Pavillon leer vorfand.

»Warte!« Jasper stützte sie. »Wir sehen auf der anderen Seite nach.«

»Da ist der Wind viel zu stark«, brüllte sie, damit er sie hörte. »Der würde Leon doch …« Sie brach ab, die Vorstellung, was ein solcher Wintersturm mit ihrem schmächtigen Jungen anstellen könnte, war zu schrecklich, um sie in Worte zu fassen.

Jasper ließ sie los und stakste durch den Schnee um den Pavillon herum, auf die dem Meer zugewandte Seite.

Julia blieb stehen und schlang die Arme um ihren Oberkörper. Ihr Herz raste, und gleichzeitig war ihr Kopf wie benebelt. Noch nie in ihrem Leben hatte sie solche Ängste ausgestanden. Ihr kleiner Junge, ihm durfte nichts passiert sein!

Simon und Nina hatten den Pavillon nun ebenfalls erreicht. Sie traten neben sie, nahmen sie in die Mitte. Nina griff nach Julias rechter Hand und legte den Kopf an ihre Schulter. Simon nahm ihre linke Hand in seine und ließ sie nicht aus den Augen, als wollte er sichergehen, dass sie nicht zusammenbrach. Womöglich war das nicht einmal übertrieben. Julias Magen zog sich zusammen, sie spürte Übelkeit in sich aufsteigen. Wo blieb Jasper?

Es waren wohl nur ein paar Sekunden vergangen, seit er hinter den Pavillon gegangen war, doch sie kamen Julia vor wie eine Ewigkeit. Sollten sie ihm nicht besser nachgehen?

Das Rauschen in Jaspers Ohren war so laut, dass es selbst die tosende Flut, die weiter unten an den Strand schlug, zu übertönen schien. Der Wind peitschte ihm den Schnee direkt ins Gesicht, als er den Pavillon umrundete. Was, wenn Leon nicht hier war? Was, wenn ihm etwas zugestoßen war? Die Angst fuhr durch seinen Körper wie ein Peitschenhieb. Seine Hände zitterten, und er wusste, dass es nicht an der Kälte lag. Er war bestimmt nicht immer ein Vorzeigevater gewesen, aber er liebte seinen kleinen Jungen mit jeder Faser seines Herzens. Ihm durfte nichts zugestoßen sein. Jasper kniff die Lippen zusammen, machte einen letzten Schritt und riss dann die Augen auf. Leon! Tränenüberströmt, mit angezogenen Beinen saß er auf der Holzbank, die Stirn auf den Knien abgelegt.

»Leon.« Jasper stürmte auf ihn zu, und der Junge sah auf.

»Papa?«

»Ich bin hier.«

»Papa! Sie ist nicht gekommen.« Leons Stimme brach, und seine Schultern bebten.

Jasper ging zu ihm und nahm ihn auf den Arm. »Komm mit, kleiner Mann. Du bist ja eiskalt. Ich bringe dich zu Mama.«

Julia stieß einen Schrei aus und schlug die Hand vor den Mund. Jasper! Er hatte ihren Sohn auf dem Arm!

»Leon!« Sie riss sich los und stürzte auf die beiden zu.

Jasper trug Leon zu einer der Bänke auf der windgeschützten Seite des Pavillons und setzte sich. Er behielt den Jungen, der sich an seinen Hals klammerte, auf dem Schoß.

Julia hockte sich vor den beiden in den Schnee und legte die Hände an Leons Gesicht. Seine Wangen waren mit Tränen überströmt.

»Sie ist nicht gekommen, Mama«, flüsterte er. »Oma ist nicht gekommen.«

Julia zerriss es das Herz. »Ich weiß, mein Schatz.« Sie warf Jasper einen fragenden Blick zu. Er nickte, rutschte zur Seite und machte Platz für Julia. Sie drückte ihren Sohn an sich und küsste ihn auf die Stirn. »Ich bin so froh, dass dir nichts passiert ist.«

Julia wollte ihm keine Vorwürfe machen. Sie verstand den Kleinen ja, aber er hatte sich in schreckliche Gefahr begeben. »Leon, Schatz, warum hast du denn nichts gesagt?«, fragte sie vorsichtig. Sie wollte Leon nicht noch weiter aufwühlen und gab sich alle Mühe, das Zittern in ihrer Stimme zu verbergen. »Es hätte doch jemand mit dir gehen können. Papa oder ich. Es ist gefährlich, bei so einem Wetter draußen herumzulaufen. Besonders, wenn man allein ist.«

»Ich weiß.« Leon schniefte. »Ich dachte nur … Ich wollte noch einmal mit Oma sprechen. Ganz allein, wie früher. Warum ist sie denn nicht gekommen, Mama? Es ist doch Weihnachten. Hat sie mich vergessen?«

Julia entfuhr ein kehliger Laut, so voller Schmerz, dass sie selbst darüber erschrak. Sie wollte sich unbedingt zusammenreißen, sie musste Leon doch trösten. Dennoch liefen Tränen über ihre Wangen. Sie verstand ihren Sohn so gut, auch sie sehnte sich nach Thea. Natürlich griff er nach jedem Strohhalm, natürlich wollte er an ein Weihnachtswunder glauben. Es ging ihr ja nicht anders. Ihre Schultern bebten, als sie Leon noch fester an sich zog und begann, sein Gesicht, das von der Kälte eiskalt war, mit Küssen zu bedecken.

Sie spürte, wie jemand neben ihr in die Hocke ging und eine Hand sich auf ihr Knie legte. Julia brauchte gar nicht hinzusehen. Dieses neue und zugleich schon so vertraute Gefühl von Wärme, die durch ihren Körper flutete, verriet, dass es Simon war, und trotz ihrer Tränen und ihrer Trauer fühlte sie sich auf einmal getröstet.

»Was macht ihr denn alle hier draußen?« Der Kegel einer Taschenlampe fiel auf die kleine Gruppe.

Julia blinzelte.

»Flora?«, fragte sie ungläubig. Vor ihr stand tatsächlich die Konditorin, in einen warmen Mantel gehüllt. »Was machst du denn hier? Wo ist Gerd?«

»Der schläft hoffentlich. Ich dachte bis vor ein paar Minuten, dass ihr alle schlaft.« Sie schnalzte mit der Zunge. »Stattdessen sitzt ihr bei Sturm, Schnee und Frost mitten in der Nacht auf der Promenade.«

»Aber …« Julia verstand gar nichts mehr. »Was machst du denn hier?«

»Ich bin aufgewacht.« Flora zuckte mit den Schultern. »Du weißt ja, senile Bettflucht. Ich wollte mir einen Tee machen und habe gesehen, dass all eure Sachen nicht mehr an der

Garderobe sind. Und dann habe ich unter unserer Tür den Zettel gefunden.«

»Ich wollte Oma besuchen.« Leon sah Flora aus großen Augen an, er hickste. »Sie ist nicht gekommen.«

Schon wieder brach seine Stimme, und Julia wischte ihm mit dem Handschuh eine Träne von der Wange.

Flora wirkte ratlos, und Nina mischte sich ein. Sie hielt den Kopf gesenkt, als wagte sie es nicht, die anderen anzuschauen.

»Das ist meine Schuld«, flüsterte sie. »Ich habe Leon ein Weihnachtsmärchen erzählt. Er hat geglaubt, dass seine Großmutter heute Nacht zurück auf die Erde kommen könnte. Ich … Ich habe einfach nicht richtig nachgedacht.« Wie eine Ertrinkende schnappte sie nach Luft.

»Niemand gibt dir die Schuld.« Jasper ging zu Nina und stellte sich neben sie, als müsste er sie vor den anderen in Schutz nehmen. »Es war nur ein Märchen, du konntest nicht wissen, was es in ihm auslöst.«

»Ich wollte ihn wirklich nur trösten.« Sie schlug eine Hand vor den Mund.

Leon schien von alldem gar nichts mitzubekommen, er hatte den Kopf an der Schulter seiner Mutter vergraben.

Julia sah auf. Sie ahnte, dass die Entschuldigung, die in Ninas Worten anklang, an sie gerichtet war. Aber wofür sollte sie sich entschuldigen? Dafür, dass sie Zeit mit Leon verbrachte? Dafür, dass sie ihn mit einer hoffnungsvollen Geschichte hatte trösten wollen?

»Nina, es ist alles in Ordnung. Du kannst nichts dafür«, versicherte sie der Freundin. Sie meinte es ehrlich, auch wenn die Sorgen der letzten Stunde noch so schwer wogen, dass sie es nicht schaffte zu lächeln.

»Leon?« Simon tauschte einen Blick mit Julia. Stumm bat er um ihr Einverständnis, mit dem Jungen zu sprechen, und sie nickte kaum sichtbar.

Er legte Leon eine Hand auf die Schulter, und tatsächlich hob der Junge den Kopf ein kleines Stück und lugte über den Mantelkragen seiner Mutter zu Simon, der bei dem Anblick des verweinten Kindergesichts merklich schluckte.

»Wollen wir ins Warme gehen? Einen heißen Kakao trinken?«

Leon nickte. »Sie kommt ja nicht mehr.« Er seufzte tief, und sein Blick ging ins Leere. Als er fortfuhr, klang er nicht mehr verzweifelt, sondern bitter enttäuscht, und dieser Ton fuhr Julia durch Mark und Bein. »Es gibt gar keine Weihnachtwunder, oder, Simon?«

Stille legte sich über die kleine, bunt zusammengewürfelte Gruppe, die in dieser Winternacht am Musikpavillon der Insel stand. Es war, als hielten sie alle die Luft an.

Simon rieb sich das Kinn, dann nahm er seine Brille ab und wischte die Schneeflocken, die darauf saßen, an seiner Jeans ab, als wollte er Zeit gewinnen. Julia suchte fieberhaft nach Worten. Es oblag nicht Simon, Leons Frage zu beantworten. Eine Frage, von der so viel abhing. Ja, er hatte heute eine Enttäuschung erfahren müssen, aber er war doch erst sechs. Sie durften ihm die Freude an Weihnachten nicht kaputtmachen. Ihm nicht die Hoffnung nehmen, dass das Leben durchaus das eine oder andere kleine oder große Wunder bereithielt, gerade zur Weihnachtszeit. War das nicht auch ein Gedanke, der sogar vielen Erwachsenen half, die Schattenseiten zu ertragen?

Sie warf Simon einen flehentlichen Blick zu, als er seine Brille wieder aufsetzte. Er sah ihr in die Augen, und was sie in seinen las, ließ sie lächeln. Sie nickte ihm zu. Simon. Dass er hier war, war der beste Beweis dafür, dass es diese kleinen Wunder gab. Ein ausgebrannter Unternehmensberater, den ein plötzlicher Wintereinbruch auf Borkum festgesetzt hatte. Der dort Stück für Stück das vor Traurigkeit gefrorene Herz einer einfachen Pensionswirtin und alleinerziehenden Mutter zum Schmelzen gebracht hatte. Sie wusste nicht, wie dieses Wunder ausgehen würde, aber eines war klar: Es war eines.

»Doch, Leon«, flüsterte sie ihrem Sohn leise zu und wiegte ihn auf ihrem Schoß, als wäre er noch ein Kleinkind. »Es gibt Weihnachtswunder. Aber nicht solche. Es war nur ein Märchen.«

»Es tut mir leid, Leon«, sagte Nina. Sie machte einen zögerlichen Schritt in Leons und Julias Richtung. Jasper hatte den Arm um sie gelegt. »Ich habe mir nichts dabei gedacht. Das war dumm von mir.«

Leon wischte sich mit den behandschuhten Fingern über die Augen und setzte sich aufrecht hin. Er musterte Nina einen Moment lang ernst, dann nickte er. »Ich …« Er senkte den Blick. »Ich wollte es vielleicht einfach glauben.« Hilflos zuckte er mit den Schultern.

»Es gibt andere Wunder, mein Schatz«, flüsterte Julia ihm zu. »Und die wirst du entdecken, immer wieder. Dein ganzes Leben lang. Manche an Weihnachten, manche zu ganz anderen Zeiten. Und dann und wann, wenn du ganz tief in dich hineinhorchst, ist vielleicht auch eines dabei, was dich mit Oma verbindet. Weil ihr euch so lieb gehabt habt. Und das bleibt für immer!«

Seltsamerweise fühlte sie sich von ihren eigenen Worten getröstet. Als Leon sein Gesicht wieder an ihre Schulter schmiegte, bebte sein kleiner Körper nicht mehr. Julia warf Simon einen Blick zu. Er lächelte sie an und nickte leicht. Sein Mund öffnete sich, als wollte er etwas sagen, doch da hob Jasper die Hand und deutete zum Himmel.

»Das gibt's ja nicht«, rief er. »Leon, sieh mal! Schnell!«

Folgsam hob der Junge den Kopf, und auch Julia folgte mit den Augen Jaspers Fingerzeig.

Vor den Sternen, die zu Tausenden am dunklen Winterhimmel über Borkum glänzten, zeichnete sich ein langer goldener Schweif ab.

»Eine Sternschnuppe«, staunte Leon und setzte sich wieder aufrecht hin. Mit offenem Mund verfolgte er den Weg des Sternenschweifs über den Nachthimmel.

»Wünsch dir was«, sagte Julia leise und tat es im Stillen auch.

Leon nickte stumm. Er legte zwei Finger an seinen Mund und schickte einen Kuss hoch in die Wolken. »Danke, Omi.«

Er sprach so leise, dass Julia nicht sicher war, ob sie ihn richtig verstanden hatte, aber auf jeden Fall wurde er in ihren Armen nun endlich ruhiger. Und als sie spürte, wie Simon ihr zärtlich eine Strähne hinter das Ohr strich, erfasste auch sie selbst eine friedliche Stimmung. Es war endlich Weihnachten.

Flora stemmte die Hände in die Hüften, die Taschenlampe noch immer fest umklammert. Jasper entging nicht, dass sie sich räuspern musste, bevor sie die Stimme hob.

»Es ist der vierundzwanzigste Dezember. Das ist ein fröhlicher Tag, meine Lieben, und ich finde, die Sternschnuppe erinnert uns deutlich daran. Ihr habt jetzt alle miteinander genug geweint, würde ich sagen. Leon muss ins Warme, sonst sitzt er später mit einer Schnupfnase unter dem Weihnachtsbaum. Und wir anderen auch. Das wäre doch schade.«

»Da hast du recht«, pflichtete Jasper ihr bei.

»Mir ist wirklich kalt.« Leon hüpfte von Julias Schoß.

»Soll ich dich tragen?«, bot Jasper an und streckte die Arme nach seinem Sohn aus, doch der schüttelte den Kopf.

»Ich gehe lieber, sonst werden meine Füße nur noch kälter.«

»Weise Worte.« Jasper nickte anerkennend.

Als Leon an ihm vorbeilief, hatte er seine Mutter an die eine und Simon an die andere Hand genommen. Die Männer tauschten einen Blick, und irgendetwas in Simons Augen brachte Jasper dazu, ihm zuzunicken. Es war, als gäbe er Simon in diesem Moment ein stummes Versprechen. Jasper wusste, dass er aus Frankfurt kam, dass er irgendeinen wichtigen Job hatte, in dem er zurückerwartet wurde. Und dennoch war er sicher, dass er diesen Mann nicht zum letzten Mal sah. Das ist, dachte er mit einem Seitenblick auf Nina, vielleicht auch ganz gut so.

Nina blieb in diesem Moment stehen und schaute auf die Nordsee hinaus. Man konnte die Wellen in der Dunkelheit kaum erkennen, aber das Tosen der Brandung, die ein Stück unter ihnen an den Strand schlug, war nicht zu überhören.

Jasper stellte sich neben Nina. »Alles okay?«, fragte er. Wie von selbst griff er nach ihrer Hand und drückte sie. »Dir wirft niemand etwas vor.«

»Ich weiß.« Sie sah auf. Ihr Lächeln wirkte traurig. »Ich mir selbst aber schon.«

Jasper schüttelte den Kopf. »Leon ist nichts passiert, das ist das Wichtigste. Und du konntest doch nicht wissen, welchen Knopf du mit diesem Märchen bei ihm drückst. Das hätte mir auch passieren können.«

»Meinst du?«

»Ja, auf jeden Fall. Leider!« Jaspers Kiefer spannte sich an. »Und ich bin sein Vater. Ich müsste diese Dinge tatsächlich wissen.«

»Du bist ein toller Vater, Jasper. Ich bin sicher, Leon würde sich keinen anderen wünschen.« Ernst blickte sie ihn an, und Jasper spürte einen Kloß im Hals.

»Die Sternschnuppe war schön, oder?« Nina ließ seine Hand los, schlang die Arme um sich und ließ den Blick nach oben wandern. Noch immer zeigte sich keine Wolke am Himmel.

»Ja. Ich habe jahrelang keine mehr gesehen.« Jasper hob die Brauen. »Man kommt ja nie dazu, einfach mal abends an den Strand zu gehen und den Himmel zu beobachten.«

»Nein, leider nicht.« Sie sah ihn an. »Aber warum eigentlich nicht? Hat deine Bar keinen Ruhetag?«

»Doch. Jedenfalls für alle anderen.« Er zog eine Grimasse, doch Nina blieb ernst.

»Du solltest dir auch einen gönnen.«

Jasper trat ein Stück näher zu ihr. »Alleine macht das keinen Spaß. Wie fast alles.«

»Und genau deshalb habe ich Angst vor allem, was zu Hause auf mich wartet. Ich war eigentlich noch nie richtig allein.«

Jasper streckte die Arme aus, und nach einem kurzen Zögern ließ Nina sich hineinsinken.

»Was hast du dir gewünscht, als die Sternschnuppe gefallen ist?« Er flüsterte die Frage in ihr Ohr. Ihr Duft stieg ihm in die Nase. Sie roch nach salziger Luft, warmer Milch und etwas anderem, ganz Eigenem. Nach Nina.

»Dass es weitergeht. Mit allem, meine ich. Mit dem Gesang, mit meinem Leben.« Sie sah ihn fest an. »Ist es vermessen, wenn ich mir alles wünsche? Eine Familie und dass ich singen darf? Das wollte ich immer, und auf einen Schlag habe ich beides verloren.«

Jasper schüttelte den Kopf, ohne den Blick abzuwenden. »Es muss nicht für immer verloren sein, Nina.« Langsam hob er eine Hand und strich eine kastanienbraune Strähne, die sich unter der Mütze hervorgestohlen hatte, aus ihrem Gesicht. »Es wird weitergehen. Hör mal, Nina, wegen des *Lüttje Markt* …«

»Ich habe darüber nachgedacht«, fiel sie ihm ins Wort, und obwohl es so finster war, glaubte Jasper zu erkennen, dass ihre Wangen sich röteten.

»Wirklich? Nina, das wäre …«

»Ich mach's!« Sie lachte und schüttelte gleichzeitig den Kopf, als könnte sie es selbst nicht fassen. »Ich mache es! Ich trete auf – wenn du noch interessiert bist.«

Jasper schlang die Arme um ihre Hüften und zog sie dicht an sich heran. Er neigte den Kopf zur Seite. »Ich bin interessiert, Frau Vogt. In jeder Hinsicht.«

Er schloss die Augen und küsste sie. Für einen Moment spürte er ihr Zögern, dann wurde ihr Körper in seinen Armen weicher. Sie schlang die Arme um seinen Hals und erwiderte den Kuss. Als sie sich wieder voneinander lösten, legte Jasper die Hände an Ninas Wangen.

»Und noch etwas. An dem Abend, an dem du auftrittst, kommt das Radio vorbei.« Er grinste, als er beobachtete, wie ihre Augen sich weiteten. »Der Auftritt wird also etwas größer als gedacht.«

Einen Moment wirkte Nina wie erstarrt, dann legte sie den Kopf in den Nacken und lachte. So glockenhell, dass Jasper sich schwor, sie immer und immer wieder zum Lachen zu bringen.

Flora und Nina, die erst etwas später wieder in der Pension angekommen war, waren längst zu Bett gegangen, doch Simon und Julia saßen an dem Tisch in der Stube, jeder eine Tasse Tee vor sich. Leon hatten sie in eine Wolldecke gehüllt auf das Sofa gelegt. Julia hatte den Ofen noch einmal angefeuert, damit der Junge nicht fror. Er hatte eine halbe Tasse heißen Kakao getrunken, dann waren ihm vor Erschöpfung die Augen zugefallen.

»Meinst du, Leon kommt über all das hinweg?«, fragte Julia, ohne den Blick von ihrem Sohn zu nehmen. »Über das Märchen und … na ja, über den Verlust.«

»Ja«, antwortete Simon mit fester Stimme. »Das heißt nicht, dass er vergessen wird, aber man hat ja gesehen, dass es besser wird. Er spielt wieder mit Freunden, das ist ganz bestimmt ein gutes Zeichen.«

»Ja, nicht wahr? Nach den Feiertagen könnte er Finn und Carlo zum Spielen einladen. Ich frage ihn morgen mal.«

Sie unterdrückte ein Gähnen.

»Du musst schlafen.« Simon stand leise auf. »Soll ich Leon hochtragen?«

»Das wäre nett. Ich trinke nur noch schnell meinen Tee aus.« Sie beobachtete, wie Simon ganz vorsichtig, um ihn ja nicht zu wecken, die Arme unter Leons Kniekehlen und Schultern schob. Sanft hob er ihn hoch. Julia stand auf und öffnete die Tür für die beiden. Leon schlief tief und fest, sein Kopf ruhte an Simons Brust. Der Anblick rührte Julia.

»Danke«, flüsterte sie.

»Bis gleich«, entgegnete Simon ebenso leise und schlich mit dem Kind auf den Armen in den Flur.

Als er zurückkam, hatte Julia ihre Tasse geleert.

Simon lächelte. »Er ist nicht aufgewacht.«

Julia ging zu ihm, und er zog sie an sich. »Ich bin so froh, dass alles gut ausgegangen ist«, sagte Julia mit einem Frösteln. »Wenn wir ihn nicht gefunden hätten …«

Simon legte seinen Zeigefinger auf ihre Lippen. »Das haben wir aber. Julia … ich möchte dir etwas zeigen.«

Er löste sich aus der Umarmung und griff mit zitternden Händen in die Tasche seiner Jeans. Julia fiel auf, dass er die Lippen zusammenkniff. Was verunsicherte ihn so? Ob er schlechte Nachrichten bekommen hatte? Bitte, nicht heute.

Simon friemelte ein Blatt Papier hervor. »Das ist ein Entwurf«, sagte er, als er es auseinanderfaltete und Julia reichte. »Aber so würde ich es gern abschicken. Gleich morgen. Wenn du einverstanden bist.«

Sie spürte seinen Blick auf sich, als sie die handgeschriebenen Zeilen überflog. Es war ein Brief an seinen Arbeitgeber.

»Du willst kündigen?«, hauchte sie, als sie in der Mitte des Schreibens angekommen war, und sah auf. Auch ihre Hände zitterten nun.

»Ja.« Simon nickte entschlossen. »Es ist Zeit. Lies weiter.«

Julia überflog den Rest des Schreibens, dann ließ sie es sinken und schlug eine Hand vor den Mund. Ihr Herz raste. »Hier steht, dass du eine neue, persönlichere Herausforderung annehmen willst«, sagte sie, obwohl er den Inhalt des Briefes natürlich kannte. Julia faltete das Blatt zusammen und neigte den Kopf zur Seite. »Du schreibst, dass du dich in einer Pension auf Borkum einbringen willst?«

Simon nickte und wirkte auf einmal unsicher. »Wenn du mich lässt.« Er fuhr sich mit den Händen durch das Gesicht. »Ich habe es sogar schon meinem Vater gebeichtet.«

Julia riss die Augen auf. »Und wie hat er reagiert?«

»Na ja, zunächst hat er geschimpft wie ein Rohrspatz und mich weggedrückt. Aber ein paar Stunden später hat er mich zurückgerufen und gesagt, dass sein Glück nicht meines sein muss.« Er grinste. »Was das angeht, habe ich sozusagen grünes Licht. Und wenn ich es nicht hätte, wäre es mir auch egal.«

Das Funkeln seiner Augen brachte etwas in Julia zum Schmelzen. Einen Eisklumpen, an den sie sich so sehr gewöhnt hatte, dass sie seine Kälte erst jetzt wieder spürte, da er sich unter Simons Worten in Luft auflöste.

»Aber bist du dir sicher?«, flüsterte sie. »Du gibst viel auf.«

»Viel Geld, ja.« Simon lachte freudlos. »Und viel Ärger, Stress und Druck. Aber das ist gar nicht das Ausschlaggebende.« Er machte einen Schritt auf sie zu und suchte ihren Blick. »Ich glaube, dass ich sehr viel weniger aufgebe, als ich gewinnen könnte. Wenn du mich willst.«

Julia schloss die Augen. Eine Woge von Gefühlen, die sie fast vergessen geglaubt hatte, durchflutete sie. Wer hätte gedacht, dass ausgerechnet dieser Mann, der erst so unnahbar, so unterkühlt, so besessen von seiner Arbeit gewirkt hatte, sie zurückbringen würde? Zärtlichkeit, Wärme und Geborgenheit. Und, ja, Liebe.

Sie beugte sich vor, und bevor ihre Lippen die seinen berührten, flüsterte sie: »Herr Lehnfeld, Sie haben den Job!«

Nachwort

Liebe Leserinnen und Leser,

ich hoffe, Sie haben diesen weihnachtlichen Ausflug nach Borkum genossen und hatten beim Lesen ebenso viel Spaß wie ich beim Schreiben.

Jaspers Bar und die Pension *Meereszauber* sind, genau wie alle Charaktere und namentlich genannten Lokale und Cafés, frei erfunden. Das gastronomische Angebot auf Borkum ist einfach zu groß und zu gut, um ihm in einem Roman gerecht zu werden. Verschaffen Sie sich am besten selbst einen Eindruck, eine Reise nach Borkum lohnt sich immer! Den *Lüttje Markt*, Borkums Antwort auf die klassischen Weihnachtsmärkte, gibt es tatsächlich, und wer einmal im Winter auf der Insel ist, sollte ihn sich nicht entgehen lassen. Auch einen Besuch am Alten Leuchtturm mit dem Walfängerfriedhof kann ich nur empfehlen, aber ich muss Sie warnen: Ein wenig gruseln kann man sich dort durchaus.

Ich wünsche Ihnen eine wunderbare Weihnachtszeit voller Funkeltage!

Herzlichst,
Claudia Schirdewan

Mit Gummistiefeln und Friesennerz ins Glück

Anja Seefeld
HERZFISCHER - STRANDTRÄUME IN GREETSIEL
336 Seiten
ISBN 978-3-404-19481-0

Katharina arbeitet in einer Düsseldorfer Anwaltskanzlei und verfolgt nur ein Ziel: Sie will zur Junior-Partnerin befördert werden. Dafür beißt sie sogar in den sauren Apfel und übernimmt einen mehr als zweifelhaften Grundstücksverkauf in Greetsiel.
Hier oben an der Nordseeküste trotz Katharina nicht nur dem sprichwörtlichen Schietwetter, sondern trifft auch auf den wortkargen Krabbenfischer Jasper, der ihr mit seinem rauen Charme gehörig den Kopf verdreht. Doch als sie herausfindet, dass ausgerechnet Jasper der Grundstückseigentümer ist, steht sie vor der bislang schwersten Entscheidung ihres Lebens: Soll sie ihrem Verstand folgen – oder ihrem Herzen?

Lübbe

Ein herzerwärmender Roman über Liebe, Hoffnung und den Zauber der Weihnachtszeit

Veronika Weiß
SCHNEEFLOCKENFUNKELN
304 Seiten
ISBN 978-3-404-19496-4

Auf der Suche nach einem Neubeginn reist Lynn in die verschneite Kleinstadt Starwood. Sie freut sich darauf, in dem kleinen Laden ihrer Tante auszuhelfen, und hofft, den Schmerz ihrer Vergangenheit hinter sich zu lassen.
Als sie einen Weihnachtsbaum fürs bevorstehende Fest aussuchen möchte, trifft sie auf Miles. Er verkauft nicht nur die schönsten Tannenbäume, sondern lässt auch Lynns Herz höherschlagen. In den nächsten Tag sucht Miles immer wieder Lynns Nähe. Er spürt ihre Verletzungen und weiß nur zu gut, wie sich das anfühlt. Doch gerade als Lynn beginnt, wieder an die Liebe zu glauben, droht ein unerwarteter Besuch, ihr neu gewonnenes Glück zu zerstören.

Lübbe

Funkelnde Lichter, Lebkuchenduft und die ganz große Liebe!

Julia Wolkenstein
EIN WEIHNACHTSMARKT
DER ZAUBERHAFTEN
WÜNSCHE
368 Seiten
ISBN 978-3-947610-25-9

Karolina ist ein bekennender Weihnachtsmuffel. Darum flüchtet sie seit Jahren vor dem Weihnachtsfest nach Italien. Doch diesmal ist alles anders, denn ihre beste Freundin Frieda ist gestorben. Nun ist Friedas geliebte Oma Luise mit ihrem Stand auf dem Nürnberger Christkindlesmarkt ganz auf sich allein gestellt. Also sagt Karolina ihre Italienreise ab, um Luise zu helfen. Umgeben von neuen Freunden fühlt sie sich auf dem Weihnachtsmarkt bald wie zu Hause. Es könnte alles so einfach sein – wäre da nicht Standnachbar Jasper, der ihrer Freundin einst das Herz gebrochen hat. Karoline möchte ihn dafür gerne hassen, was ihr jedoch zunehmend schwerer fällt …